서울간 오빠

이 도서의 국립중앙도서관 출판사도서목록(CIP)은 e-CIP홈페이지(http://www.nl.go.kr/ecip)에서 이용하실 수 있습니다.

서울 간 오빠

2012년 9월 15일 초판 1쇄 펴냄
2014년 10월 15일 초판 3쇄 펴냄

지은이 | 양호문
펴낸이 | 김준연
펴낸곳 | 도서출판 단비
편 집 | 최유정
등 록 | 2003년 3월 24일(제2012-000149호)
주 소 | 경기도 고양시 일산서구 일중로 30 505동 404호(일산동, 산들마을)
전 화 | 02-322-0268
팩 스 | 02-322-0271
전자우편 | rainwelcome@hanmail.net

ISBN 978-89-967987-5-0 03810
     978-89-967987-4-3 (세트)

값 10,000원

*이 책의 내용 일부를 재사용하려면 저작권자와 도서출판 단비의 동의가 반드시 필요합니다.
*책값은 뒤표지에 있습니다.

서울 간 오빠

양호문 장편소설

이런저런 스트레스에 짓눌려 하루하루를 힘겹게 살아가는
청소년들에게 이 책을 바친다. 이 책을 통해 잠시나마
미소를 짓고 재충전을 위한 휴식을 취했으면 좋겠다.
그리고 자기 자신의 소중함을 느꼈으면 하는 바람이다.

양호문

차례

...

1장 | 모태원수 _ 9

2장 | 신용부동산 _ 27

3장 | 꿈같은 이야기 _ 53

4장 | 동태 데이 _ 69

5장 | 무거운 침묵 _ 90

6장 | 미치고 팔딱 뛸 일 _ 111

7장 | 예전엔 미처 몰랐어요! _ 132

8장 | 오해의 포옹 _ 158

9장 | 나래비 추어탕 _ 182

10장 | 비상! 초비상! _ 214

11장 | 나는 길나래이니까! _ 242

작가의 말 _ 274

부록 _ 277

1장
모태원수

"꺄아악!"

비명이 터져 나온다. 집이 흔들릴 정도로 아주 큰 비명이다. 내 귀가 다 먹먹하다. 밀림 속 타잔도 아닌데 나는 아침마다 이렇게 비명을 내지른다. 내 비명은 하루의 시작을 알리는 사이렌이 된 지 오래다. 그렇게 크게 비명을 질렀건만 아무도 반응을 보이지 않는다. 모두 만성이 되어 어떤 미친개가 또 짖는구나, 식으로 무덤덤하다.

열이 뻗쳐올라 정수리가 들썩인다. 그 자리에 서서 콧김을 씩씩 내뿜는다. 곁눈으로 역겨운 흔적을 내려 보자니 속이 울렁거린다. 주먹을 으스러져라 움켜쥐고 어금니를 악문다. 몸을 돌려 성큼성큼 중간 방으로 다가간다.

"오늘은 진짜 가만 안 둘 거야!"

방문을 거칠게 열어젖힘과 동시에 크게 소리친다.

"야! 띨새!"

대답이 없다. 귀청이 떨어질 듯한 내 소리를 못 들은 척 딴청을 피운다. 더욱 크게 소리쳐 부른다.

"야! 지띨새!"

그제야 띨새가 슬쩍 뒤돌아본다. 하지만 문 앞에 서 있는 나를 발견하지 못했다는 표정이다. 두 눈을 몇 번 끔뻑이더니 도로 원래의 자세를 취한다. 그러고는 하던 일을 계속한다. 넥타이를 매고, 조끼를 입고, 교복 자켓을 걸치고, 책가방을 둘러멘다. 완전 개무시다.

나는 양쪽 눈에 쌍심지를 켠다. 잡아먹을 듯 띨새를 노려본다.

"못 가! 그냥은 못 가!"

두 팔을 넓게 벌려 문을 가로막는다.

"비켜!"

"못 비켜!"

"빨리 안 비켜?"

"죽어도 못 비켜!"

띨새도 나를 노려본다. 불꽃 튀는 눈싸움이 시작된다. 나는 두 눈에 점점 더 힘을 준다. 금세 눈알이 시큰해진다. 그래도 눈 한 번 깜박이지 않고 띨새의 구역질 나는 면상을 응시한다. 모딜리아니의 그림 속 인물처럼 길쭉한 얼굴, 단춧구멍만 한 눈, 가늘고 긴 코, 얄팍한 입술, 뾰족한 턱, 게다가 얍상스럽게 돋아난 서너 올 콧수염과 턱수염. 으웩! 천상 기생오라비 상으로 보는 즉시 구토를 일으키는 낯짝이다.

성명 : 길감찬, 나이 : 17세, 직업 : 정석고등학교 1학년. 생물학적으로는 나와 피를 나눈 오빠란다. 하지만 감정학적으로는 원수다. 그것도 그냥 원수가 아닌 모태원수다. 이 인간은 머리끝에서부터 발끝까지 쓸 만한 데라고는 좁쌀만큼도 없는 100프로 쓰레기다. 즉 잉여인간이다. 재활용도 불가능한 1급 폐기 대상물이라고도 할 수 있다. 만약에 지구상의 70억 인구 중에 딱 한 명을 콕 집어내 우주 밖으로 던져 버리라면? 나는 주저 없이 이 인간을 선택해서 그렇게 할 것이다. 이 인간을 나는 그냥 '지띨새'라고 부른다. 그렇게 부른 지는 초등학교 6학년 초부터니까 대략 2년 3개월 정도 되었다.

"정말 안 비킬래? 똥자 너, 죽는다?"

띨새는 나를 똥자라고 부른다. 왕짜증난다. 이 인간을 내쫓든지, 아니면 내가 집을 나가든지, 조만간 결단을 내릴 것이다. 두고 봐라. 나, 길나래는 한다면 하는 사람이다.

"흥! 웃기시네! 내가 죽어? 이 띨새야! 너야말로 진짜 죽는다. 저거 안 닦고 가면."

띨새와 나는 서로 팔을 맞잡고 실랑이를 벌인다.

"이이이!"

"으으으!"

힘으로라면 나도 그렇게 밀리지 않는다. 나는 안간힘을 쓰며 끝까지 버틴다.

거실에서 엄마가 쿵쿵 다가온다. 엄마는 누룽지 밥을 퍼먹으면서 텔레비전을 보고 있었던 모양이다. 한 손에는 커다란 대접이, 다른 한 손에는 멸치조림 그릇이 들려 있다. 아빠는 술에 취해 새벽에 들어오는 것 같더니 안방 아랫목에 큰대자로 누워 코를 고는 중이다. 허구한 날 반복되어 이제는 정말 신물이 나는 우리 집의 풍경이다. 꼴이 이러니 우리 집은 누가 봐도 콩가루 집안이다.

"나래야! 너, 왜 또 오빠 방문을 막구 그래?"

"이 띨새가 변기에 오줌을 잔뜩 튀겨 놓고 그냥 가려고 하잖아!"

"니가 닦으면 되지."

"뭐어? 더럽게 내가 그걸 왜 닦아?"

띨새의 두 팔을 잡은 채 고개를 돌린다. 엄마를 바라보며 눈을 부라린다.

"그게 뭐가 드러워? 오빠 오줌인데. 좀 닦으면 손목이 부러지기를 해, 죽을병에 걸리기를 해? 복 달아나게 기집애가 아침마다 소리를 질러 대구……."

"나 참! 기가 막혀서. 그걸 지금 말이라고 하는 거야, 엄마? 어이가 내 뺨을 때리네, 때려!"

"쓰잘떼기 없는 소리 말구, 어서 비켜 줘! 오빠 지각하겠다."

엄마가 나에게 목소리를 높이고 인상을 쓴다. 나, 완전 뚜껑 열린다.

"똥자 너, 엄마 말 들었지? 마지막 경고다. 비켜!"

띨새가 내 팔을 뿌리치고 나를 힘껏 밀친다. 나는 뒤로 크게 한 걸음 밀려나고 만다. 그 사이에 띨새는 현관으로 쪼르르 걸어가서 신발을 신는다. 현관문을 열려다 말고 엄마 몰래 주먹을 들어 보인다. 혀도 한 번 날름 내밀었다가 쏙 집어넣는다.

"너, 지띨새! 가다가 개똥이나 밟고 고꾸라져 콱 뒈져 버려라! 재수 없는 새끼!"

"이, 이년 말버르장머리 좀 봐! 그게 오빠한테 할 말이야?"

"오빠는 저게 무슨 오빠? 원수야, 원수!"

"원수라니?"

엄마가 내게 바짝 다가선다. 여차하면 뺨이라도 한 대 후려칠 태세다. 눈빛이 매섭다. 똑같은 눈빛으로 엄마를 맞바라보며 대꾸한다.

"그럼! 원수지 뭐야? 원수도 보통 원수가 아니라, 모태원수야! 모태원수! 지띨새, 저 왕재수 새끼!"

"너, 오빠한테 그렇게 막말을 해도 돼? 엉? 낼부터는 꼭 오빠라구 불러!"

"흥! 웃기시네. 오빠는 저런 게 뭐가 오빠야? 못 해! 죽어도 그렇게는 못 불러. 띨새 너, 나한테 평생 오빠 소리 못 들을 줄 알아!"

나는 띨새를 절대 오빠라고 부르지 않는다. 목에 칼이 들어와도 결코 그럴 수가 없다. 내 가슴에는 띨새 때문에 생긴 한이 시루떡 모양 층층이 쌓여 있다. 정말 이대로라면 그 한에 깔려 죽어 처녀귀신보다 무서운 소녀귀신이 될 판이다.

방광이 터질 것 같다. 다리를 비비 꼬아 꽈배기 자세를 한 채 안절부절못한다.

"아이 씨! 오줌 마려워 죽겠는데. 머리도 감아야 하고."

"엄마가 닦아 줄 테니까. 어서 가서 오줌 누구 머리 감구 세수해!"

엄마가 화장실로 들어가 변기를 닦고 나온다.

"오줌도 많이 튀지도 않았는데, 아침마다 그렇게 오두발광 지랄을 하구. 빨리하구 밥 먹어!"

변기에 앉기는 앉았으나 영 찜찜하다. 꼭 역겨운 오물 위에 퍼질러 앉은 기분이다. 아침저녁으로 매일 이런 기분을 느껴야 하다니? 내가 살아도 사는 게 아니다. 친구 푸름이가 짱 부럽다. 푸름이네 아파트는 화장실이 두 개다. 화장실도 화장실이지만 결정적으로 푸름이한테는 오빠라는 지저분한 물건이 붙어 있지 않다. 그야말로 판타스틱한 환경에서 공주처럼 산다. 걔네 집에 비하면 우리 집은 돼지우리나 다름없다.

"걔가 또 우리 집에 온다고 하면 어떡하지?"

걱정이 태산이다. 23평짜리 코딱지만 한 다세대 주택. 지은 지 20년도 넘어 대낮에도 귀신이 나올 것 같은 우리 집. 게다가 진짜 우리 집도 아니고 전셋집이지 않은가? 고개가 저절로 숙여진다. 한숨이 꼬리에 꼬리를 문다.

"안 돼! 오게 해서는 안 돼!"

도리질을 치며 몸을 일으킨다.

"무슨 핑계를 대서라도 막아야 돼."

하지만 핑계거리가 마땅치 않다. 써먹을 만한 것은 벌써 다 써먹었기 때문이다.

"나래야, 얼렁 나와! 얼렁 밥 먹어. 밥 다 식잖아?"

"알았어!"

서둘러 머리를 감고 세수를 한다.

식탁으로 가 앉는다.

"뭐야? 나, 이거 싫어! 그 띨새가 먹던 거 안 먹어!"

"기집애, 유난도 참 유별나다. 유별나!"

"이 반찬 다 치우고 다 다시 차려 줘! 그 띨새가 먹던 거, 구역질 나!"

"감찬이라는 멋진 오빠 이름을 두구 왜 자꾸 띨새, 띨새 그래?"

할아버지가 강감찬 장군처럼 나라를 구하는 훌륭한 장수가 되라고 이름을 그렇게 지어 주셨다는데, 그건 아주 큰 오산이다. 띨새는 하는 짓이 좀스럽고 유치가 찬란하다. 나라를 구하는 장군은커녕 똥개를 파는 개장수도 못 될 자라는 걸 나는 안다.

"멋지긴 개뿔이 멋져? 그게 장군이 돼? 나라를 구하는? 으흐헤헤! 무심천에 빠진 똥개나 구하라고 그래! 기대할 걸 기대해야지, 할아버지도 참!"

"왜 못 돼? 감찬이가 어디가 어때서 못 돼? 기집애가 지 오빠 험담을 해도 원 분수가 있지! 두고 봐, 이년아! 감찬이가 공군사관학교 간다구 약속했으니까. 난 감찬이를 믿어. 고등학생이 되더니 공부도 열심히 하는 것 같더라."

"피히! 그게 열심히 하는 거야? 맨날 모형 비행기 조립만 하고 앉았는데?"

"공군사관학교가 비행기 모는 데 아냐? 그러니까 비행기를 잘 알아야 한다더라."

띨새는 공군사관학교에 가서 전투기 조종사가 되는 게 꿈이라며 허구한 날 모형비행기 조립에만 신경을 쓴다. 며칠씩 조립을 해서 색깔까지 칠해 천장에 매달아 놓은 각종 전투기 모형이 벌써 열 개가 넘는다. 어디서 구했는지 공군사관 생도들이 행진을 하는 모습을 찍은 사진과 탑건으로 뽑혔다는 전투기 조종사 사진을 책상 벽에 붙여 놓고 아주 신주 모시듯 한다. 컴퓨터게임도 예전과는 달리 거의 비행전투 게임만 즐긴다. 예전에는 격투기 게임이나 람보 게임, 미녀 옷 벗기기 게임 등을 주로 했었다. 나는 요즘 게임을 거의 안 한다. 흥미를 잃었다. 전에 내가 제일 좋아했던 게임은 뇌물 먹은 국회의원이나 고위 공직자를 찾아내 신발짝으로 귀싸대기 때리기 게임이었다. 그렇지만 나는 여태껏 누구 뺨을 진짜로 때린 적이 한 번도 없다. 또한 맞은 적도 한 번 없다.

띨새가 웃기는 건, 그 꿈이 중 3 때 공군사관학교에 단체 견학을 갔다 온 직후 생긴 것이라는 사실이다. 그러니까 채 6개월도 안 된 개꿈이다. 공군사관학교를 졸업한 뒤 전투기 조종사가 되어 하늘을 누비다가, 최종적으로는 공군 장군이 된다나 어쩐다나? 언젠가 밥상머리에서 그 말을 하는 걸 듣고 나는 하도 웃어서 배꼽이 빠졌었다. 그런데 엄마 아빠는 그날부터 그 띨새가 마치 진짜 공군 장군이라도 된 듯 알아서 기고 알아서 모셨다. 그에 우쭐해서 턱을 치켜들고 어깨에 힘을 넣고 사람을 내려 보며 거들먹거리는 띨새의 꼬락서니라니? 눈꼴이 시려 헛구역질이 다 솟구친다. 참고로 나는 아직 꿈이 없다. 나는 잘하는 것도, 흥미 있는 것도, 아무것도 없으니 당연하다. 솔직히 내 자신이 실망스럽다. 하지만 좀 더 생각해 보고 나서 하나 정할 예정이다. 신중하게 고르고 고를 것이다. 띨새처럼 즉흥적으로 정해서 무모하고 어리석은 환상을 갖지 않을 것이다.

"오빠가 너보다 백배는 나아, 이년아! 집 생각을 해서 거길 가려구

하는 걸 봐. 사관학교는 돈이 한 푼도 안 든다더라. 들기는커녕 먹여 주구, 입혀 주구, 재워 주구, 거기에 용돈도 듬뿍 주구, 또 졸업하면 자동으로 취직도 되구."

"거기가 손만 든다고 가는 데야? 꿈 깨, 엄마! 그 띨새는 용달차나 리어카 조종이 딱이야, 딱! 재수 없는 띨새 새끼!"

"너, 자꾸 띨새, 띨새 할래? 대체 뭔 말이야, 그게?"

엄마가 반찬 그릇을 집어 들고 눈을 흘긴다. 저번에도 여러 번 물었던 질문이다. 그때마다 몰라도 된다고 퉁명스럽게 대답했었다. 하지만 이번에는 솔직하게 말해 주기로 한다. 엄마도 냉정하게 현실을 직시해서 헛된 기대를 하지 말라는 의도다.

"별명이지 뭐긴 뭐야?"

"별명? 뭔 별명을 그런 새로 지어? 아미새나 앵무새도 아니구."

엄마가 고개를 갸웃거리면서 반찬을 다시 담는다. 엄마는 가수 현철 아저씨가 부르는 노래 '아미새'가 정말 무슨 새 이름인 줄 알고 있다. 이런 말을 해서는 안 되지만, 나는 엄마가 무식한 게 남들 보기에 창피하다.

"지, 띨, 새. 지저분하고 띨띨한 새끼! 알았어, 이제?"

"뭐뭐뭐? 하나밖에 없는 오빠한테, 이년이······."

"그 띨새가 먼저 나를 똥자라고 부르잖아?"

"똥자? 왜 하필 똥자야? 뭔 소린데, 그건?"

"몰라!"

소리를 버럭 지르고 엄마를 노려본다. 그러다 공연히 밥투정을 한다.

"밥은 또 왜 이렇게 많이 퍼 주고 그래? 반 공기만 달라고 그랬잖아? 씨!"

식탁 위에 숟가락을 툭 집어던진다.

"많으면 반만 먹구 남기면 되지, 이년아! 아침마다 왜 짜증을 부리구 지랄이야? 주는 대로 낼름낼름 다 처먹으면서, 두꺼비처럼."

"그러게 애초부터 반만 퍼 달라고 했잖아? 계란프라이는 누가 해 달라고 그랬어? 이게 칼로리가 얼마나 높은지 알아?"

"처먹든지 말든지 맘대로 해! 반찬이 없는 게 미안해서 하나 해 줬더니, 원!"

엄마가 돌아서서 설거지를 시작한다.

엄마 뒤통수를 잠시 째려보다가 다시 슬그머니 숟가락을 집어 든다. 아침밥을 굶고 학교에 갈 수는 없으니까. 오늘은 정말 반만 먹을 거야! 반만 먹어야 해! 마법의 주문을 외듯 속으로 중얼거리면서 밥을 퍼 입에 넣는다. 이어 멸치조림, 어묵볶음, 김치를 한 번씩 다 집어 먹는다. 반찬을 많이 먹어야 그만큼 밥을 적게 먹을 수 있다는 계산에서다. 콩나물국도 두 숟가락 연거푸 떠먹는다. 계란프라이는 노른자위를 조심스레 떼어서 접시 가장자리로 밀쳐 버린다. 그런 다음

흰자위만 야금야금 뜯어 먹는다.

"아이구! 참! 내 정신 좀 봐!"

"왜?"

"오늘 아침 일찍 옷 찾으러 온다구 그랬는데, 큰일 났네. 큰일 나!"

설거지를 하다말고 엄마가 나갈 채비를 서두른다.

"니 아빠, 오늘도 언제 일어날지 모르니까 현관문 잘 잠그구 가."

"알았어."

"빈 그릇, 설거지물에 푹 담가 놔. 그리구 일찍 오면 세탁기도 좀 돌려. 너라도 엄말 도와야지 누가 엄말 도와? 엄마 요즘 여기저기 몸이 쑤시는 게 죽겠단 말야."

안방으로 주방으로 부리나케 오가는 엄마의 모양은 꼬랑지에 불 붙은 하마가 따로 없다. 완전 동물농장 하마 특집편이다.

"알았어!"

"니 아빠하구 오빠가 구석구석 벗어 놓은 옷 다 찾아다가 싹 다 빨아야 해!"

"알았다니까."

밥알이 튕겨 나가도록 소리를 지른다. 알아들었으니 잔소리 좀 그만하라는 것이다. 그런데도 엄마는 입을 닫지 않는다.

"우리 집 남자들은 달랑 불알만 두 쪽 달렸지, 집안일은 생전 쳐다보지도 않는다니까. 좀 도와주면 꼬추가 떨어지나? 이그! 내 팔자도 원!"

엄마는 낡은 핸드백을 들고 버릇대로 팔자타령을 하면서 집을 나선다.

"아 참! 엄마! 나, 돈 만 원!"

"어, 그래! 이런! 지갑도 가게에 두구 왔나 보다. 핸드백에 없네. 학교 가다 가게에 들러."

"응! 그럴게!"

곧 계단을 내려가는 엄마의 발소리가 쿵쿵 울린다. 아무리 낮게 잡아도 4도 지진은 되는 울림이다. 3층짜리 다세대 주택 전체에 그 진동이 고스란히 전해진다. 큰길 건너에 있는 가게까지 뛰어가려면 엄마는 또 땀깨나 흘릴 것이다.

"살 좀 빼지, 좀!"

먹다 보니 결국 오늘도 밥 한 공기를 싹싹 비우고 만다. 접시 한 구석에 밀쳐 두었던 계란 노른자도 날름 집어 먹는다. 그래도 배가 덜 찬 느낌이다.

"에구! 에구! 이 한심한 년! 휴!"

나는 주먹으로 내 머리통을 쥐어박는다. 느는 건 그저 몸무게하고 한숨밖에 없다. 150센티를 겨우 넘긴 키에 62킬로의 저주받은 몸뚱이. 실망감으로 마음이 우울해진다.

"엄말 닮아서 나는 물만 먹어도 살이 찌는 체질이야."

혼잣말로 나 자신을 위로해 보지만 별 효과가 없다. 몸도 처지고 마음도 처지고, 오늘도 역시 비 맞은 솜이불처럼 축축 처지는 날이다.

서둘러 학교로 향한다. 학교까지는 걸어서 50분 정도의 거리다. 띨새 욕을 중얼거리면서 부지런히 걷는다.

"나쁜 새끼!"

생각하면 할수록 피가 거꾸로 솟고 열통이 터진다. 세상에 원수도 그런 원수가 없다. 이제 아주 상종을 하기가 싫다. 그 얼굴을 대하면 재작년에 먹은 붕어빵이 다 기어 올라올 지경이다. 그런데 매일 아침저녁으로 마주치다 못해 한 집에 살고 있으니? 게다가 화장실을 함께 써야 하다니? 또 있다. 그 띨새의 고린내 나는 양말은 물론 께름칙한 속옷까지 챙겨 빨아서 널어 줘야 하다니? 소름이 돋는다. 치가 떨린다. 그야말로 하루하루가 죽을 맛이다.

"지옥이 따로 없다니까."

골목길을 요리조리 빠져나가 큰길에 이른다. 인도에 서서 4차선 길 건너편에 있는 가게를 바라본다. '삼천포 건어물'. 바로 엄마 아빠가 운영하는 가게다. 서류상으로는 아빠가 사장이지만 일은 엄마가 다 한다. 아침 일찍 문을 열고 밤늦게 문을 닫는 것까지 거의 다가 엄마 몫이다. 아빠가 가게에 붙어 앉아 손님을 받거나 재고 물건을 정리하는 경우는 1년에 네다섯 차례 될까 말까다.

10여 년 전 처음 가게를 차릴 때는 '주문진 건어물'로 하려 했었는데, 그 상호는 이미 육거리 시장 안의 다른 사람이 쓰고 있어서 사용을 못하고, 고민 고민 하다가 '삼천포 건어물'로 정했단다. 하여튼 주문진이든 삼천포든 그곳은 엄마 아빠와는 전혀 상관이 없는 동네다. 엄마 아빠는 둘 다 충북 보은이 고향이다. 아빠는 보은군 보은읍 성주리, 삼년산성이 있는 마을이고 엄마는 보은군 속리면 중판리로 법주사, 정이품송이 있는 마을이다. 그러나 띨새와 나는 청주에서 태어났다. 엄마와 아빠가 각각 청주에서 자리를 잡은 뒤 직장 상사의 중매로 결혼을 했기 때문이었다. 그러니까 엄마와 아빠는 처녀 총각 시절 같은 직장에 근무를 했다는데, 그 직장이 청주 산업단지에 있는 도자기 공장이었다. 그 공장에서 아빠는 지게차 운전수였고 엄마는 제품 검사부 직원이었다.

친가인 보은읍 성주리에는 몇 번 가 본 적이 있다. 그곳에는 큰아버지가 살고 계신다. 나는 마을 뒤편 삼년산성에 올라가, 계란처럼 생긴 보은 읍내를 내려다보며 한참씩 앉아 있곤 했었다. 외가인 속리면 중판리에도 서너 번 가 봤다. 2년 전에 갔을 때, 정이품송은 무슨 병인가에 걸려 영양제 통을 가지마다 주렁주렁 매달고 있었다. 꼭 중병에 걸려 병원에 입원 중인 환자 같았다.

우리 가게 오른쪽으로는 '전주 떡 방앗간', '인천 목공소', '창원 양파'가 그리고 왼쪽으로는 '아산 닭집', '구미 잡화점', '강릉 지물포'가 다닥다닥 붙어 있다. 간판만 보면 전국 도시가 다 모여 있는 셈이다.

육거리 시장 입구에서 약 7, 80미터 떨어져 있는 곳으로 시장 안보다 가게세가 싸다. 그래서 자본이 부족한 영세 상인들이 몰려든 곳이다. 장사는 당연히 시장 안쪽의 가게보다 안된다.

찻길 좌우를 살핀다. 차가 좀 뜸해지면 곧바로 가게를 향해 무단 횡단을 하기 위해서다. 우측 멀리 석교 육거리에 있는 횡단보도를 건너서 가게까지 가려면 100미터 넘게 걸어야 한다. 거기다가 신호가 제때에 안 떨어지면 신호를 기다리는 데만 5분 이상이나 걸린다. 좌측 청남교 쪽에 있는 횡단보도는 더 멀다. 어떻든 더 이상 기다릴 수가 없어서 운전기사들의 눈치를 살피며 찻길로 들어설 기회를 엿보는데,

"나래야! 거기 있어. 엄마가 갈게!"

건너편에서 엄마가 찻길로 무작정 뛰어든다. 그러더니 오가는 차량들은 아랑곳 않고 내게로 달려온다.

"야! 이 여편네야! 죽을려고 환장했어?"

"아줌마! 뭔 짓이에요, 지금?"

차들이 급정거를 하고, 경적을 울리고, 욕설을 퍼붓고 생난리다. 그러나 엄마는 뉘 집 개가 짓느냐는 듯 들은 체 만 체다.

"엄마! 그러다 사고 나면 어쩌려고 무작정 뛰어와?"

"사고가 왜 나, 이년아? 내가 십 년도 넘게 이렇게 건너다녔는데."

"아! 나, 엄마 때문에 쪽팔려 죽겠어. 빨리 돈이나 줘!"

혹시 통학하는 우리 반 아이들이 볼까 봐 시내버스를 힐끔거리면서 손을 내민다.

"너, 분명히 준비물 사는 거지? 엉뚱한 데 쓰는 거 아니지?"

"내가 엉뚱한 데 어딜 써? 빨리 줘! 띨새가 달라고 하면 군소리 않고 딱딱 주면서. 씨!"

"오빠랑 너랑 같아? 너, 설마 또 택시 타구 가려는 거 아니지?"

엄마가 지갑에서 돈을 꺼내려다 말고 멈칫한다.

"택시를 왜 타?"

"택시 탔다가는 증말 혼날 줄 알아. 학교만이라도 걸어 다녀야 해. 그래야 살이 빠지지. 대체 어쩔려구 그래?"

"그렇게 내 생각하는 사람이 밥을 한 공기나 퍼 주고 계란프라이까지 해 줘?"

"조금 퍼 주면 정이 떨어지는 것 같아서 그랬지, 이년아! 텔레비에서 봤드니, 다이어트를 하더라도 단백질 보충을 하면서 해야 한다더라. 아무튼 많이 걷구, 저 무심천 공원에 나가 운동도 하구 그래. 하루 한 시간씩만이라도."

엄마는 정말 사돈 남 말 하고 있다. 창피하게 길거리에서조차 살 빼라는 얘기를 하니 분노가 치솟는다.

"엄마나 신경 써! 내 걱정 말고."

디즈니 만화 영화 속의 도날드 덕처럼 소리를 꽥 지른다. 그리고는 입술을 쭉 내밀어 오리 주둥이를 만든다.

"나는 이제 늙어서 안 빼도 되지만, 너는 앞길이 구만 리잖아? 고등학교도 가야 되구, 대학도 가야 되구, 남자 친구 사귀어 데이트도 해야 되구, 또 나중에 결혼도 해야 되구."

"아, 됐어! 일 절만 해!"

더 크게 소리를 지른 뒤, 엄마 손에 들린 만 원짜리 지폐를 초고속으로 낚아챈다. 얼른 몸을 돌려서 돈을 주머니에 쑤셔 넣는다. 안 그러면 다시 빼앗길 위험이 있어서다.

"차 조심해! 아무데서나 길 건너지 말구."

엄마가 뒤에서 소리친다.

엄마는 키가 157센티에 몸무게는 74킬로이다. 그런 주제에 나보고 살을 빼라니? 웃기지도 않는다.

"너, 빨래 꼭 해 놔야 돼. 집에서 퀴퀴한 냄새가 나서 죽겠어. 베란다에 잘 펴서 널구."

대답을 않고 걸음을 빨리한다. 뒤에서 또 급정거하는 브레이크 소리가 들리고, 경적 소리가 이어지고, 상스런 욕설이 난무한다.

"내가 엄마 때문에 미쳐! 미쳐!"

정말 못 말리는 울 엄마다. 나는 택시를 타고 싶은 유혹을 힘겹게 뿌리치고 학교를 향해 내달리기 시작한다.

2장
...
신용부동산

담임의 종례가 끝나고 우리는 교실을 빠져나간다. 천천히 걸어서 운동장을 가로질러 교문을 나선다.

"나래야, 우리 니네 집에 가자."

아니나 다를까. 하루 종일 잠잠하던 푸름이가 또 우리 집에 가자고 난리다. 가슴이 철렁 내려앉는다. 뭐라 대답을 할지 몰라 잠시 머뭇거린다.

"……!"

"왜 대답을 안 해? 저번에 약속했잖아? 너네 집에 먼저 가 보고 그 다음에 빛나네 집에 가기로."

그런 약속을 하기는 했었다.

"오늘은, 엄마 일 도와줘야 해. 가게가 바쁘거든."

"아, 졸라 짜증! 오늘도 안 되면, 그럼 언제?"

"글쎄! 토, 토요일쯤?"

지난달에 푸름이네 집에 놀러 가서 피자, 빵, 과자, 음료, 과일 등등을 잔뜩 얻어먹고 온 게 조금은 후회가 된다. 그때 예의상 우리 집에 초대하겠다고 약속을 한 것이 내 발목을 붙잡을 줄이야. 사자성어로 이런 경우를 자업자득이라고 했든가? 자승자박이라고 했든가? 조금 헷갈린다. 한문 시간에 줄창 조느라고 제대로 듣지 못해서다. 아무튼 그날 같이 갔던 빛나는 그다지 보채지 않는다. 그런데 푸름이는 뭐가 그리도 궁금한지 우리 집에 꼭 한번 와 보고 싶단다. 생긴 것과는 달리 끈질기다. 개띠도 아닌 애가 셰퍼드처럼 물고 늘어지는 성질이 있다.

"토요일쯤? 쯤이 뭐야? 확실하게 말해! 그래야 다른 스케줄 안 잡지."

"그래! 그럼 토요일."

"몇 시? 어디?"

마치 추궁하듯 묻는다. 기분이 좀 상한다.

"음! 열두 시에 시내 롯데리아에서 일단 만나 가지고, 점심 먹고 좀 놀다가 우리 집에 가자. 내가 살게."

"이번엔 진짜지?"

"그, 그럼! 진짜지."

대답은 그렇게 했으나 속이 켕긴다. 걱정도 되어 입맛이 씁쓰레하다.

"빛나야! 너도 분명히 들었지?"

"응! 들었어."

"이번 주 토요일 열두 시, 시내 롯데리아. 빛나 너, 꼭 나와! 함께 나래네 집에 가게."

"그래. 가자. 그런데 토요일이면 아직도 3일이나 남았는데?"

빛나가 시큰둥하게 묻는다. 푸름이가 톡 쏘아붙인다.

"아, 졸라 짜증! 그러니까 그날 다른 약속 잡지 말라 이거지."

"알았어."

우리는 늘 그랬듯이 모충사거리에서 헤어져 각자 집으로 향한다. 푸름이는 집에서 대학생한테 개인 과외를 받고 빛나는 자기 집에 들렀다가 영수 학원에 갈 것이다. 나는 학원에 안 다닌다. 물론 개인 과외도 받지 않는다.

아침에 등교할 때와 똑같이 청남교를 걸어서 건넌다. 버스를 타고 다섯 정거장 거리지만 택시를 타지 않을 바에야 걷는 게 좋다. 살도 빼고 차비도 아끼고, 일석이조다. 그러나 그것보다 등하교 길에 만원 버스를 타는 건 고역 중의 고역이기 때문이다. 버스에 오르기만 하면 숨이 턱턱 막히고 등줄기로 식은땀이 줄줄 흐른다. 특히 나를 쳐다보는 근처 중학교 남학생들의 시선이 영 께름칙하다. 나를 무슨 짐승 보듯 하는 걔들의 시선을 받으면 온몸에 거머리가 붙어서 슬금슬금 기어 다니는 느낌이다. 소름이 다 돋는다.

"왕밥맛 새끼들! 뚱뚱한 여자 첨 보나? 사실 내가 뭐 뚱뚱하다고? 그저 약간 오버한 것뿐인데. 이번에는 십 킬로? 아, 아니! 오 킬로 확실히 빼고 말거야."

오늘은 아침밥, 점심밥을 많이 먹었으니까 저녁밥을 굶기로 결심한다. 그래 놓고 몇 걸음도 못 가서 고개를 가로젓는다.

"아니! 딱 반 공기만 먹자. 반 공기만!"

작심삼분이다. 스스로도 어이가 없어 피식 웃고 만다.

그나저나 진짜진짜 걱정이다. 무슨 핑계로 토요일 날 우리 집에 못 오게 하나? 궁리를 거듭해 보지만 뾰족한 수가 없다. 아버지가 몸져누워 있어서? 엄마가 병원에 입원? 아님, 띨새가 죽었다고 해? 그것도 아니면 집수리? 통할 것 같지가 않다. 아버지는 소방 공무원으로 조기 축구회 회장이라고 말했고, 엄마는 커다란 숙녀복 전문 매장을 경영하며 에어로빅이 취미라고 말했다. 어디 그뿐인가? 우리 집은 48평 고급 아파트고 내 방에는 피아노, 노트북, 러닝머신 등등 없는 게 없다고 왕뻥을 쳐 놨으니. 그날 푸름이한테 기죽지 않으려고 그랬던 건데.

"내가 미쳤지! 미쳤어!"

입술을 쥐어뜯으며 후회를 한다. 하지만 이미 엎질러진 물이다.

"그것들이 그날, 내 말이 거짓말이라는 걸 눈치챘던 것 같아."

생각해 보니까 빛나는 약간 그런 눈치였다. 푸름이는 아예 믿지 못하겠다는 표정으로 나를 아래위로 훑어보며 자꾸 고개를 갸웃거렸다. 그래서 얼떨결에 초대를 하겠다고 말해 버린 것이었다.

"푸름이 그게 내 말을 확인해 보려고 자꾸 우리 집에 와 보려고 하는 거야. 맞아! 나한테 창피를 주기 위해서 그러는 게 확실해!"

나, 푸름이, 빛나는 2학년 올라와 같은 반이 되는 바람에 새로 알게 된 사이다. 푸름이는 내 오른쪽 옆줄에 앉고 빛나는 내 바로 뒷자리에 앉는다. 그러다 보니 자연스럽게 가까워졌다. 그래도 터놓고 지내는 사이는 아니었다. 그런데 지난달 푸름이가 선뜻 자기네 집에 가자고 해서 따라갔다 온 뒤 조금 친해졌다.

"그 여우가 자기네 집 자랑하려고 그랬었어. 봐라! 우리 집 이렇게 잘산다. 뻐기려고 그런 거야. 흥!"

아무튼, 그렇다 해도 이제 와서 초대하겠다고 한 말을 취소할 수는 없다. 그러나 취소를 안 하면 곧 거짓말이 들통 날 텐데? 큰일은 큰일이다. 어깨가 처진다. 발걸음이 무겁다. 터벅터벅, 도살장으로 끌려가는 늙은 암소처럼 걷는다.

"후!"

청남교 다리보다 긴 한숨을 내쉰 뒤 시선을 옆으로 돌린다. 내 마음도 모르고 무심천은 정말 무심하게도 흘러간다. 다리 밑에 강아지 네다섯 마리가 몰려 있다. 주인이 버린 애완견들인지 꼬락서니가 지저분하다. 저번에는 무심천 웅덩이에 빠져 허우적거리는 병든 개를 본 적도 있다. 죽었는지, 살았는지, 아니면 시내 뒷골목을 헤매고 다니는지, 요즘은 통 보이지 않는다. 어떻든 나는 개를 그리 좋아하지 않는다.

"토요일 날 만나서 현장 분위기를 살핀 다음, 빛나네 집에 먼저 가자고 하는 수밖에 없겠어. 대신 그날 햄버거는 내가 산다고 하고."

그렇게 작전을 짜고 가게로 향한다. 집에 가서 빨래를 하기 전에 엄마와 협상할 게 있어서다. 아무리 생각해 봐도 2천 원은 말이 되지 않는다. 그건 사회 선생님이 설명한 노동착취나 다름없다. 노동에 대한 대가가 너무 적다.

저만치 앞에 우리 가게 간판이 보인다. 간판에는 큼지막한 명태 그림이 들어가 있다. 서당개 3년이면 풍월을 읊는다고, 엄마 아빠가 건어물 가게를 하는 덕에 다른 건 몰라도 명태에 대해선 확실히 안다. 저절로 알게 되었다. 생태, 동태, 황태, 북어, 코다리. 이게 다 명태의 다른 이름이란다. 그리고 노가리는 명태 새끼라나? 영어 단어는 죽어라 외워도 안 되는데 쓸데없는 것은 왜 저절로 외워지는지, 내 아이큐가 남보다 약간 부족한 것 같기도 하다.

가게로 빠르게 다가간다.

"꼭꼭! 꼬꼬꼭!"

귀에 익은 닭 울음소리다. 척 들어 보니 제발 나 좀 살려 달라는 소리다.

"안녕하세요, 아줌마!"

"어, 그래! 학교 갔다 오는 거야?"

"예!"

걸음을 멈추고 우리 가게 바로 전 가게인 아산 닭집을 바라본다. 예상대로 닭집 아줌마는 닭 한 마리를 손에 잡고 있다. 나를 살펴보면서 닭집 아줌마는 닭 모가지를 손쉽게 비틀어 죽인다. 매번 볼 때마다 섬뜩하다. 하지만 아줌마는 무덤덤한 얼굴로 죽은 닭을 원형 기계에 넣고 스위치를 켠다.

"우위위잉!"

요란한 소리를 내며 기계가 돈다.

"나래, 살 좀 빠진 것 같다."

"예? 정말요?"

"그래! 꾸준히 걸어 다녀. 그래야 살이 빠져. 살이 빠지면 너도 이쁘장한 얼굴인데······."

그냥 해 보는 말이라는 걸 알면서도 기분이 좋아진다. 이쁘장한 얼굴인데, 그 말의 의미를 되새김질하며 닭털 뽑기 기계를 살핀다.

약 3분쯤 지났을까? 기계 동작을 멈추고 아줌마가 닭을 꺼낸다.

닭은 털이 다 빠져 알몸이 되어 버렸다. 완전 누드 닭이다. 세탁기의 탈수 원리인 것 같다. 보면 볼수록 정말 신기하다. 어떻게 털만 저렇게 쏙 빠질 수 있을까? 나도 저 통 속에 3분 동안 들어갔다 나오면 살이 10킬로쯤 쑥 빠지지 않을까? 그러면 무지무지 행복할 텐데. 공연한 공상을 하는 사이 아줌마가 털 빠진 닭을 통나무 도마 위에 올려놓는다. 그리고 육중한 식칼을 집어 든다. 더 이상은 보고 싶지 않다.

"아줌마! 저, 갈게요."

"그래! 계속해서 걸어 다녀! 살 쑥쑥 빠지게."

에그! 불쌍한 닭! 닭고기 먹지 말아야지. 아줌마가 식칼로 닭 모가지를 내려치기 전에 나는 우리 가게 앞으로 간다. 유리창에 부피가 좀 있어 보이는 내 모습이 고스란히 비쳐진다. 한 발 더 다가서서 가게 안을 살핀다. 오늘도 손님은 없다. 엄마를 찾는다. 엄마가 가게 한구석에 앉아 재봉틀을 돌리고 있다. 가게 오른쪽 귀퉁이다. 그곳 유리창에는 빨간 페인트로 '옷 수선, 학생복, 숙녀복 전문'이라는 글씨가 삐뚤빼뚤 쓰여 있다. 엄마가 직접 쓴 글씨다. 장사가 안되자 엄마는 가게 한편을 치우고 재봉틀을 한 대 들여놓았다. 고물상에서 헐값에 구입한 구닥다리다. 그러니까 작년 초가을, 건어물 가게 안에 옷 수선 가게가 옹색한 둥지를 튼 것이다. 소질도 없는 옷 수선이라도 해서 가족 부양을 하려는 엄마의 눈물겨운 노력이 존경스럽기는 하다. 경제가 어렵다는 걸 나도 어렴풋이 느낀다.

옷 수선을 맡기는 손님은 그나마 조금 있는 편이다. 그러나 학생복, 숙녀복 전문이라는 말과는 달리 대부분 평상복이나 작업복 손님이다. 특히 망가진 지퍼나 떨어진 단추를 새로 다는 일이 가장 많다.

'숙녀복 전문'이라 쓴 부분에 바짝 얼굴을 들이댄다. 엄마가 코를 훌쩍이며 열심히 옷 수선을 하고 있다. 유리창을 톡톡 두드린다. 그제야 엄마가 깜짝 놀라 멀뚱멀뚱 쳐다본다. 나는 삐에로처럼 히죽이 웃고서 옆으로 게걸음을 친다. 가게 문을 살며시 열고 들어간다.

"너······."

"왜 집에 가서 빨래 안 하고 이리로 왔어? 이 말 하려고 그랬지, 엄마?"

"가서 얼른 해!"

"할 거야. 하긴 하는데······."

"하는데, 뭐?"

엄마가 목소리를 높인다.

"하긴 하는데, 이천 원으로는 안 돼! 올려 줘야지 할 거야."

"뭐야? 뭘 또 올려 달라구 지랄이야?"

눈을 부릅뜨고 인상을 쓴다. 엄마 특유의 괴상한 표정이다. 쉽게 말해 안 된다는 뜻이다.

"그러면 띨새 옷은 싹 빼놓고서 빨 거야."

"뭐뭐?"

"정말이야. 나는, 한다면 해!"

절도 있는 말투로 은근히 협박을 가한다.

"한다면 해? 그래서 살 뺀다구 그렇게 말해 놓구 여태 안 빼는 거야?"

인정머리 없는 엄마 같으니라고. 하필이면 남의 아픈 곳을 콕 찌른다.

"그건 좀 다른 문제지. 엄마가 빼면 나도 뺄 거야."

슬쩍 엄마를 걸고넘어진다.

"내 핑계 대지 마, 이년아!"

한다면 한다는 이 말을 할 때마다 사실 좀 쑥스럽다. 솔직히 말하자면 나는 살 빼는 거 말고, 다른 건 한다면 한다. ㅋㅋㅋ!

입을 꾹 다물고, 한쪽 손을 쭉 내밀고 바위처럼 버티고 서 있다. 눈도 살짝 감는다. 침묵의 시간이 흐른다. 10초, 20초, 30초. 엄마가 꼬랑지를 내린다.

"얼마나?"

눈을 뜨고 목청을 가다듬는다.

"오늘부터 천 원 올려서 빨래할 때마다 삼천 원씩이야!"

내친 김에 당당히 말한다. 일종의 계약이기에 꿀릴 게 없다.

"그리고 이번 달 치를 미리 줘!"

"왜?"

"이번 토요일 날 쓸 데가 있어서 그래! 일주일에 평균 두 번 빨래를 하니까, 이달에 다섯 번 남았다 치고, 삼 오 십오, 일만 오천 원!"

정확하게 계산을 한 뒤 손바닥을 쫘악 펼친다.

"머리에 피도 안 마른 기집애가 벌써부터 돈을 밝혀서 뭐가 되려구 그래?"

"내가 무슨 돈을 밝힌다고 그래? 나, 돈 안 밝혀!"

"그럼? 그게 돈이 아니라 똥을 밝히는 거야? 그래서 니 오빠가 너 보구 똥자 똥자 하는 거구나?"

"그런 게 아니라니까! 뭘 알지도 못하면서."

꽥 소리를 지르고 이빨을 바드득 간다. 어금니 갈리는 소리가 탱크 소리만 하다. 똥자라는 말을 들으면 나는 온몸에 두드러기가 돋는다.

엄마가 머리를 굴리면서 줄까 말까 망설인다.

"자, 코 좀 풀고 일해! 그러다 옷에 콧물 떨어지겠어!"

"그래야겠다."

휴지를 건네자 엄마가 받아 들고 코를 힘껏 푼다.

"어제부터 몸이 으실으실 춥구, 머리도 콕콕 쑤시는 게, 또 감기 걸렸나 보다. 제기랄!"

"그럼 약 사 먹고 집에 들어가서 맘 편히 쉬어, 엄마! 감기는 푹 쉬어야 낫는대."

"아이구! 팔자 좋은 소리 하구 자빠졌네. 나도 한번 맘 편히 아파 봤으면 좋겠다. 증말 한 보름 푹 좀 쉬게."

1년 365일 하루도 쉬지 않고 일만 하는 엄마가 조금 불쌍해 보이기는 한다. 그만큼 아빠가 미워진다. 아빠는 내가 봐도 개 팔자 중의 개 팔자다.

"아빠는? 아빠는 안 나왔어?"

"그 웬수는 점심때가 훨씬 지나서 코빼기를 삐죽 내밀더니 금방 또 나갔다. 돈 오천 원 집어서 후다닥 내빼지 뭐니? 내가 증말 못 산다. 그 웬수 때문에. 아니! 그래 그게 인간이니? 사람이니? 하는 짓이 개만도 못하니, 어쩌면 좋으냐, 응?"

재봉틀 돌리기를 멈추고 엄마는 아빠에 대한 불평을 한 바가지 쏟아 놓는다. 너무 자주 들어 온 소리라 나는 무덤덤하다.

"아줌마들이 당장 내쫓구서 집에 발도 들이지 못하게 하라구 그러는데, 그럴 수도 없구. 그렇다구 닭 새끼마냥 모가질 잡아 비틀 수도 없구. 속 터져! 증말 속 터져!"

주먹으로 자기 가슴을 쿵쿵 치는 엄마의 표정은 그야말로 우거지상이다. 초딩 때 서울대공원으로 가을 소풍 가서 보았던 커다란 고릴라 한 마리가 슬그머니 나타났다가 사라진다. 자기 가슴을 두드려 대는 모습이 우스워 죽는 줄 알았다. 어쨌든 타이밍이 좋다. 이때 슬쩍 엄마를 거들어야 내 목적을 달성할 수 있는 것이다.

"아빤 진짜 문제가 많다니까. 가게 일을 도와야지, 이렇게 엄마한테만 몽땅 맡겨 놓고 밖으로 싸돌아다니면 어떻게 하자는 거야?"

"누가 아니래니? 이 옷도 제대로 된 제품을 골라 사야 오래오래 만족스럽게 입을 수 있는 거야. 사람도 마찬가지로 제대로 된 인간을 골라야 하는데. 그 인간 여태껏 뭐 하나 제대로 도와준 적이 없어. 그 웬수, 저 북어도 뜯어서 되로 나눠 팔면 좀 팔릴 텐데. 벌써 언제부터 그거 좀 하라구 하라구 그렇게 말을 해도 들은 체 만 체다. 들은 체 만 체야. 참! 나래야."

"왜?"

"그 웬수 당장 잡아 와!"

"아빠를?"

아빠를 잡아 오라는 말에 나는 두 눈을 휘둥그렇게 뜬다.

"말 나온 김에 북어 저거, 뜯으라구 시켜야겠다. 저렇게 쌓아 두었다가 곰팡이라도 피면 몽땅 버려야 해. 어서 잡아 와!"

"아빨 어디 가서 잡아 와?"

"이 부근 어디에 있겠지. 손바닥만 한 동네니까 금방 눈에 띌 거야."

"이 부근이 뭐 유아원 놀이터야? 금방 눈에 띄게. 그러지 말고 전화해 봐!"

어디에 있는지 알지도 못할 뿐더러, 설사 찾아내 잡는다 해도 끌려올 아빠가 아니다.

"벌써 몇 번 해 봤어! 그랬더니 아예 전원을 꺼 놨더라, 그 웬수가. 어서 찾아서 끌구 와! 그러면 내가 세탁비 미리 줄 테니까."

"정말이지? 딴말하기 없기다?"

"내가 딴말하는 거 봤어?"

"그런데 어디 가서 아빨 찾아?"

"요 옆 골목 어딘가에 있을 거야. 가게마다 훑으면서 찾아 봐!"

책가방을 내려놓고 밖으로 나간다. 주변 가게들을 하나하나 살핀다. 하지만 없다. '전주 떡 방앗간', '인천 목공소', '창원 양파', '구미 잡화점', '강릉 지물포'. 그 어디에도 아빠는 보이지 않는다.

"그거 참!"

이상한 점은 가게마다 다 아줌마만 있을 뿐 아저씨는 한 명도 없다는 점이다. 숨바꼭질이라도 하러 몰려갔는지 눈에 띄지 않는다.

"아줌마! 이쪽 가게 아저씨들 다 어디 갔어요? 한 분도 안 보이네요."

"글쎄? 모르겠다. 아까 한 명 두 명 저 무심천 쪽으로 가는 것 같았는데?"

지물포 아줌마가 턱으로 무심천 쪽을 가리킨다.

"청남교 밑에서 물고기라도 잡나?"

"아니에요. 아까 제가 청남교 건너오면서 봤는데 다리 밑에 아무도 없었어요. 버려진 강아지 몇 마리만 몰려다니더라고요.”

"아무튼 그쪽으로 갔어! 방앗간 사장하고 너네 아버지하고 같이 가는 걸 내가 봤어! 우리 아저씨는 나중에 가고.”

"우리 아버지를 봤어요?”

성실하기로 소문난 지물포 아저씨마저 가게를 지키지 않고 놀러 나갔다면, 우리나라 경제가 진짜 많이 어렵기는 어려운 모양이다. 지물포 아저씨는 도배사로도 널리 알려져 아파트 도배 공사를 따내곤 했었다. 아빠도 그 아저씨를 따라 몇 번 도배일을 갔었다. 엄마의 성화에 도배일을 배우려고 간 것인데, 허리가 아프네 어깨가 결리네 하더니 3일 만에 때려치우고 말았다.

"그래! 아, 그럼 저기 저 윗 골목 복덕방에 모여 있나 보다. 누가 그 집을 사 가지고 와 복덕방을 차렸다는데, 가끔씩 거기서 논다더라.”

"복덕방요? 어디요?”

"요 위 골목 속에 신용복덕방이라고 있잖아? 고물상 있는데.”

"아아! 알아요. 고물상은 알아요!”

"고물상 맞은편이야. 우리 아저씨 보면 빨리 오라고 해! 나, 시장에 가서 장 좀 봐 와야 하거든.”

"예! 그럴게요.”

무심천 쪽으로 20여 미터 가다가 우측 골목으로 방향을 튼다. 엄마의 구닥다리 재봉틀을 샀던 그 고물상이 있는 골목이다. 골목이 길고 구불구불해 잘 다니지는 않는 길이다. 하지만 중앙공원에 놀러 가려면 이 골목이 지름길이다.

"복덕방은 못 봤는데?"

몇 번 오가긴 했으나 복덕방을 본 기억은 없다.

"도대체 아빠는 거기서 뭘 하는 걸까? 복덕방 일을 배우지는 않을 테고."

거의 매일 술에 취해 밤늦게 들어오는 아빠를 보면 한심하다 못해 울분이 끓는다. 이건 비밀이지만, 나는 가끔 아빠가 없었으면 하는 생각을 하기도 한다. 엄마의 골칫거리인 아빠, 내 골칫거리인 띨새, 그 둘만 없어져 준다면 내 삶이 훨씬 더 뷰티풀 해지지 않을까? 그렇다고 고개를 끄덕거린다.

복덕방이 정말 있다. 고물상 정문에서 약간 왼쪽으로 치우친 맞은편이다. 꽤 큰 한옥이다. 가게는 한옥 대문 오른쪽에 조그맣게 붙어 있다. 새로 이사 온 주인이 말끔히 집수리를 한 뒤 가게까지 열었나 보다. 간판이 아주 새 거다. 크기도 커 '신용부동산' 다섯 글자가 코딱지만 한 가게를 찍어 누르고 있는 모양새다. 마치 빈 깡통 위에 화강암 비석을 가로로 올려놓은 꼴이다. 간판에 크게 쓰인 '신용'이라는 글자를 물끄러미 바라본다. 저렇게 신용을 크게 내세우는 걸 보니 별로 신용이 있을 것 같지가 않다.

"간판은 정말 열라 크네!"

가만가만 접근한다. 반 뼘쯤 열려진 문틈으로 담배 연기가 새어 나온다. 담배 연기를 따라 사람들의 말소리도 들려온다. 귀를 기울인다.

"고야? 스톱이야?"

"고여! 못 먹어두 고여!"

"길 사장, 욕심 너무 내다가 죽는 수가 있는 거야!"

"죽어두 고여! 어여 햐!"

아빠 목소리다. 아빠가 화투를 치고 있는 게 분명하다.

"그만 스톱 허는 기 낫지 않어? 여기서 고 허면 바가지 쓴단 말여."

"박 사장, 자네는 좀 빠져 있어. 나두 다 생각이 있는 사람이구, 계산이 있는 사람이여. 구 사장, 뭐 햐? 얼렁 쳐!"

"으랏차차! 에이! 이런 스발! 아, 잘 나가다가 왜 삼천포루 빠지구 지랄이여?"

"잘 나가다가 삼천포로 빠지는 게, 세상에 어디 한둘인가? 크하하!"

"어이쿠! 나 묵으라구 똥을 싸 줬구만 그랴! 그라믄 감사히 묵어야지. 암! 어뗘? 똥 쌍피가 이렇게 살그머니 떠서 나헌티 떡 붙어 주잖여! 으허허허! 이 화투라는 건 말여. 뒷패가 딱딱 붙어 줘야 크게 이기는 거란 말여!"

아빠는 어디서나 뒷패 타령이다. 대체 얼마나 큰 뒷패를 기다리고 있는 건지, 도통 알 수가 없다.

"햐! 그거 참! 자넨 오늘 재수 좋구만 그랴. 매일 줄창 잃어 대기만 하더니 오늘은 웬일이여?"

"인생두 이 화투랑 마찬가진 거여. 뒤에 가서 뭔 패가 나와, 그, 저, 역전, 인생 역전을 시키 줄는지 아무두 모르능겨!"

"맞아! 길 사장 말도 일리가 있어. 나중이 잘되믄 다 잘되는 거라는 말도 있잖어?"

지물포 아저씨의 목소리도 들린다.

"암만! 암만! 에, 어디 보자. 그러면 사 점에서 고 한 번 했으닝께 오 점 허고, 똥 쌍피가 붙었으닝께 칠 점. 겨우 칠 점이네 뭐. 어여 돈들 줘! 차 사장은 칠백 원, 구 사장은 피박이닝께 천사백 원! 그라구 우리 신용복덕방 이 사장님께서는 또 광을 두 개 팔았으닝께 천 원씩 드리구."

"아니! 이 사장님은 화투판 벌여 주고 광 팔구, 개평 뜯어서 일당 버네요. 부잣집 양반이 우리 서민들 돈을 솔찮이 긁어 가시네!"

"내로라하는 갑부들이 그지들 주머니 털어 가는 게 이 세상이야! 저짝 시장 입구에서 이십오 년이나 해 온 손 영감 빵집 지난달에 결국 문 닫았잖아? 바로 옆에 번쩍번쩍하는 대기업 빵집이 떡하니 들어와서 말야. 그 위 장애인 부부가 하던 진미 통닭집도 폐업했고. 두고 봐! 곧 삼성 족발, 현대 순대, 엘지 콩나물, 에스케이 순두부, 롯데 떡볶이 점포도 들어설 테니. 지미!"

 방앗간 아저씨가 불만스런 말투로 우리나라 대기업들 이름을 하나하나 꼽는다.

 "나무는 큰 나무 덕을 못 봐도 사람은 큰 사람 덕을 본다더니, 그거 다 개소리야! 대기업 놈들이 사방팔방 문어발을 뻗어 돈이란 돈은 싹싹 긁어 가니……."

 "우리도 매일 파리만 날리는 장사 때려치우고 산골로 들어가 농사나 짓자고! 아, 농민들은 농업 보조금이다 뭐다 해서 그래도 얼마간 혜택을 받는데, 우리 같은 영세 상인들은 굶어 죽든 말든 땡전 한 푼 없잖아? 다 같은 국민인데 정부에서 그러면 돼? 아니, 누군 자식새끼고 누군 개 새끼여?"

 "그러니께 은제 한번 날 잡아서 저 석교 육거리에 모여 데모를 한판 크게 혀야 혀! 세금은 꼬박꼬박 뜯어 가면서 이럴 때 안 도와주면 대체 정부가 왜 있는겨? 생각헐수록 성질나네, 이거!"

 막 복덕방 문을 열려는 순간, 아빠 목소리가 또 들려온다.

 "돈 읎는 기 죄지 뭐! 저, 근데 말여. 우리 감찬이가 말여."

 하필이면 재수 없는 지띨새 얘기라 나는 문을 열려던 동작을 즉시 멈춘다.

 "갸가 고등학생이 되드니 많이 의젓해졌어. 맘을 잡고 공부두 열심히 허구."

"공군사관학교 간다고 했다면서?"

"글쎄 지가 거길 목표루 잡더니 죽어두 간다능겨!"

"경제가 죽어 자빠져 있는 이때에 감찬이가 거기 가면 왔다지! 그거보다 큰 효도는 없어! 서울에 그 비싼 사립대 가 봐. 등록금에, 원룸비에, 생활비에, 또 용돈에, 책값에……. 길 사장 자네 내외 등골이 빠져서 그대로 뻗어 버려!"

지물포 아저씨가 설교를 길게 늘어놓는다. 듣고 보니 은근한 띨새 칭찬이다. 나는 입술을 삐죽이 내민다.

"글쎄 내 말이 바루 그 말이여! 짜식! 생각헐수룩 기특혀 죽것어! 석교 초등학교 가는 길 '팔도 청과' 진 사장 큰아들, 올해 고려댄지 연세대 갔다고 그렇게 뻐겼었잖여? 이제 내가 그 냥반 납짝콩을 맨들어 놓을 팅께, 두고들 봐!"

"공부는 잘허구?"

"응! 곧잘 허능 거 같어! 지 말루는 반에서 열 손가락 안에는 꼽힌댜."

"반에서? 그거 가지고 공사가 될까? 전교에서라면 몰라도."

"지두 그걸 알구 더 열심히 헌댜. 그래서 일 학년 말에는 꼭 전교 열 손가락 안에 들겠다능겨!"

도저히 더 이상 띨새의 칭찬을 듣고 있을 수가 없다. 복덕방 출입문을 벌컥 열어젖힌다. 열자마자 크게 소리쳐 부른다.

"아빠!"

"어? 나래……."

아빠가 화투장을 간추리다 말고 놀란 눈으로 나를 쳐다본다. 다른 아저씨들도 모두 나를 바라본다.

"니가 여길 웨, 웬일이여?"

빠르게 머리를 굴린다. 분위기로 보아 엄마가 부른다고 하면 안 갈 게 분명하다. 다른 말로 데리고 가야 한다.

"급한 주문이 들어왔대."

"급한 주문? 그게 뭐여?"

"멸치 두 박스 빨리 배달해 달라는 주문이래!"

"멜치를 두 박스나?"

아빠가 입을 길게 늘인다. 눈에는 웃음이 가득 고인다.

"응! 엄마가 빨리 와서 배달 가래!"

"한 박스두 아니구 두 박스여? 와! 나, 오늘 이거 재수 겁나게 좋은 날이구먼 그랴! 으허허허! 어쩐지 화투 뒷패가 딱딱 잘 맞는다 혔드니만."

"어서 가 봐! 멸치 두 박스면 아주 큰 주문이잖아?"

"암! 큰 주문이지! 한 박스에 열 봉다리씩 들었으닝께 말여. 내가 얼렁 댕기올 거닝께. 내 자리 그대로 냅둬! 누가 앉으믄 즐대 안 되야! 내 복 달아나닝께 말여!"

아빠가 자리를 털고 밖으로 나온다.

"나래야, 얼렁 가자. 죽어 자빠져 있던 경제가 좀 살아나려나? 으짠 일루 멜치가 두 박스나 주문이 들어온댜?"

아빠는 기분이 좋아 성큼성큼 앞서간다. 그렇잖아도 느린 내 걸음으로는 따라가기가 힘이 든다. 아빠는 175센티 정도의 키에 호리호리한 체격이다. 외모도 괜찮다. 아니, 닮으려면 아빠를 닮지 난 왜 엄마를 닮아 가지고. 속으로 투덜거리며 부지런히 아빠 뒤를 따른다. 구미 잡화점 앞에 가서야 두 걸음 차이로 좁혀진다.

"여보! 워디여? 워디서 주문이 왔다능겨?"

"주문? 뭔 주문?"

"멜치 두 박스 급허게 배달혀 달라는 주문이 왔다믄서?"

"자다가 봉창 두드리는 소리 허지 말구, 어서 저기 저 북어 꾸러미나 꺼내서 잘게 뜯어! 이 웬수야!"

엄마가 찡그린 인상으로 가게 구석에 놓인 북어 상자를 가리킨다. 유통기한이 한참이나 지난 것이다.

"그라믄? 주문이 안 들어 온 거여?"

"주문 안 들어온 지가 벌써 언젠데, 자꾸 주문 타령을 해?"

엄마가 소리를 꽥 지른다.

"그려? 주문이 아니여? 나래야, 이게 워치케 된 거여?"

아빠가 나를 물끄러미 바라본다. 얼굴 전체가 실망감으로 도배가 되어 있다. 조금 미안하다.

"그렇게 썩은 장승처럼 서 있지 말구 얼렁 뜨라니까? 그래야 조금이라도 팔아먹지."

"에이구! 느미! 시방 한창 끗발 오르는 중이었는데. 저걸 은제 다 뜯어? 시 시간, 니 시간은 걸리긋네 그랴!"

"세 시간이 아니라 사흘이 걸리더라도 뜯어! 그것 좀 뜯어 놓으라구 벌써 언제부터 그랬어? 엉?"

화투판에 미련이 남아 아빠는 자꾸 뭉그적거린다. 그러다 애원을 한다.

"저, 여보! 내일 허믄 안 되까? 내일은 하늘이 두 쪽이 나두 꼭 해 놓을 팅께 말여! 시방 나, 돈 엄청 따구 있었단 말여!"

"안 돼!"

엄마가 벌떡 일어나 몸을 돌린 아빠의 허리춤을 움켜잡는다.

"이 웬수야! 도대체 어쩔려구 그래? 응? 눈깔에 보이지두 않어? 가게는 이리 파리만 날리구 있는데. 허구헌 날 화투나 치구 술이나 퍼마시구. 애들 보기 챙피허지두 않어?"

"여편네가 그거 참말루! 바가지 좀 긁지 말란 말여, 쏭질나게!"

"지금 내가 바가지 안 긁게 생겼어, 이 웬수야? 당장 들어갈 돈이 얼만데!"

아빠의 호령에도 엄마의 바가지 긁는 소리는 점점 커진다. 그에 따라 아빠의 대응 수준도 점점 상승된다.

"대체 을만데? 을만데 또 이 지랄을 허능겨?"

"가게 세 이달에도 또 못 주게 생겼어, 이 웬수야! 제발 정신 좀 차리구 막노동이라도 해서 돈을 좀 벌어 와야지! 주인이 또 생난리를 칠 텐데. 어떡할 거야?"

"기다려! 내 인생두 크다란 뒷패가 떡허니 맞을 날이 올 거여! 나두 다 생각이 있구 계산이 있는 사람이여!"

그 말이 엄마의 염장을 지르고 만다. 엄마의 얼굴색이 붉으락푸르락한다. 칠면조 얼굴이 따로 없다.

"허이구! 뒷패? 생각? 계산? 복장 터지는 소리 허지 말구, 공사판에 가 막노동이라도 하라구."

"이 몸으루 뭔 막노동을 하라구 대꾸 그래 쌌는겨? 허리는 시두 때두 읎이 쿡쿡 쑤시며 아프지, 이짝 이 오른쪽 어깨는 팔에 조금만 힘을 줘두 전기가 통허는 긋츠럼 저릿저릿허지. 가만히 앉아 있기두 힘든 사람헌티 마누라가 그게 헐 말이여?"

"핑계 대지 마, 이 웬수야! 그렇게 아프다면서 하루 종일 앉아 화투는 어떻게 치구 술은 어떻게 먹어?"

아빠는 불리하다 싶으면 늘 허리와 어깨가 아프다는 핑계를 댄다. 몇 년 전 외할머니 팔순 잔칫날 외갓집 감나무에서 떨어진 뒤부터

50

다. 그날, 술에 취한 아빠는 외갓집 뒷마당에 있는 오래 된 감나무에 자진해서 올라갔다. 감나무 꼭대기에 까치밥으로 서너 개 남긴 감을 굳이 따겠다고 올라간 것이었다. 나는 장대를 들고 밑에서 바라보고 있었다. 아빠는 위태위태하게 첫 번째 가지를 지나 두 번째 가지에 발을 내디뎠다. 바로 그 순간 감나무 가지가 뚝 부러져 그대로 속리산에서 흘러내리는 달천으로 떨어졌다. 그 당시 약간 다친 걸 가지고 아빠는 벌써 몇 년째나 잘도 우려먹는다. 하지만 이제 엄마한테 통하지 않는다.

"화투야 살살 운동 삼아 치는 거구, 술은 약 삼아 조금씩 먹는 거여! 아, 그것두 안 허든 몸이 굳구 통증두 심혀지닝께 말여!"

"아이구! 아이구! 내가 죽어야지! 이런 인간을 믿구 내가……. 돈 들어갈 구멍은 천진데, 돈 나올 구멍은 없구. 나래는 몰라도, 감찬이는 학원도 보내야지. 이제 고등학생인데, 이 웬수야!"

"감찬이 학원? 응! 그려! 그려! 보내야지. 보내야 혀! 뒷바라지를 잘혀 줘야 공군사관핵교두 가구 장군두 되지. 암만!"

딸새 얘기가 나오자 아빠의 목소리가 순식간에 누그러진다.

"맨날 놀구 자빠져 있으면서, 뭔 돈으루 뒷바라지를 하냐구?"

"어허! 나두 다 생각이 있구 계산이 있는 사람이여. 그러닝께 기다려! 조금 있으믄 말여! 뒷패가 떡 맞아서 내가 당신 입이 떡 벌어지게 호강시켜 줄 테닝께. 좀 진득허니 기다리란 말여. 사람이 좀 기다릴 줄두 알아야 허능겨!"

그 말을 마치자마자 아빠는 후다닥 가게 밖으로 튀어 나간다. 엄마가 즉시 뒤따라 나간다. 사람들이 오가는 인도 가운데 서서 아빠 뒤통수에 대고 고래고래 소리를 지른다.

"이 웬수야, 집에 들어오지 마! 들어왔다가는 다리몽댕이를 부러뜨리구 말 거야."

콧김을 씩씩 내뿜으며 엄마는 다시 가게 안으로 들어온다.

"창피하게 집 밖에서도 그렇게 싸워? 차라리 헤어져! 이혼하라고. 엄마하고 아빠는 전혀 안 어울려! 서로 잘못 만난 거라고."

"하루에도 열두 번씩 이혼하고 싶어! 웬수 같은 놈의 인간!"

엄마가 화를 식히려고 냉수를 한 컵 마신다. 나는 엄마 눈치를 슬슬 살피다가 가만히 손을 내민다.

"뭐야?"

"아까 말한 돈!"

"집에 가서 빨래부터 싹 해 놔! 그리고 청소도 싹 해 놓고. 그래야지 줄 거야."

엄마는 금세 청소까지 하라는 조건을 붙인다. 도저히 엄마 꾀를 당해 낼 수가 없다. 내가 정말 미친다.

3장

꿈같은 이야기

"어머! 너희들 왜 이러니?"

"......!"

"왜 다들 축축 처져 있니? 꼭 술 취한 원숭이들 같다, 얘!"

점심밥을 먹은 뒤, 5교시가 되자 아이들이 모두 문어발처럼 흐느적거린다. 일부는 아예 대놓고 책상에 엎드려 게슴츠레한 눈만 끔벅거리고 있다. 꼭 더위 먹은 강아지 모습들이다.

"단체로 감기라도 걸린 거니, 뭐니?"

말할 힘도 없다는 듯 아무도 대답을 하지 않는다.

"자, 우리 기운 차리고 공부하자. 진도가 어디까지 나갔니? 저번 시간엔 크리스티나 원어민 선생님이랑 회화를 했으니까, 오늘은 문법……."

춘곤증에 식곤증이 겹친 모양이다. 나도 자꾸 졸리고 나른해진다. 도저히 수업할 분위기가 아니다. 담임이 그걸 알아차리고 묻는다.

"왜? 공부하기 싫니?"

"예!"

나를 포함한 서너 명이 조그맣게 대답한다.

"정말?"

"예! 싫어요!"

이번에는 대부분의 아이들이 큰 목소리로 대답을 한다.

"어머! 그럼 우리 뭐 하니?"

"얘기해 주세요."

깜찍하게 생긴 부반장이 먼저 입을 연다.

"얘기? 무슨 얘길 하니?"

"재밌는 얘기요."

"재밌는 얘기? 요즘 너희들은 무슨 얘기가 재밌니? 할매 귀신? 뱀파이어?"

"첫사랑 얘기요."

내 뒷자리에 앉은 빛나가 그렇게 말하자, 여기저기서 해 달라고 아우성이다.

"첫사랑?"

"예! 해 주세요, 선생님!"

"난데없이 웬 첫사랑이니?"

쑥스럽게 웃으면서 담임은 교과서를 뒤적인다. 공연히 딴전을 피우는 걸로 보아 뭔가 있지 싶다.

"저번에 해 준다고 했잖아요?"

"어머머! 내가 그랬니? 언제 그랬니?"

담임이 고개를 갸웃거리며 묻는다. 나도 들은 기억이 없다. 빛나의 넘겨짚기가 분명하다. 아니면 내가 조느라고 못 들었을 수도 있다.

"저번 달에 분명히 그랬어요."

"정말이니?"

"예! 정말이에요."

여러 아이가 빛나의 말이 사실이라고 증언을 한다. 옆줄에 앉은 푸름이도 한몫 거든다.

"맞아요. 정말 그랬어요."

고양이 눈알 모양의 안경을 만지작거리면서 담임은 잠시 눈동자를 굴린다. 그러다가 입맛을 쩝쩝 다신다.

"날씨는 화창하고 꽃향기는 풍기고……. 좋아! 그럼 해 주지 뭐!"

"와! 울 샘, 짱! 짱!"

우렁찬 환호성에 교실이 들썩거린다. 그 통에 책상에 엎드려 졸던 아이들도 벌떡 일어난다. 얼떨결에 냉수 세례라도 받은 표정들이다.

"십 분이나, 십오 분 정도다? 나머지 시간은 정신 차리고 공부하는 거다? 알겠니?"

"예에!"

크고 긴 대답 소리가 교실에 깔려 있던 나른함을 휩쓸어 가 버린다. 나도 졸음이 가시고 정신이 번쩍 든다. 첫사랑? 공연히 가슴이 부풀어 오른다. 귀를 쫑긋 세운다.

"그러니까 있잖니? 내가 고등학교 1학년 때였어. 내 나이 열일곱 살, 한마디로 방년, 꽃다운 나이였지. 그때 나는 청원군 문의면에 살았는데, 청주로 버스 통학을 했었어. 아침저녁으로 한 시간씩 만원 버스에 시달리면서. 너희들은 아마 그 고통을 모를 거야. 요즘은 대개 부모님들이 교문 앞까지 태워다 주고 또 태워 갈 테니까. 안 그러니?"

"네, 그래요."

나는 현재 버스 통학을 하지 않지만 그 고통을 충분히 알고 있다.

"한 손엔 무거운 책가방을, 또 한 손에는 보조 가방까지 들고. 그야말로 중노동이 따로 없었지. 요즘처럼 등에 메는 가방이 아니라 손에 드는 이따만 한 가방 있잖지? 학교에 사물함도 없을 때였으니 준비물을 모조리 들고 가야 했고. 거기에 매일 도시락까지 넣어 갔으니, 그 기분 어떻겠니? 미술 시간과 체육 시간이 한꺼번에 든 날에는 마치 피난 가는 사람 같았지 뭐니. 지금 생각해도 치가 떨린다.

치가 떨려!"

 담임은 눈을 질끈 감고 실제로 몸서리를 친다. 웅덩이에 빠진 강아지가 물을 털어내는 듯한 동작이 우스꽝스럽다.

 "나하고 내 단짝이었던 영원이는 날마다 불평을 쏟아 놓곤 했지. 이 지겨운 통학을 앞으로 삼 년 동안이나 어떻게 하니? 정말 지옥이 따로 없다, 어쩌고저쩌고 하면서. 어느 날이었어. 그날은 유월 초 목요일이었는데, 나는 친구하고 버스에 타서 중간 부분에 서 있었지. 그런데 나중에 타는 학생들에 밀려서 우리는 자꾸 버스 뒤쪽으로 들어가게 되었던 거야. 그래서 거의 맨뒷자리까지 갔는데."

 거기서 말을 끊은 담임은 천천히 교실을 둘러본다. 아이들이 모두 자기의 말에 집중하고 있다는 걸 확인하고 흐뭇한 표정을 짓는다.

 "갔는데요?"

 "빨리요."

 아이들이 안달을 해 댄다. 담임은 그것을 은근히 즐기는 눈치다. 고양이 눈알 안경을 불필요하게 만지작거리며 뜸을 들인다.

 "버스 맨뒷좌석 말고, 바로 그 앞좌석 있잖니? 왜, 혼자 앉는 자리 있잖아?"

 "예! 알아요."

 "오! 마이 갓! 거기서 발견을 한 거지 뭐니."

 "발견요?"

"뭘요?"

담임은 얼른 뒷말을 잇지 않고 수줍게 웃는다. 아이들이 애가 타서 난리를 부린다. 나도 속이 탄다.

"돈요?"

담임이 고개를 가로젓는다.

"그럼 대체 뭘 발견했어요?"

"남학생이지, 뭐긴 뭐겠니?"

"와! 그래서요?"

"내 눈이 고양이 눈처럼 번쩍 뜨였지. 그동안 보아 왔던 남학생들은 교복 앞단추를 풀어 놓고, 껌도 질겅거리고, 다리도 흔들고……. 하나같이 건들건들한 게 불량과였거든. 옷매무새하며 말투하며 노는 꼬라지가 영 밥맛인 것들 있잖니?"

"맞아요. 지금도 그런 애들 많아요."

까르르 웃는 소리에, 여기저기 박수 소리에 교실은 잠시 소란해진다. 나도 불량스런 남학생들을 떠올리며 키들키들 웃는다. 담임은 감정을 한껏 잡고서 이야기를 실감나게 해 나간다. 아이들 모두 똘방똘방한 눈으로 담임의 얼굴을 바라본다. 한마디도 놓치지 않으려고 귀로 신경을 모으고 숨소리마저 낮춘다.

"그런데 있잖니? 그 남학생은 단정한 교복 차림에 반듯한 자세, 게다가 손에는 영어 단어장을 펴 놓고 열심히 외우고 있는 모습."

잘 나가다가 갑자기 웬 영어 단어장? 나는 눈살을 찌푸리고 입술을 삐죽이 내민다.

"그 희귀하다는 우량과였어! 정말 나는 한눈에 뿅 가고 말았지 뭐니!"

"뿅이요?"

"오우! 그렇게 멋졌어요?"

"누구 닮았어요?"

"잘생기기는 또 왜 그렇게 잘생겼니! 한마디로 꽃미남 중의 꽃미남, 얼짱 중의 얼짱인 킹얼짱이었어! 요즘 방방 뜬다는 장동건이나 원빈은 그 오빠한테 대면 쭈굴탱이 방자보다도 못한 거 있잖니?"

아이들은 환상에 젖어 멍한 표정으로 담임에게서 눈을 떼지 못한다. 나 역시 입을 헤벌린 채 담임의 이야기 속으로 빨려 들어간다. 담임은 목소리와 표정의 변화를 적절히 줘 가면서 이야기를 맛깔스럽게 펼쳐 놓는다. 이미 비슷한 이야기를 많이 해 본 듯하다. 어쨌든 판타스틱이다.

"교복을 살펴보니까, 우리 학교에서 이십 분 정도 더 가야 하는 남자고등학교 삼 학년 오빠였어! 그날부터 학교 가는 게 너무너무 즐거워지는 거 있잖니? 그 지겹던 등굣길이 마치 천국으로 가는 꽃길을 걷는 기분이지 뭐니! 등교 준비 시간이 배나 길어졌어. 아침마다 더욱 꼼꼼히 세수를 하고, 공들여 머리를 감고, 언니 화장품을 찍어 바르고, 교복을 몇 번씩이나 살펴보고…….”

또 말을 멈춘 담임의 표정이 약간 굳어지는 것 같다. 흘러내린 안경을 추켜올리고 창밖 하늘로 시선을 보낸다. 몇 초 간 하늘을 보다가 다시 시선을 거두고 입술에 침을 바른다.

“아이! 왜 자꾸 말을 멈추고 그래요?”

“그 다음요, 그 다음.”

아이들이 빨리 말하라고 성화다.

“오! 마이 갓! 그런데 있잖니? 나중에 알고 봤더니, 내 친구 영원이 그것도 나랑 똑같이 그 오빠한테 뿅 가 버린 거지 뭐니! 평소엔 외모에 전혀 신경을 안 쓰던 그것이 예쁘게 화장을 하고 지나치게 옷단장을 하고 그러는 거야. 나 참! 기가 막혀서.”

고운 말을 쓰라고 입버릇처럼 말하던 담임은 자기 친구를 그것이라고 비하하며 흥분을 한다.

“어머나! 그래서요?”

“그거, 삼각관계 아네요, 샘?”

“삼각관계? 뭐 그렇다고 볼 수도 있겠지. 아무튼 있잖니? 나하고 영원이 그것은 매일…….”

이야기는 점점 흥미진진해진다. 아이들이 마른 침을 삼킨다. 나도 따라 삼킨다.

“아침마다 버스에서 날카로운 신경전을 펼쳤지. 서로 그 오빠 가까이에 가 서려고. 그러다 우리는 사랑을 택할 것인가? 우정을 택할 것인가? 그야말로 잔인한 운명의 갈림길에 놓이게 되었지 뭐니."

"오우!"

"그렇게 한 달쯤 지났을 때였을 거야. 그때까지 우리는 그 오빠에게 말도 한마디 못 걸고 속으로만 끙끙 앓고 있었지. 무심하게도 그 오빠는 우리한테 눈길 한번 주지 않지 뭐니! 늘 같은 자세 같은 표정으로 돌부처처럼 앉아서, 오로지 영어 단어 외우기에만 열중하는 거 있잖니? 세상에! 뭐 그런 남자가 다 있니? 그런데 그게 더욱더 그 오빠를 매력적으로 보이게 하는 거 있지?"

담임의 목소리에는 그 당시의 촉촉한 감정이 고스란히 묻어 있는 것 같다. 마치 그 오빠가 눈앞에 있기라도 하듯 목소리가 가늘게 떨리고 양쪽 볼이 발그스레 변한다.

"어느 무더운 초여름 날, 나는 더 이상 안 되겠다 싶어서 친구에게 제안을 했어."

"제안요? 무슨 제안요?"

"페어플레이를 하자고."

"페어플레이요?"

"응! 영원이 그것이 더티플레이를 하려는 낌새를 보였거든. 괜히 그 오빠가 사는 동네를 어슬렁거리고, 그 오빠 여동생이 있는지 없는지 여기저기 물어보고, 심지어 쪽지까지 써서 전해 주려고 하지 뭐니! 그래서 내가 정정당당하게 그 오빠가 우리 둘 중에 하나를 선택하게 하자고 그랬지. 그래 놓고 누가 선택되든 그 선택에 반드시 따르자고 제안을 한 거지."

결국 당사자가 모르는 선택 게임을 했다는 말이다. 나름 조마조마한 게 재미가 있었을 것 같다.

"그 오빠가 어떻게 선택을 하게 해요?"

"그러게요. 그 오빠가 쳐다보지도 않았다면서요?"

"혹시 손수건 떨어뜨리기 아녜요, 샘?"

"맞아요. 영화에서 본 적 있어요. 일부러 손수건을 떨어뜨려 놓고 누구 손수건을 먼저 줍나 하는 거요."

담임의 이야기에 완전히 빠져들어 아이들은 서로서로 질문을 하고, 추측을 하고……. 교실 안은 청주에서 제일 시끄럽다는 육거리 시장 통보다 훨씬 더 시끄럽다. 마치 수백 마리 개구리 떼가 한꺼번에 울어 대는 것 같다.

"손수건이 아니고, 책가방! 바로 책가방을 선택하게 하자는 거였어!"

"책가방요?"

"책가방을 어떻게요?"

빛나와 푸름이가 웬 뚱딴지같은 소리냐는 표정으로 묻는다. 나와 다른 아이들도 선뜻 이해가 되지 않아 고개를 갸웃거린다.

"어떻게는 뭐가 어떻게니? 둘이 똑같이 책가방을 들고 그 오빠 옆에 서서, 그 오빠가 누구 책가방을 먼저 받아 주는가, 하는 방식으로 하자는 거였지."

"그래서 했어요?"

"했지!"

"받아 줬어요?"

"받아 줬지!"

"누구 가방을요? 선생님 거요?"

이번에는 내가 큰 소리로 묻는다. 도저히 궁금증을 누를 수가 없어 발까지 동동 구른다. 하지만 담임은 또 얼른 대답하지 않고 뜸을 들인다. 입을 다문 채 의미를 알 수 없는 묘한 표정을 지으며 마냥 서 있다. 아마도 그 당시의 광경을 머릿속에 그려 보는 모양이다.

"선생님 가방을 받아 준 거 맞죠? 그죠? 와! 멋지다, 짱 멋져!"

빛나가 재촉을 한다. 양손을 까불까불 흔들며 방정을 떤다. 수업 시간에는 대개 얌전하던 빛나였는데. 첫사랑 얘기라서 그런지 오늘은 전혀 그렇지 않다.

"오! 마이 갓! 그런데 그게, 내 가방이 아니라······."

담임은 눈을 지그시 내려 감고 머리를 두어 차례 젓는다. 얼굴에 어두운 그림자가 스친다.

"어머! 울 샘이 아닌가 봐!"

"그럼 어떡해?"

"선생님 가방이 아니었어요?"

담임이 대답 없이 고개를 한 번 끄덕인다.

"아! 안 되는데!"

"어우! 뭐 그런 놈이 다 있어!"

"충격 먹었겠어요, 선생님!"

아이들은 마치 자기가 당하기라도 한 것처럼 몹시 안타까워한다. 나도 마음이 짠해진다.

"그 계집애는 나보다 예쁘지도 않고, 공부도 못하고, 또 뚱뚱한 편인데."

씨! 잘 나가다가 뚱뚱하다는 말은 왜 또 하는 거야? 나는 기분이 상해서 담임을 노려본다. 짠하던 마음이 금세 사라진다. 그거 쌤통이다! 라는 소리가 저절로 나온다.

"일 학년이 다 가도록 쇼크 상태로 지내긴 했었는데. 마침내는 툭툭 털고 정신을 차렸어. 그리고 오히려 잘됐다 생각했지. 복수심에 불타서 나는 오기로 공부를 더 열심히 했던 거야. 항상 영어 단어장을 들고 다니면서 보란 듯이 공부했지. 그래서 사범대학에 들어가고 이렇게 영어 선생님이 되었잖니? 한마디로 전화위복이 된 거지 뭐니!"

"그 친구는요?"

"그 친구는 그 오빠랑 어떻게 되었어요? 애인이 된 거예요?"

"헤어졌어요? 결혼까지 했어요?"

"선생님, 지금도 그 오빠 생각 많이 해요?"

아이들의 질문이 끝도 없이 이어진다. 담임이 눈살을 찡그린다.

"몰라! 몰라! 너희들 맘대로 생각해! 이제 끝!"

"샘, 그게 다예요?"

"그럼 뭐가 또 있니?"

"에이! 급실망이에요."

"좀 더 해 주세요."

좀 더 자극적인 이야기를 기대했던 아이들이 실망감을 나타낸다. 사춘기 여자아이들의 마음은 다 똑같은 걸까. 나도 좀 더 자극적이고 야한 이야기를 바랐는데, 아쉬움이 크다.

"어디, 손 한번 들어 보겠니? 남자 친구 있는 사람?"

아무도 손을 들지 않는다. 서로들 눈치만 슬금슬금 살핀다.

"괜찮아. 손들어 봐. 우리 때와 달리 요즘은 건전한 이성교제 뭐라 하지 않잖니? 가정 교과서에도 나오고. 없니? 정말 없니?"

"쟤, 있어요."

"얘도 있어요, 샘!"

"얘는 초딩 때부터 사귀었대요."

서로 장난 삼아 아무나 마구잡이로 가리키는 말에 교실이 소란스러워진다.

"빛나야, 너 있잖아? 얼른 손들어!"

푸름이가 큰 목소리로 빛나를 지목한다.

"있긴 내가 뭐가 있어?"

빛나가 발끈해서 푸름이를 쏘아본다.

"학원에서 사귄 애 있잖아? 멸치대가리처럼 생긴 남학생."

"뭐? 멸치대가리? 봤어, 니가?"

"보진 못했지만 다 들리는 소리가 있지!"

푸름이가 살짝 웃는다. 빛나가 벌떡 일어난다.

"너, 알지도 못하면서 말 함부로 하지 마!"

뒤쪽에 앉은 아이들 몇이 우! 우! 소리를 내 빛나를 응원한다.

"아님 말고지, 왜 노려보고 그래? 졸라 열 받게."

푸름이도 같이 일어서며 빛나를 흘긴다. 다른 아이들 몇 명이 맞아! 맞아! 하며 푸름이 말에 동조를 하고 나선다. 교실 분위기가 이상하게 변해 버린다.

"그만! 얘들아, 그만!"

담임이 소리친다. 그래도 빛나와 푸름이는 눈싸움을 그치지 않는다.

"한빛나! 진푸름! 너희 그러다 싸우겠다. 서로 장난으로 하는 말 가지고 왜들 그러니? 어서 앉아!"

"쟤가 멸치대가리니 뭐니 그러잖아요."

마지못해 앉았으나 빛나는 여전히 푸름이에게 싸늘한 시선을 보낸다.

"멸치대가리? 하하! 그래, 그건 푸름이가 좀 심했다."

"심하긴 뭐가 심해요? 들은 대로 말했을 뿐인데요."

"누가 그런 말을 했는데? 이름 대 봐!"

빛나가 따져 물으며 또 일어서려고 한다.

"그만하래도!"

담임이 교탁을 내려쳐 말린다. 빛나와 푸름이는 입을 앙다물고 서로를 외면한다. 만약 둘의 사이가 잘못되기라도 하면 어떡하나? 은근히 신경이 쓰인다.

"빛나야. 푸름아. 왜 그래? 별것도 아닌 일로 친구 간에."

나는 두 아이를 번갈아 쳐다보면서 틀어진 마음을 달래 준다. 하지만 두 아이는 동시에 나에게 눈을 흘긴다.

"아무튼 있잖니? 언젠가 너희들한테도 반드시 사랑이 찾아올 거야. 마른하늘에 벼락을 맞듯 느닷없이 말이야. 그러면 예쁘고 향기로운 사랑을 해 봐. 하지만 남친을 사귀더라도 싹이 좀 보이는 애를 사귀어야 해. 알았니? 자, 오늘은 관계대명사에 대해서 공부한다."

"에이! 더 해 줘요."

"공부 안 하고 얘기만 하기로 했잖아요?"

"아까 내가 얘기는 십오 분 정도 한다고 그러지 않았니?"

"아니요!"

"안 그랬어요."

나도 분명히 들었는데, 아이들은 시치미를 뚝 잡아뗀다. 어이가 없는지 담임이 피식 웃는다.

"이십 분밖에 안 남았는데 뭔 공부예요?"

"선생님! 남편은 언제, 어떻게 만났는지 말해 줘요."

"그래요. 아주 자세히!"

교실 여기저기서 아이들이 더 해 달라고 아우성을 친다. 하지만 담임은 못 들은 척 칠판에 '관계대명사'라 크게 쓴다. 그제야 아이들이 체념을 하고 입을 다문다. 흐흥! 나한테도 사랑이 찾아올까? 꿈 같은 일이다. 나는 담임을 살피면서 고개를 좌우로 흔든다. 그러면서도 은근히 기대가 된다. 40대 초반의 아줌마인데도 날씬한 몸매를 자랑하는 담임의 뒷모습에 나는 그만 기가 죽는다. 갸름한 얼굴에 타원형 안경을 쓴 담임은 새침한 면이 있어서 그다지 호감이 가지는 않는다. 저런 스타일의 선생님은 자기중심적이고 이기적이야. 나는 인터넷 운수 사이트에서 심심풀이로 본, 신학기에 만나는 담임운의 내용을 기억해 낸다.

4장
...
동태 데이

    토요일이다. 중앙공원 벤치에 혼자 앉아 연보라색 라일락 꽃구경을 한다. 아직 활짝 피지는 않았지만 향기가 진하다. 정원석 옆 함박눈을 뭉쳐 놓은 듯한 백목련도 보기 참 좋다. 하지만 내 기분은 그리 좋지 않다. 일어나서 공원을 이리저리 오간다. 왼쪽으로도 갔다가, 오른쪽으로도 갔다가, 제자리에서 맴돌기도 하고, 마치 길 잃은 강아지 같다. 배도 좀 고프다.
    휴대폰을 꺼내 시간을 확인한다. 벌써 11시 30분이다. '열두 시야. 늦지 않게 꼭 나와.' 아까 아침에 푸름이한테서 문자가 왔었다.
    "기집애! 누가 안 간대?"
    심호흡을 한 번 내뿜고 약속 장소로 향한다. 어차피 피할 수 없는 약속. 공원에서 맴돈다고 해결될 일이 아니다. 그래서 해결이 된다면 하루 종일이라도 돌겠지만.

"가서 빛나를 잘 구워삶아야 돼! 빛나가 푸름이 보다 먼저 와 있어야 하는데."

그렇잖아도 집에서 나오면서 빛나한테 전화를 세 번이나 했었다. 하지만 늦잠을 자는지 받지 않았다.

"푸름이네 집보다 빛나네 집이 더 가까우니까 먼저 올 거야."

혼잣말로 나 자신을 위로한다.

성안로 번화가엔 사람들로 북적인다. 토요일이라 그런 모양이다. 학생들도 많다. 어제 담임이 말한 건들건들 불량스럽게 걷는 또래 남학생도 몇 명 눈에 띈다. 야구 모자를 뒤통수로 돌려 쓰고, 몸에 짝 달라붙는 쫄쫄이 바지를 입고, 컬러풀 한 운동화는 뒤꿈치를 꺾어 질질 끌고, 침을 퉤퉤 뱉으면서 쓸데없이 어깨에 힘을 넣고 걷는 품새가 천상 양아치다. 그들을 곁눈질하며 한마디 내뱉는다.

"에이! 싹이 안 보이는 것들!"

산업은행 앞에서 롯데시네마 쪽으로 방향을 바꿔 걷는다. 일이 내 뜻대로 안 되면 어떡하지? 근심이 점점 커지더니 나도 모르게 걸음이 느려진다. 괜히 거짓말을 해 가지고.

"아니야. 잘될 거야."

모이를 쪼아 먹다 푸드득 날아오르는 비둘기 떼를 바라보며 희망을 품는다. 내 이름 나래가 날개라는 뜻이라는데? 나처럼 뚱뚱한 애도 날 수 있을까? 문득 그런 생각도 든다. 무의식적으로 고개를 가로젓는다.

롯데리아 문을 조심스레 열고 안으로 들어간다. 아직 오전이라 손님들은 그리 많지 않다. 테이블을 살핀다. 없다. 푸름이도 빛나도 보이지 않는다. 구석진 자리로 가 앉는다. 벽에 걸린 디지털시계가 11시 50분을 가리킨다.

"푸름이 이게, 나보고 늦지 않게 오라더니?"

출입문을 뚫어져라 쳐다보며 단 1분이라도 빛나가 먼저 들어오기를 바란다.

앞 테이블에 고딩으로 보이는 커플이 마주보고 앉아 치킨 세트를 먹고 있다. 매우 다정한 모습이다. 아, 왕부럽! 나는 언제 저런 치킨 데이트를 해 보나? 고소한 통닭 냄새가 식욕을 자극한다. 군침이 자꾸 넘어간다. 미치겠다. 아침을 적게 먹고 온 게 넘넘 후회가 된다. 그동안 밥 많이 준다고 엄마한테 짜증을 부렸더니 오늘은 정말로 반공기만 줬다. 반찬도 야채뿐이었고. 겨우 고걸 먹고서 여기까지 걸어왔으니, 빈속에 백 리 행군을 한 국군 장병이나 마찬가지다.

12시 20분. 인내의 한계점에 다다른다. 먼저 먹고 있을까? 그러자! 배고파서 더는 못 기다리겠어! 막 일어나 계산대로 주문을 하러 가려는데 푸름이가 들어온다. 내 눈이 휘둥그레진다. 저 기집애, 저

거 뭐야? 코스프레도 아니고. 한마디로 백설공주의 등장이다.

"나래야, 많이 안 기다렸지?"

"왜 많이 안 기다려? 이십 분이나 기다렸는데."

"겨우 이십 분 가지고 뭐? 옷 좀 신경 써서 입고 오느라 늦은 거야! 나, 어떠니? 이 옷 미국 LA에 사는 우리 이모가 보내 준 거야!"

나는 배고픔도 잊고 두 눈에 질투의 장작불을 지핀다. 사복을 입은 푸름이를 보기는 처음이다. 흰색 바탕에 연분홍 꽃무늬가 무수히 찍힌 원피스, 마치 하얀 눈 위에 진달래꽃이 떨어져 내린 것 같다. 거기에 같은 무늬의 흰색 헤어밴드, 꽈배기처럼 꼬인 가느다란 허리띠, 굽이 높은 구두. 어깨에는 빨간 핸드백까지 메고 있다. 갸름하니 하얀 얼굴에 늘씬한 키인 푸름이와 아주 잘 어울린다. 완전 여대생 스타일이다. 배가 아프다.

"음! 니 얼굴엔 좀 안 어울리는 것 같아. 너무 노티가 나. 아줌마 같아!"

"그래? 울 엄마는 아주 잘 어울린다고 그러던데. 나도 괜찮고."

"그런데 빛나는 여태 안 왔어! 아까 전화 했는데 안 받더라."

푸름이가 계속 자기 옷차림 얘기를 할까 봐 화제를 얼른 돌린다.

"그 애, 졸라 짜증이야. 나도 오다가 해 봤는데 안 받아! 아마 학원에 갔을 거야, 보충 강의 들으러. 근데 너 그거 알아?"

"뭐?"

"빛나 걔 정말 남자 사귄대! 학원에서 만났다는데 보통 사이가 아니래!"

"그래?"

"그래! 둘이 아주 꼭 붙어 앉고 손까지 잡고 강의 듣는대. 치! 안 오면 말지 뭐! 그깐 그지 깽깽이 같은 애!"

푸름이는 대수롭지 않은 듯이 말한다. 불길한 예감이 든다.

"그러지 말고 화해해! 어제 그 일 별거 아니잖아?"

"그래! 알았어. 내가 이따 다시 문자를 보내든지 밤에 통화 한번 해 볼게."

"그래. 그렇게 해 봐. 참, 우리 뭐 먹어야지? 내가 산다고 했으니까 골라 봐, 푸름아!"

"글쎄? 뭘 먹지? 그냥 간단히……. 나래, 너는?"

푸름이가 메뉴판을 살펴보다 묻는다.

"나는 아까 정해 놨어! 치킨 세트 먹을 거야. 너는 불고기 버거 먹어. 여기 그거 맛있어!"

"불고기 버거? 나, 그거 다 못 먹는데."

"너무 크면 내가 반 먹어 줄게!"

불고기 버거도 자꾸 땡겨 불쑥 그 말이 튀어나온다. 치킨 세트도 불고기 버거도 먹어 본 지가 꽤 오래됐다. 애초에 이곳을 약속 장소로 정하는 게 아닌데, 얼떨결에 그래 놓고 말았으니. 하지만 이미 돌아오지 못할 강을 건너고 만 것이다. 내 몸은 벌써 계산대로 향하고 있다.

"저기요. 치킨 세트 하나 하고요, 불고기 버거 하나 주세요."

음식이 나오기를 기다리며 푸름이의 옆모습을 힐끔힐끔 살핀다. 단정하게 앉아 있는 모습이 맞선을 보러 나온 아가씨 같기도 하다. 내 마음속에서 또 시기의 파도가 일렁인다. 배가 점점 더 아파온다.

"자, 이 버거 반 떼어 줄게!"

"어! 그래! 고마워!"

나는 먹으면 안 되는데, 안 되는데 하면서도 얼른 받아 내 접시에 놓는다. 쳐다만 봐도 흐뭇하다.

"푸름아, 내 치킨 한 조각 줄까?"

"싫어! 살쪄!"

딱 잘라 거절한다. 그럴 줄 나는 이미 알고 있었다. 학교 급식도 푸름이는 다른 아이의 반도 안 먹는다. 저번에 푸름이네 집에 갔을 때 방에 온통 먹을 것 천지였는데, 푸름이는 거들떠보지도 않았다. 그 맛있는 빵과 과자들을 옆에 쌓아 두고 눈길 한번 주지 않는 푸름이가 존경스럽기까지 했었다.

나는 치킨 다리를 들고 부지런히 뜯는다. 푸름이도 불고기 버거를 한 입 작게 베어 문다.

"나래야, 어제 울 담임 첫사랑 얘기 웃기지 않았니?"

"웃겨? 아니! 오히려 슬프던데. 결국 그 남학생 오빠한테 선택을 못 받은 거 아냐? 짝사랑하던 오빠도 잃고 친구도 잃고. 그러니 슬픈 얘기지!"

"넌 그걸 믿니?"

"그럼 믿지, 안 믿어? 선생님 얘긴데?"

푸름이가 고개를 절레절레 흔든다.

"다 꾸며서 한 얘기야. 뻥이라고!"

"뻥?"

"그래! 완전 뻥이야. 맨끝에 그 백여우가 이랬잖아. 쇼크 상태로 얼마간 지내다가 정신을 차리고, 복수심에 불타서 오기로 공부를 더 열심히 해서, 대학에 들어가, 끝내는 영어 선생님이 되었다고. 기억나?"

"응! 기억나."

뚜렷이 기억난다. 항상 영어 단어장을 들고 다니면서 보란 듯이 공부를 했다나, 어쨌다나? 담임이 그 전에도 영어를 잘하려면 부지런히 단어를 외워야 한다고 몇 번 그랬었다.

"결론은, 우리보고 공부 더 열심히 하라 이 말이야. 그 말을 하려고 없는 얘기를 지어서 들려준 거라고. 내가 어느 하이틴 소설인가, 영화에서 본 것도 같고."

"그런가?"

"그래! 넌 순진한 거니, 멍청한 거니? 그건 그렇고. 나래 넌 첫사랑이 누구였어?"

"내 첫사랑? 그게 저……. 푸름이 너는?"

선뜻 대답을 못하고 머뭇대다가 푸름이에게 되묻는다.

"나는 초딩 4학년 때 울 학교 6학년 씨름 선수 오빠를 좋아했었는데. 지금도 가끔 길거리에서 마주치거든. 근데 지금 보면 완전 왕밥맛인 거 있지? 양쪽 어깨에 힘을 넣고 이렇게, 이렇게 걷는 게 꼭 마운틴 고릴라 같다니까. 으크크크!"

푸름이가 앉은 자세로 고릴라 흉내를 해 보이며 크크크 웃는다. 그 모습이 우스워 나도 따라 웃는다. 그러다 엄마 모습이 떠올라 얼른 웃음을 그친다.

"초딩 땐 내 눈이 어떻게 됐던 거지 뭐! 아참! 너, 우리 반에 친한 친구 있어?"

"친한 친구? 왜?"

닭다리를 뜯어 먹다 멈추고서 푸름이를 쳐다본다.

"그냥 알아보고 싶어서."

"그다지 친한 친구는 없어!"

"다른 반에도?"

"응! 1학년 때 같은 반이었던 아이 두 명 정도 있긴 있는데. 뭐 그렇게 친하지는 않아. 근데 왜?"

"그냥 알아 두려고 그래. 너하고 친한 애가 누군지 알고 있어야지. 너는 정말로 내 친한 친구니까."

이런저런 얘기를 나누다 보니 시간이 금방 흐른다. 주로 푸름이가 얘기를 하고 나는 먹기만 한다. 치킨, 버거, 감자튀김, 콜라까지 싹싹 긁어 먹었더니 좀 살 것 같다. 2학년에 올라와서 가장 맛있게 먹은 점심이다. 배가 빵빵하다. 꾸룩! 꾸룩! 몸에서 살찌는 소리가 난다. 후회가 된다. 내일부터는 진짜 1천2백 이하로 칼로리 제한을 하겠다고 결심을 한다.

"가자, 나래야!"

"어디?"

"따라와!"

우리 집에 가자고 하면 어떻게 따돌려야 하나? 고민을 하면서 푸름이를 따른다. 푸름이는 마치 제 세상을 만난 봄 나비라도 되는 양 번화가를 나풀나풀 날아다닌다. 건들건들한 불량과 남자애들이 두 눈을 가마솥 뚜껑보다 더 크게 뜨고 쳐다본다. 나는 다른 사람의 시선이 불쾌한데 푸름이는 남들이 자기를 보아 주기를 은근히 바라는 눈치다. 자신감 넘치는 걸음걸이에 거만한 표정이다. 옆에 가는 나는 춘향이의 몸종인 향단이 꼴이다. 번화가에서 벗어난 우리는 서점을 지나쳐, 백화점으로 들어가 1, 2, 3, 4층을 다 구경한 뒤 액세서리점에 들른다.

"귀고리 사야 해! 집에 있는 건 디자인이 싫증 나서."

"귀고리를? 학교에 못 하고 갈 텐데?"

"사복 입고 시내 나올 때만 하려고. 나래야, 너도 골라 봐!"

"내가 아나, 뭐!"

푸름이는 열심히 귀고리를 고른다. 각양각색의 귀고리를 차례차례 귀에 달고 거울을 보면서 시간을 보낸다. 나는 지루하게 푸름이의 행동을 지켜본다. 이 기집애 이거, 우리 집에 가겠다는 생각 바뀐 거 아냐? 그런 기대가 슬며시 싹터 오른다. 시간이 흐를수록 기대의 싹은 뿌리를 내리고 가지를 뻗는다. 벌써 두 시간이 다 되도록 시내를 돌아다녔지만 우리 집 얘기는 꺼내지도 않는다. 바뀐 게 분명해! 아니면 잊어버렸거나. 속으로 야호!를 외치며 계속 푸름이를 살핀다.

한참 만에 푸름이가 귀고리 두 세트를 산다. 그 중에 인조 루비 귀고리를 귀에 단다.

"어때? 괜찮지?"

"응! 괜찮어!"

귓불에 착 달라붙은 콩알만 한 귀고리가 붉은 빛으로 반짝인다. 푸름이의 얼굴이 한결 더 살아난다. 나머지 사파이어 귀고리는 나를 주려나 했더니, 자기 핸드백에 쏙 집어넣는다. 에이! 정나미 없는 기집애! 먹을 것은 잘도 주면서……. 서운하다. 떡 줄 사람은 생각도 않는데 미리 김칫국을 마신 셈이다.

"이제 가자!"

"어디? 뭐 또 살 거 있어?"

"아니!"

"그럼 어디?"

마음을 졸이며 푸름이의 입을 본다. 설마 우리 집에 가자는 건 아니겠지? 긴장감으로 내 얼굴 근육이 뻣뻣이 굳는다.

"너네 집에 가기로 했잖아?"

젠장! 설마가 사람 잡는다더니, 딱 그 짝이다.

"우, 우리 집에? 그게 저……."

"왜 또 그래? 뭔 문제 있어?"

"그, 그건 아니고."

"그럼 빨리 가자! 벌써 두 시 반이야."

가능성이 매우 낮지만 밑져 봐야 본전이라는 계산에 슬그머니 말을 돌려 본다.

"야, 푸름아! 우리 빛나네 집에 가 볼래? 걔 전화도 안 받고. 혹시 무슨 일이 생긴 거 아닐까? 너도 궁금하지?"

"안 궁금해! 빛나 걔, 학원에 보충 강의 들으러 간 게 확실해! 저번 주에도 갔었거든. 학원에 빠지면 걘 지네 엄마한테 엄청 혼난대. 빨리 가자!"

도저히 빠져나갈 구멍이 없다. 절망감이 가슴을 짓누른다. 두툼한 가게 천막이 내 한숨으로 펄렁인다.

"여기서 거리가 꽤 먼데."

"택시 타면 되지. 택시비는 내가 낼게."

"급하게 나오느라 방 청소도 안 해 놔서……."

"괜찮아. 나도 청소 거의 안 하는데 뭐!"

"그, 그래도 남한테 보여 주기가 좀……."

"나래야! 너하고 내가 남이야? 왜 자꾸 뒤로 빼? 아, 졸라 왕짜증!"

푸름이가 인상을 잔뜩 쓰고 나를 노려본다. 나는 비굴한 미소를 지으면서 변명을 한다.

"빼는 게 아니라……."

"아니긴 뭐가 아냐? 친구가 친구네 집에 놀러 가겠다는데, 그게 잘못된 거야?"

"아, 아니! 잘못됐다는 말이 아니고."

"더욱이 네가 초대를 한다고 약속까지 했잖아? 서로 자주 왕래를 해야 우리가 더욱더 친해질 수 있는 거야. 빨리 가자."

푸름이한테 끌려 꼼짝없이 택시를 탄다. 죽을 맛이다. 아까 먹은 치킨과 버거가 뱃속에서 파도를 일으킨다. 눈앞이 뱅뱅 돈다. 머리도 띵하다.

"어디야? 빨리 대!"

"아저씨! 저, 육거리 시장 있잖아요? 거, 거기에서 청남교 방향으로 좀 더 가 주세요."

택시는 목적지에 금방 도착한다. 길이 막히지 않아 채 10분도 걸리지 않는다.

"저 앞 횡단보도에서 세워 주세요."

"여기야? 가까운데 뭐가 멀다는 거야?"

"걸어오면 엄청 멀어!"

우리 가게를 100미터쯤 지나쳐 장수 한의원 앞에서 내린다. 한의원 유리창에 붙여진 꽃사슴 한 마리가 나를 물끄러미 쳐다본다.

횡단보도를 건너 집 쪽으로 느릿느릿 걷는다. 사형장으로 끌려가는 죄수의 심정이다. 발이 잘 떨어지지 않는다. 우리 가게 바로 건너편, 집으로 들어가는 골목 어귀에 다다른다. 걸음을 멈추고 머뭇거린다. 엄마가 가게에서 나와 나를 부를까 봐 조마조마하다.

"아직 멀었어?"

"아, 아니! 다, 다 왔어!"

"이 근처야?"

"응! 응!"

푸름이가 주변을 둘러본다. 엄마라도 제발 나타나지 말기를! 간절히 바란다.

"여기 무슨 아파트가 있어? 여긴 아파트 단지가 아니잖아?"

"이, 이 골목……."

"이 골목? 이렇게 좁은 골목 속에?"

고개를 갸웃거리며 푸름이가 골목 속을 살핀다.

들어갈 수도 없고, 서 있을 수도 없고. 완전 진퇴양난이다. 나는 길 건너 우리 가게를 곁눈질하면서 자꾸 딴전을 부린다.

"너 왜 그래? 어디 아파?"

"그, 그냥 속이 좀……. 아까 너무 많이 먹었나 봐."

"그럼 빨리 집에 가서 화장실에 가야지?"

"아니야! 여기 조금만 있다가."

나는 배를 움켜잡고 쪼그려 앉는다. 점점 더 몸을 움츠리면서 상당히 아픈 시늉을 한다. 눈살을 찌푸리고, 배앓이하는 강아지처럼 나지막이 낑낑거린다. 이렇게까지 해야 하다니? 내 신세가 참 처량하다. 돈 못 버는 아버지가 무지무지 원망스럽다.

"어? 나래야! 너, 여기 앉아서 뭐 허능겨?"

그런데 하필 그 순간, 골목길에서 아빠가 불쑥 튀어나온다. 나는 너무 놀라 벌떡 일어난다.

"아니! 그냥 뭘 좀 찾느라고."

"이 애는 누구여? 니 친구여?"

"응! 아빠! 내 친구 푸름이야. 함께 왔어!"

"그려? 아이구! 아주 이쁘장헌 아가씨구만그랴! 보닝께 공부두 음청 잘허게 생겼구 말여."

아빠가 푸름이를 살펴보며 흐뭇하게 웃는다.

"안녕하세요!"

"그려! 그려! 집에 들어가서 놀아. 지금 집에 아무도 읎어. 니 오빠, 아까 뭔 문제집 산다고 시내 서점에 나갔어."

그 말을 한 뒤 아빠는 곧장 찻길로 들어서서 가게로 뛰어간다. 차량들이 급정거를 하고 욕설을 퍼붓는다.

"너네 아빠 소방 공무원이라더니, 오늘 쉬는 날인가 보다?"

"응! 토요일마다 쉬어!"

어제도 술에 취해 늦게 들어온 아빠는 밤새 엄마와 티격태격 싸웠다. 그러다 날이 훤해질 무렵에 잠이 들어 코를 드르렁드르렁 골아댔다. 그러니까 여태까지 자다가 일어나서 '신용부동산'으로 화투 치러 가는 거다. 틀림없다. 배울 점이라고는 눈곱만큼도 없으니, 도무지 대책이 안 서는 아빠다.

"근데 너네 아빠 너랑 안 닮았네?"

"응! 난 엄마를 닮았어!"

불쑥 그런 대답을 하고 만다.

"엄마도 뚱뚱해?"

"아, 아니! 울 엄만 소녀시대 뺨쳐!"

"와우! 정말?"

그 질문은 못 들은 척하고 골목으로 들어간다. IBM(이미 버린 몸), 이판사판이다.

"나래야! 근데 너 오빠도 있어?"

"하나 있긴 있는 것 같기는 한데, 영…….''

"그런데 왜 오빠 있다고 말 안 했어?"

"그건 오빠도 아냐. 띨새 그 새낀 완전 개잡놈이야."

"띨새? 뭔 별명이 그래? 완전 웃기다. 으크크크!"

푸름이가 크크크 웃는다. 나는 띨새 험담에 온 힘을 기울인다.

"띨새 그 원수 새끼, 말도 꺼내지 마! 생각만 해도 작년에 먹은 붕어빵이 기어올라 와."

"몇 학년인데?"

"고 1."

"너네 오빠 공부 잘하나 보네? 문제집 사러 서점엘 다 가고."

무슨 헛소릴 지껄이는 거냐는 표정을 지으며 푸름이의 추측을 즉석에서 뭉개 버린다.

"잘하긴 뭘 잘해? 문제집 산다고 돈 땡겨서 비행기 사려는 거지."

"비행기? 웬 비행기?"

"있어, 그런 게."

퉁명스럽게 딱 잘라 대답한다. 띨새 얘기는 입에 담기조차 싫으니까.

주춤주춤 걸어가 허름한 다세대 주택 앞에 선다.

"어머나! 여기가 너네 집이야? 고급 아파트가 아니네? 몇 층이야?"

"3층."

아까보다 더 짧게 대답하고서 계단을 쿵쿵 오른다. 푸름이가 머뭇머뭇 뒤따라온다.

"와! 너무 오래됐다. 금방 무너질 것 같아."

"오기 싫으면 말고."

"아니, 아니야!"

현관 앞에서 잠시 숨을 돌린다. 우유 투입구에 손을 넣어 열쇠를 꺼낸다. 문을 따고 안으로 들어간다.

"들어와."

푸름이가 황소 눈을 크게 뜨고 이리저리 휘둘러보면서 조심조심 들어온다. 이런 데서 사람이 어떻게 사니? 하는 눈빛이다.

"집 안 무너져. 신발 벗고 얼른 올라와."

"응! 그, 그래!"

"봐! 여기가 우리 집이야."

대놓고 보여 주니까 오히려 마음이 편하다. 진작 이럴걸. 그동안 끙끙 앓았던 게 억울하다. 이젠 거짓말하지 말아야지, 다짐한다.

푸름이는 거실을 살피고, 베란다를 보고, 안방도 구경한다. 심지어 지저분한 화장실까지 열어 본다. 그래! 다 봐라, 다 봐! 나는 자포자기한 심정으로 보든 말든 그대로 내버려 둔다.

"니 방은?"

"저기. 이리 와!"

푸름이를 데리고 내 방으로 들어간다.

"애걔걔! 이게 니 방이야? 너한테는 너무 좁겠다."

"아니야. 안 좁아."

"그런데 노트북 없네? 피아노도 없고, 러닝머신도 없고."

내 방을 구석구석 살펴보며 내 속을 박박 긁는다. 마치 다 알고 왔다는 듯 비웃음까지 입술에 달고 비아냥댄다. 자존심이 상한다. 열이 오른다. 하지만 꾹 눌러 참는다.

"집이 넘 좁아서 답답하다. 이게 사십팔 평은 아니지?"

구미호 같은 년! 아주 즐기는군, 즐겨! 정말 푸름이는 내 자존심을 짓밟으려고 우리 집에 온 것 같다. 얼굴 표정에 고소해하는 빛이 짙게 감돈다. 콧소리를 살짝 섞어 말끝을 올리는 게, 목소리도 진짜 여우스럽다.

"그치? 한 이십 평?"

"이십삼 평이야."

소리 높여 대답한다. 그러나 전셋집이라는 말은 끝내 못한다. 그건 내 마지막 자존심이다.

"저, 우리 집에는 먹을 게 없는데."

"내가 돼지니? 나, 뭐 먹으러 온 거 아냐."

웬 먹을 것이냐는 듯 나무라는 말투다. 눈까지 허옇게 흘긴다.

"너네 오빠 방은 어디야? 저쪽, 주방 쪽 맞지?"

"왜?"

"나는 여태 남학생 방 구경을 한번도 못 해 봤어! 좀 보자."

"안 돼!"

내가 잡기도 전에 푸름이는 빠른 걸음으로 주방 쪽으로 간다. 가자마자 닫힌 방문을 불쑥 열고 안으로 무작정 들어간다.

"와! 비행기네? 모형 비행기! 아까 말한 게 바로 이거였구나?"

"……!"

"저 파일럿 멋있다. 공사 생도들도. 너네 오빠 공사 지망생이야?"

"그 띨새가 공사 지망생은 무슨? 공사판 지망생이라면 몰라도."

"우리 친척 오빠 중에 해군사관학교 간 오빠가 있는데, 정말 졸라 멋있더라."

푸름이는 천장에 주렁주렁 매달린 모형 전투기를 일일이 만져 본다. 그리고 나서 띨새의 책상을 구경한다. 책과 컴퓨터를 꼼꼼히 살핀다. 서랍 손잡이도 만지작거린다.

"나래야! 우리, 책상 서랍 한번 뒤져 보자!"

"뭐어? 안 돼! 안 돼!"

"안 되긴 왜 안 돼? 남학생들은 책상 서랍에 뭘 감춰 놓는지, 진짜 궁금해! 나는 오빠가 없어서."

푸름이는 띨새의 책상 서랍을 마구 열어 본다. 나는 미치고 팔짝 뛴다. 하지만 나도 궁금하기는 마찬가지다.

"어머나! 이 서랍은 잠겼네! 여기 분명 중요한 뭔가가 있을 거야. 너한테 열쇠 없지?"

"당연 없지!"

푸름이가 서랍을 거칠게 흔든다. 기필코 열어 보겠다는 각오다. 나도 호기심이 최고치로 상승한다. 군침을 꼴깍꼴깍 삼키며 가만히 지켜본다. 뭔가 요상한 게 나오면 그걸 꼬투리 잡아 띨새를 아주 납작 빈대떡을 만들 작정이다. 틀림없이 나올 것이라고 확신한다.

"열린다, 열려!"

"살살! 망가지지 않게 살살 해!"

몇 번 더 흔들면서 잡아당기자, 마침내 서랍이 끼기긱! 마찰음을 내며 열린다. 심장이 마구 뛴다.

바로 그 순간, 밖에서 현관문 닫히는 소리가 꽝! 들린다.

"오! 마이 갓!"

나는 나도 모르게 그 소리를 외치고서 우왕좌왕 어쩔 줄 몰라 한다. 눈앞이 다 캄캄해진다.

"야, 똥자! 너, 내 방에서 뭐 하는 거야?"

"……!"

"빨리 안 나와? 똥자 너, 뒈진다?"

띨새의 고함 소리가 집을 뒤흔든다. 이어서 신발을 벗어던지는 소리와 방으로 빠르게 다가오는 발자국 소리가 쿵쿵쿵 들린다. 내 간이 콩알만 하게 쪼그라든다. 온몸이 순식간에 얼어 그대로 동태가 되어 버린다.

5장
...
무거운 침묵

참, 이상한 일이다. 무슨 잔꾀가 숨어 있는 것 같기도 하고. 정신이 약간 어떻게 된 것 같기도 하고. 아무리 생각을 해 봐도 알 수 없는 일이다. 사람이 하루아침에 저렇게 변할 수도 있다니? 직접 내 눈으로 보면서도 믿지 못하겠다.

"저게 대체 무슨 꿍꿍이로 저러는 거야?"

화장실에서 나와 주방 식탁으로 간다. 엄마한테 나지막이 묻는다.

"엄마, 저 띨새 좀 이상하지 않아?"

"네 오빠?"

"응!"

"뭐가?"

엄마가 웬 뚱딴지 같은 소리냐는 표정을 짓고 나를 쳐다본다.

"이상해졌어. 예전 같지가 않아. 한 열흘 전쯤부터."

"글쎄 뭐가 이상하냐구?"

"음! 화장실 변기에 오줌도 안 흘리고, 내 별명도 안 부르고, 또 날 보고 살짝살짝 웃기도 해! 그거, 이상한 거 아냐?"

"원 별 미친년! 그게 뭐가 이상해? 이상하면 직접 물어봐."

그래! 어디 한번 물어보자! 대체 왜 그러는지. 마음을 먹고 띨새의 방문을 살그머니 연다. 넥타이를 매고 있던 띨새가 나를 보고 씨익 웃는다. 아, 저 구토유발 썩소! 으웩! 미치긋다.

"왜 그렇게 자꾸 실실 웃는 거야? 기분 나쁘잖아!"

"어, 그래? 그랬다면 쏘리! 베리 쏘리!"

"무슨 꿍꿍이야. 대체?"

"꿍꿍이라니? 그런 거 아냐!"

"그럼 뭐야? 뭐냐고?"

한 발 다가서며 더 크게 묻는다. 삿대질도 두어 번 한다.

"뭐냐니까?"

"그냥! 널 보면 뭐, 기분도 좋고……!"

"날 보면 기분 좋다니? 무슨 뜻이야? 내가 웃겨?"

살이 쪄서 내 모습이 좀 웃기기는 하다. 그러나 그건 보기 나름이다. 나보고 귀엽다는 사람도 몇 있다. 물론 그게 그들의 본심인지 아닌지 애매하기는 하지만.

"아냐! 니가 왜 웃겨? 절대 그런 게 아니야!"

"그러면 갑자기 왜 그러느냐고? 어디서 쥐약 주워 먹었어?"

"에, 그게 저……. 걔 이름이 뭐랬지?"

"걔? 걔라니?"

"왜, 먼젓번에 우리 집에 왔던 네 친구 있잖아?"

그제야 필이 팍 온다. 입을 국 사발만큼 벌린 채, 눈이 찢어지도록 띨새를 노려본다.

"이 인간, 이거……. 걔 이름을 왜?"

"그, 그냥, 좀 알고 싶어서."

띨새가 쑥스럽게 웃더니 책가방을 들고 나간다. 띨새의 뒤통수에 대고 소리를 냅다 지른다.

"꿈도 꾸지 마, 이 띨새야. 푸름이 걔가 얼마나 콧대가 높고 눈이 높은 앤 줄 알아? 집도 어마어마한 부자야. 저기 청주교대 사거리에 있는 파리바게트가 걔네 엄마 가게야. 걔네 아버지는 한국 전력인가? 거기 부장이고."

푸름이네는 정말로 완벽한 가족이다. 내가 원하는 이상적인 패밀리다. 아빠는 든든한 직장에 다니는 멋진 신사고, 엄마는 교양과 품위가 넘치는 미인이다. 그런 부유하고 넉넉한 가정에서 오빠 없는 외동딸로 사랑을 듬뿍 받으며 살고 있는 푸름이. 너무 부럽다 못해

시기와 질투가 회오리친다.

"우리 같은 콩가루 집안이랑은 차원이 달라, 차원이! 걔네 엄마 아빠 모두 서울 일류대 출신이야. 그리고 푸름이 걔, 공부도 잘해! 반에서 5등은 한다고."

"그러니? 나는 공부 좀 하는 애가 맘에 들던데. 이름이 푸름이야? 이름도 참 예쁘네!"

"뭐어? 걔는 너 같은 건 거들떠보지도 않아! 아무리 간덩이가 부었어도 넘볼 걸 넘봐야지. 그래서 띨새 넌 문제라는 거야. 오르지도 못할 나무를 자꾸 기어오르려고 하니까."

"태산이 높다 해도 하늘 아래 뫼이로다."

띨새가 실실거리면서 맞받아친다. 나, 열 받는다.

"놀고 있네! 푸름이 걔가 누굴 좋아하는지 알아? 투피엠의 준수 같은 남자를 좋아해! 투피엠 준수 사진으로 걔 방이 도배가 되어 있어!"

이제 기가 꺾여 찍소리 못하겠지. 속으로 고소해하고 있는데, 띨새가 현관문을 연 채 또 내 말을 받는다.

"투피엠 준수라면 나랑 비슷하네 뭐!"

"뭐뭐뭐뭐?"

"엄마, 학교 다녀오겠습니다."

"그래! 잘 갔다 와라."

띨새가 밖으로 후다닥 뛰쳐나간다.

"나래야, 어서 와서 밥이나 처먹어! 똥강아지마냥 왜 오빠를 졸졸 따라다니면서 괴롭혀, 이년아? 아침부터 오빠 기분 나쁘게."

"괴롭히긴 누가 괴롭혀? 그냥 물어보는 거지. 그리고 엄마! 내가 한마디 하겠는데, 나한테 이년 저년 하지 마! 무식하고 교양 없게 다 큰 딸한테 그게 뭐야? 나, 기분 열라 나빠!"

"허이구! 교양? 지랄하구 자빠졌네! 자, 오늘은 이것만 처먹어! 얼렁! 나, 일찍 나가야 하는데, 네 아빠 저 웬수······."

엄마가 안방으로 들어가 아빠를 거칠게 깨운다. 멍석을 마는 자세로 앉아 앞뒤로 마구 굴린다.

"이 웬수야! 얼렁 일어나. 얼렁!"

"아, 왜 또 이라능겨? 난, 더 자야 혀!"

"가게 나가서 얼렁 그 개 새끼 내다 버려!"

"독꾸를 왜 버려? 기냥 냅둬어!"

요 며칠 전부터 엄마는 아빠랑 개 때문에 자꾸 싸운다.

"가게에 똥 싸구 오줌 싸구, 게다가 쥐포까지 뜯어 처먹는단 말야, 그 개 새끼가."

"똥이야 당신이 좀 치우면 되잖여? 그라구 독꾸가 쥐포를 묶으믄 을매나 묶것어? 한 개믄 하루 종일 떡을 칠 틴디 말여. 안 그려?"

"이 웬수야! 쥐포만 뜯냐? 새우도 뜯구, 양미리도 뜯구, 뱅어포도 뜯구, 오징어도 뜯구, 북어도 뜯어 놓구. 그 개 새끼 땜에 아침마다 내가 환장을 해, 환장을!"

"아, 그라믄 말여! 목줄을 짧게 혀서 단단히 매믄 되잖여?"

아빠는 엄마에게 등을 돌린 자세로 새우처럼 눕는다. 그러고는 별거 아니라는 말투로 능글능글 말대꾸를 한다. 엄마가 더욱 열을 받는다. 목소리가 한 옥타브나 급상승을 한다.

"그렇게 해 놨는데, 목줄까지 질겅질겅 씹어서 똑 끊어 놨다구. 어젯밤에 말했잖아? 술 처먹구 들어와서 내 말을 대체 귓구멍으로 들은 거야, 똥구멍으로 들은 거야?"

"저기, 그라믄 내가 이따가 튼튼헌 쇠줄을 사 올 팅께, 어여 나가 봐! 으찌 됐든 나는 더 자야 혀!"

"안 돼! 지금 당장 가서 버려!"

"아, 은젠가 당신이 뭐라구 혔어? 개 한 마리 있으믄 가게 쥐들두 쫓구, 도둑두 막구, 또 화장실두 맘 놓구 갔다 올 수 있어서 좋것다구 혔었잖여? 그래서 내가 음청 애를 써서 애럽게 애럽게 구해 온 독꾼데."

엄마가 아빠의 어깻죽지를 야무지게 꼬집어 뜯는다.

"아야야!"

아빠의 비명 소리에 창문이 덜컹거린다. 살점이라도 떨어져 나갔지 싶다.

"이 웬수야! 그건 제대로 된 개를 말하는 거지. 저런 병든 똥개 멍청이가 아니라. 저 개 새끼는 쥐도 못 쫓아. 짖지를 못해서 도둑도 못 막구. 무슨 놈의 개 새끼가 그저 처먹는 것만 밝히는지. 얼렁 가서 못 버려? 버리구 일하러 가! 나가서 아무 일이나 하라구."

"기다리라닝께 그러네, 거 참! 나두 크다란 뒷패가 맞아떨어질 날이 이제 멀지 않았단 말여! 그라믄 당신두 그 가게 때리치우구 집에서 팡팡 먹구 놀아두 되야! 쉽게 말혀서 저기, 그, 개 팔자가 되는 거란 이 말이여!"

"말 같은 소리를 해, 이 웬수야! 어서 나가서 그 개 새끼 버려!"

엄마가 이불을 획 걷어치운다. 아빠가 엄마 쪽으로 되돌아 눕는다. 엄마를 무섭게 쏘아보다 소리를 지른다.

"아, 맘디루 햐! 버리든지 죽이든지. 빌어먹을, 썅!"

아빠 성격은 유순한 것 같아도 일단 화가 나면 물불을 안 가린다. 엄마한테 직접적으로 손찌검을 하지는 않는다. 그 대신 집안 살림을 있는 대로 다 때려 부순다. 텔레비전부터 시작해서 화장대, 문갑, 장롱 순이다. 그래도 화가 안 풀리면 주방으로 가 밥그릇, 접시, 냄비 등을 박살을 낸다. 예전에 두어 번 본 적이 있다. 그야말로 미친 황소가 따로 없었다. 아빠가 그럴 때마다 우리는 며칠씩 공포에 떨어야 했다.

그런 아빠의 성질을 잘 알기에 엄마가 꼬리를 살짝 내린다. 엄마를 쏘아보던 아빠가 다시 돌아누워 이불을 머리끝까지 뒤집어쓴다.

"아이구! 이 웬수 덩어리! 내가 어디 가서 칵 죽어야지."

황소 같은 콧김을 내뿜으며 안방에서 나온 엄마는 곧장 현관으로 간다. 평소보다 많이 늦은 시간이다.

"저 웬수 때문에 또 늦었네. 일찍 작업복 찾으러 온다구 했는데. 가게 앞에서 기다리겠다."

"그러면 얼른 가 봐, 엄마!"

"너도 그렇게 꾸물거리지 말구 어서 학교 가야지?"

"아직 시간 충분해!"

"뭐가 충분해? 그리구 엄마가 퍼 준 것만 먹어! 더 처먹으면 절대 안 돼?"

"알았어! 알았다고."

짜증스레 대답하며 나는 숟가락으로 식탁을 내려친다. 아빠 때문에 화가 머리 꼭대기까지 난 엄마도 현관문을 쾅 닫는다. 계단을 내려가는 엄마의 발소리가 여느 날보다 더 크고 빠르게 들려온다. 안방에서 아빠의 코고는 소리가 엄마 발소리에 박자를 맞추며 울려 퍼진다.

천천히 밥을 먹으면서 생각에 잠긴다. 저렇게 사는 것도 부부인가? 완전 웃기는 막장 부부야! 푸름이네 엄마 아빠는 얼마나 다정한데. 걔네 아파트 거실에는 엄마 아빠가 서로 꼭 껴안고 찍은 사진이

서울 간 오빠

여러 장 있었다. 심지어 키스를 하는 사진도 예쁜 액자에 넣어 거실 벽에 걸어 놓았다.

"그렇게는 못하더라도 싸우지는 말아야지! 맨날…….."

밥을 한 숟가락 가득 떠서 입안에 넣는다. 신경질적으로 꽉꽉 으깨 씹는다.

"그건 그렇고. 지띨새, 저게 푸름이를? 어쩐지 수상했어!"

그날의 띨새 표정이 희멀건 북어국 위에 선명히 떠오른다.

그날, 푸름이와 내가 띨새 방에서 책상 서랍을 열다가 띨새가 돌아온 걸 알고 동태처럼 얼어붙었을 때,

"야, 똥자! 너, 내 방에서 뭐하는 거야? 빨리 안 나와? 똥자 너, 뒈진다?"

라고 고함을 치며 띨새가 빠르게 다가왔었다. 나는 콩알보다 더 작아진 간을 안고 안절부절못했다. 곧 방문이 열리고 띨새의 화난 얼굴이 나타나기 직전, 푸름이가 먼저 방문을 열었다. 그러더니 아주 태연한 표정으로

"안녕하세요?"

인사를 건넸다.

"……?!"

처음에 띨새는 처녀귀신이라도 본 듯 너무 놀라 입을 헤벌린 채

두 눈만 끔뻑거렸다. 푸름이가 뒷말을 이었다.

"저는 나래 친구인데요, 오빠 방 구경 좀 하고 있었어요. 방이 참 멋져요. 특히 이 모형 전투기들, 맘에 쏙 들어요. 좀 더 구경해도 되죠, 오빠?"

"그, 그……."

얼굴이 태양초 고추장보다 더 빨갛게 달아오른 띨새는 말을 제대로 하지 못했다. 강철 프라이팬으로 뺨이라도 얻어맞은 듯 어리벙벙한 표정이었다. 아니, 꼭 마른하늘에 벼락을 맞은 사람 꼴이었다.

"내 생각에 오빠는 공사에 꼭 합격할 거 같아요. 공부 열심히 해요, 오빠!"

푸름이는 코맹맹이 목소리로 오빠! 오빠! 불러 가며 띨새를 한껏 추켜올렸다. 그 애의 여우 짓에 띨새는 수줍은 눈빛으로 푸름이를 자꾸 훑어보았다. 마치 하늘에서 강림한 옥황선녀를 만난 떠꺼머리 나무꾼처럼 눈동자가 소금에 절인 생태 눈과 똑같았다. 정말이지 혼자 보기 아까운 광경이었다.

"흥! 그 띨새 정말 웃기는 짬뽕이야!"

나는 밥을 반 공기나 더 퍼먹고도 그대로 식탁에 앉아 있다. 학교 가기가 싫다. 그렇다고 안 갈 수도 없다. 안 가면 푸름이 그 구미호가 무슨 악담을 퍼트릴지 모른다. 그 애의 주둥이는 외갓집 사랑방의 문풍지보다도 더 가볍게 나불댄다. 나는 이제 집에서보다 학교에서 더 스트레스를 받는다.

"에이 씨!"

얼마간을 더 꼼지락거리다가 교복을 입고 책가방을 멘다.

"가방은 왜 또 이렇게 무거운 거야? 짱나게!"

집을 나선다. 평소보다 25분 정도 늦은 시간이다. 그러나 느긋하게 걷는다.

골목을 빠져나가 큰길에 이른다. 찻길이 뭔가 어수선하다. 찻길 건너 우리 가게를 본다. 엄마가 보이지 않는다. 가게 문을 열어 놓고 청소를 하거나 재봉틀 앞에 앉아 있어야 하는데, 눈에 띄지 않는다.

"옆 가게에 갔나?"

그럴 리는 없다. 좌, 우측의 옆 가게들은 늦게 문을 연다. 모두 셔터가 내려진 채다.

"아, 그 개!"

아마 개를 버리러 간 모양이다. 며칠 전에 아빠가 끌고 온 그 개는 무심천에 버려진 애완견들 중 한 마리일 가능성이 높다. 아니 거의 틀림없다. 사람들이 처음에는 귀엽다고 애지중지 기르다가 늙고 병이 드니까 몰래 내다버린 것이다. 아빠는 아는 사람한테서 얻어 왔다고 둘러댔지만 나는 한눈에 척 알아봤었다. 꼬질꼬질하니 피골이 상접한 꼬락서니가 분명 누군가가 버린 유기견이었다. 그 개가 짖지 못하는 이유는 원래 주인이 성대 수술을 해 놓았기 때문이라고 나는 추측한다.

"좀 더 키워서 여름에 보신탕 해 먹으려고 가져온 거지 뭐!"

아빠가 다른 아저씨들이랑 모여 보신탕 얘기를 하는 걸 들은 적이 있다.

늦었다. 학교까지 걸어가면 분명히 지각이다. 택시를 타기로 한다. 집에서 나올 때 이미 그러기로 마음을 먹었다. 택시를 잡으려고 찻길을 살핀다. 빈 택시는 안 보이고 저쪽 건너편, '아산 닭집' 앞 차도에 경찰차가 한 대 눈에 띈다. 사람들도 여럿 몰려 있다.

"……?"

무심천 쪽으로 걸어가다 횡단보도를 건넌다. 어렵게 택시를 잡아탄다.

"아저씨! 급해요, 급해! 빨리 가요!"

지각 5분 전, 아슬아슬하게 교문 앞에 도착한다. 운동장을 가로질러 부리나케 교실로 뛰어간다. 금방 숨이 차고 심장이 터질 듯 펄떡거린다.

"부잣집 따님, 이제 오는 거야?"

"땀 흘리는 것 좀 봐! 집에서부터 뛰어왔나 봐!"

"그 정도 뛰어가지고 백 그램이나 빠지겠니?"

"너, 119 구급차 타고 오지 그러니?"

아이들이 비아냥거린다. 못 들은 척 무시해 버린다. 열을 올리며 대거리를 하느니 그게 제일 속 편하다. 자리에 앉자마자 수업 시작 종이 울린다.

"졸라 왕짜증! 왜 늦었어?"

푸름이가 눈을 흘기면서 묻는다.

"응! 저, 늦잠을 자는 바람에."

"늦잠? 정말?"

"그래. 그래서 택시 타고 왔어. 정말야!"

믿지 못하겠다는 눈치다. 표정도 굳어진다. 빨리 와서 자기 수발을 들지 않은 것에 대한 일종의 협박이다.

"낼부턴 늦지 말고 일찍일찍 와!"

"아, 알았어!"

1교시가 끝나고 쉬는 시간이다.

"어머! 나래야, 나 샤프펜슬이 없어! 담 시간 수학인데."

푸름이가 돈 2천 원을 내민다. 매점에 가서 사 가지고 오라는 거다. 군말 없이 돈을 받아 들고 매점으로 향한다. 매점에는 논다 하는 3학년 언니들이 진을 치고 있어서 아이들이 가기를 꺼려한다.

"에이그! 괜히 꼬투리를 잡혀 가지고 이게 뭐야? 푸름이 그 구미호 년 종노릇이나 하고."

나는 요즘 그 애의 종노릇을 한다. 온갖 잔심부름을 다 한다. 주번이나 청소 당번도 대신해 준다. 지난번 우리 집에 왔다간 이후로다. 푸름이는 친구를 사귀려던 게 아니라 바로 자기 몸종을 구하려던 거였다. 알아봤더니 1학년 때도 그랬단다.

"구미호보다 더한 년! 나한테 의도적으로 접근한 거였어!"

그 애는 사람을 부려먹는 걸 은근히 즐기는 성격이다. 말하자면 공주병에 걸린 환자다. 단둘이 있을 때, 푸름이는 나를 서슴없이 똥자라고 부른다. 그러면서 여차하면 내 별명과 우리 집 사정을 다른 아이들에게 알리겠다는 협박의 눈빛을 쏘아 댄다. 뭐라고 정보를 흘렸는지 아이들은 나를 아주 부잣집 딸로 알고 있다. 아버지는 청주 소방서 서장이고, 엄마는 유명 숙녀복 전문 매장의 사장이 된 거다.

"푸름이 그 비겁한 년이 빛나와 나를 놓고 저울질하다가, 나를 찍은 거였어! 재수 없게도 내가 그 년에게 코다리처럼 코가 꿰인 거야."

나는 푸름이 때문에 열을 받아서 요즘 밥을 더 많이 먹는다. 먹어도 먹어도 배가 차지 않는다. 그것도 모르고 엄마는 내 뱃속에 거지가 열두 명 정도 들어앉았단다. 아침마다 밥을 놓고 엄마와 싸운다. 그 때문에 엄마와도 사이가 나빠졌다. 나, 정말 죽지 못해 산다.

2교시, 수학 시간이다. 수학 담당은 30대 후반의 남자로 우리 학교에서 가장 무서운 선생님이다. 인상부터가 아주 차고 눈매가 매섭다. 게다가 굵은 저음 목소리로 내뱉는 명령 투의 말은 우리에게 상당한 위압감을 준다. 표정 변화가 거의 없어 마치 스테인리스로 만든 싸늘한 로봇 같다. 그래서 아이들은 수학 샘을 아이스 맨이라고 부른다.

"모두 눈 감아! 오 분 동안 정신 집중!"

아이들 모두 바짝 긴장을 한다. 눈을 감고 부동자세로 앉아 있는다. 교실 안은 얼음물을 끼얹은 듯 숨소리 하나 들리지 않는다. 정적만 깊게 흐른다.

그 무덤 속 같은 정적을 깨고 어디서 휴대폰 벨소리가 울린다.

"누구야?"

아이스 맨이 낮은 목소리로 묻는다. 휴대폰 벨소리는 계속해서 울린다. 아이스 맨의 구둣발 소리가 뚜벅뚜벅 들린다. 그 발소리는 바로 내 옆에 와서 멈춘다.

"너, 휴대폰 내놔!"

지시봉으로 내 어깨를 툭툭 치면서 하는 말에 나는 기겁을 하며 놀란다. 눈을 뜨고 아이스 맨을 올려다본다.

"예? 저, 저요?"

"내놔!"

내 휴대폰 벨소리였나? 주머니에 손을 넣어 휴대폰을 꺼낸다. 내 휴대폰 벨소리가 맞다. 아, 창피! 장작불에 덴 듯 얼굴이 화끈거린다. 휴대폰을 건넨다. 아이스 맨이 받아 들고 살핀다. 그 사이에도 벨은 계속 울린다. 시도 때도 없이 걸려 오는 대출 광고나 보험 영업 전화가 틀림없다. 그렇지 않고서는 이 시간에 나한테 전화를 걸 사람은 지구상에 단 한 명도 없다. 장담한다.

"아빠?"

"예?"

"여기 아빠라고 떴는데?"

"……!"

나는 아무 말도 못한다. 꿀 먹은 벙어리가 되어 머리가 점점 아래로 떨어진다. 아빠라니? 믿을 수가 없다. 아빠는 여태 나한테 전화를 건 적이 한 번도 없었다. 더욱이 아빠는 대개 오후 두 시나 되어야 일어난다. 생각해 보니, 내가 아빠한테 전화를 건 적은 딱 한 번 있다. 미술 과제물을 잊고 와서 그걸 좀 가져다 달라고 부탁을 한 것이었다. 아빠는 과제물을 갖고 학교로 달려와 담임과 상담까지 하고 돌아갔었다. 내가 다른 수업을 받고 있는 동안 교무실에서 꾀죄죄한 모습으로 커피까지 얻어 마셨던 것이었다. 그때 얼마나 창피했는지, 생각하면 지금도 얼굴이 뜨거워진다.

"네 아빠 대체 뭐 하셔?"

아이스 맨의 느릿한 말에는 '네 아빠 참 교양 없구나! 수업 시간에 학교로 전화를 하다니?'라는 의미가 담뿍 담겨 있다. 한마디로 무식한 티를 내고 있다는 말이다.

"뭐 하시냐고?"

"……!"

뭐라고 대답해야 하나? 집에서 방바닥이나 지고 있는 구들장 기사? 복덕방에 모여 앉아 화투나 두들기는 고스톱 선수? 아니면 날마다 술에 취해 헛소리나 해 대는 음주당 총재? 쥐구멍이라도 있으면 그리로 기어 들어가고 싶은 심정이다. 내 몸이 쥐방울만 하게 오그라든다.

"나래 아빠 서장님이에요!"

"서장님? 무슨 서장님?"

"청주 소방서 서장님이요!"

푸름이다. 푸름이 년이 생긋 웃으면서 나 대신 대답을 해 준다. 저, 저, 쳐 죽일 년! 나는 이빨을 바드득 간다.

"그래? 그럼 알 만한 분이 수업 시간에 웬 전화를? 혹시 너네 집에 불난 것 아냐?"

"으하하하!"

아이들이 일제히 웃는다. 정말 불에 덴 것처럼 얼굴이 화끈거린다.

"자, 복도에 나가서 조용히 받고 얼른 끊어! 그리고 다시는 수업 시간에 전화하지 마시라고 말씀드려."

나는 머뭇머뭇 핸드폰을 받아 든다. 가만히 일어나서 아이들 눈치를 보며 복도로 나간다. 액정 화면의 발신자를 확인한다. 으잉? 정말 아빠다. 술이 덜 깨 내 번호로 잘못 건 게 틀림없다. 너무 열이 올라 눈알이 튀어나오려고 한다.

"왜 전화를 하고 지랄이야?"

폴더를 열자마자 소리를 꽥 지른다. 아빠가 옆에 있다면 팔, 다리 가리지 않고 사정없이 깨물어 뜯고 싶은 심정이다. 차라리 없느니만 못한 아빠! 어디로 사라져 주든가. 나는 흥분을 삭이느라 콧김을 씩씩 내뿜는다.

"나래야! 나, 아빤데……."

저쪽에서 아빠 목소리가 들려온다. 더듬더듬 뭐라고 한참 떠들어 댄다.

전화를 끊는다. 멍한 표정으로 창문 밖 운동장을 바라본다. 텅 빈 운동장에는 아침 햇빛만 가득하다. 운동장이 점차 흑백으로 바뀐다. 화단의 꽃들도 담장 앞의 나무들도 모두 검게 변해 버린다. 하늘마저도 시커멓게 돌변해 천지가 캄캄해진다.

"야, 왜 안 들어와?"

"……!"

"왜 안 들어오냐고?"

아이스 맨이 다가와서 내 어깨를 톡톡 친다. 그제야 나는 몸을 돌린다. 아이스 맨이 놀란 눈으로 내 얼굴을 살핀다.

"너, 집에 뭔 일 있구나?"

"……!"

"담임선생님한테 조퇴 맞고 얼른 집에 가 봐라."

몸을 돌려 천천히 교무실로 향한다. 눈앞이 어질어질하더니 다리가 휘청거린다. 노크하는 것을 잊어 그냥 문을 열고 들어간다.

"아호호호! 첫 미팅 때 야박하게 퇴짜를 놨던 남학생을 거기서 만나다니? 그래서요, 백 선생님?"

"그래서 시치미를 뚝 뗐죠 뭐! 그런 상황에서 어떻게 알은체를 해요? 옆에 남편도 있는데."

"오마나! 오마나! 굉장히 어색했겠어요, 백 선생님!"

"어색하다마다요. 아주 죽는 줄 알았다니까요. 이건 랍스터가 입으로 들어가는지 코로 들어가는지……. 그 비싼 걸 맛도 모르겠고."

"너무 웃겨서 나 오늘 수업 못 하겠어요, 백 선생님! 아호호호!"

담임은 내게 등을 보인 자세로 옆자리의 다른 여 선생님과 한창 수다 중이다. 조심조심 다가간다. 다른 여 선생님이 나를 발견하고 묻는다.

"얘, 너 왜 왔어? 쟤, 백 선생님 반 아이 맞죠?"

"누가요?"

담임이 의자를 빙그르 돌려 나를 본다.

"어? 나래야. 웬일이니?"

"……!"

"말해 봐! 웬일이야?"

"……!"

입술은 움직이는데 말이 나오지 않는다.

"너, 표정이 왜 그래? 어디 아프니? 감기니? 생리통이니?"

나는 고개를 가로젓는다.

"그럼? 왜 그러니? 말해! 괜찮아!"

"저……."

목이 멘다. 눈물이 고인다. 어깨를 들썩이면서 뜨문뜨문 말한다.

"어머머! 그럼 빨리 가 봐야지! 가! 가! 택시 타고 빨리!"

고개를 꾸벅 숙이고 뒤돌아선다. 눈물방울이 똑똑 바닥으로 떨어진다. 교무실 출입문에 거의 다 갔을 때,

"나래야, 잠깐만!"

담임이 급하게 다가온다.

"너, 택시비 없지? 이거로 택시 타. 그리고 나한테 전화 꼭 해 줘!"

담임이 건네주는 만 원짜리를 받아 들고 또 한 번 고개를 꾸벅한다.

충북대 병원에 도착하니 아빠가 수술실 밖 플라스틱 의자에 앉아 있다. 서너 칸 옆 자리에는 띨새도 와 있다. 둘 다 어두운 표정으로 시멘트 바닥을 내려다보며 움직이지 않는다.

"아빠!"

"어! 이제 오능겨? 이짝에 앉어!"

아빠 목소리에는 힘이 조금도 없다. 눈가도 촉촉하고 이따금 긴 한숨을 내뿜는다. 살며시 의자에 앉는다. 아빠와 띨새의 중간 자리다. 우리는 서로 아무 말도 하지 않는다. 무거운 침묵이 오랫동안 이어진다.

6장
...
미치고 팔딱 뛸 일

무단 횡단을 하다가 교통사고를 당한 엄마는 혼수상태에서 머리와 척추, 골반 수술을 받았다. 열 시간이 넘게 이어진 대수술이었다. 수술 후 곧장 중환자실로 옮겨져 그곳에서 6일 만에 깨어났다. 천만다행이었다. 그러나 엄마는 말을 하지 못했다. 먹지도 못하고 거동도 하지 못했다. 물론 사람도 알아보지 못했다. 그저 반듯이 누워 눈만 깜빡거릴 뿐이었다. 내가 아무리 울며불며 엄마! 엄마! 소리쳐 불러도 어떤 반응도 나타내지 않았다.

"아직 의식이 완전히 회복된 게 아닙니다."

"아직 아니라니, 그게 무슨 말씀이신지?"

"완전 회복이 되려면 시간이 많이 걸릴 겁니다. 몸 상태도 상당히 좋지 않습니다. 혹 잘못될 수도 있으니까 계속 지켜봐야 합니다."

담당 의사의 말에 우리는 또 한 번 절망의 늪에 빠지고 말았다. 사방이 깜깜절벽이었다.

다시 1주일이 지났다. 그사이 우리의 일상생활은 완전히 뒤틀려 집도 가게도 엉망이 되어 버렸다. 나의 학교생활도 마찬가지였다. 가는 날보다 빠지는 날이 더 많았다. 그렇게 우리는 뒤죽박죽이 된 생활 속에서 하루하루를 힘겹게 버티고 있었다. 나는 자꾸 짜증이 늘어 갔고, 시도 때도 없이 울화가 치밀었다. 띨새도 마찬가지인 모양이었다. 그 때문에 띨새와 나는 더더욱 으르렁거리며 박 터지게 싸우곤 했다.

"띨새 너, 가만 안 둔다? 양말 한 번만 더 이 따위로 벗어 놓으면 죽을 줄 알아!"

나는 목이 돌돌 말린 채 뒤집어 벗어 놓은 양말을 띨새의 면상을 향해 집어 던진다. 양말은 직선으로 날아가 책상에 건성으로 앉아 있는 띨새의 콧잔등을 정확히 맞춘다.

"저 쌍! 똥자 년 저게 뒈질라고."

띨새가 양말을 다시 나한테 던지며 욕설을 퍼붓는다. 나는 눈을 뒤집어 까고 버럭버럭 소리친다.

"앞으로 밥도 니가 알아서 해 처먹고, 빨래도 니가 해 입어, 이 띨새 새끼야!"

옆구리에 소주병을 아주 끼고 사는 아빠한테도 마구 대든다.

"술 좀 그만 처먹어! 술 처먹는다고 뭐가 해결돼?"

아빠에게 성큼성큼 다가가 소주병을 빼앗고 눈알을 부라린다.

"이년이 시방 뭔 짓이여? 술 얼렁 이리 안 줄껴?"

"오늘도 이게 벌써 몇 병째야? 나가서 막노동이라도 해!"

"이 싸가지 없는 년! 워디서 지 애비헌티 눙깔을 허옇게 까뒤집구?"

아빠가 내 뺨을 후려친다. 뺨을 비비면서 더욱 무섭게 아빠를 노려본다. 이빨도 바드득 간다.

"정말 이러면 나, 집 나갈 거야. 나가서 콱 죽어 버릴 거야!"

그 말을 한 뒤 내 방으로 뛰어 들어가 문을 쾅 닫는다. 진짜 나가고 싶다. 모든 게 보기 싫다. 나 자신도 싫다. 솔직히 나는 내 자신이 누군지 모르겠다. 생각해 보니 나는 정말 아무것도 아니다. 아예 이 세상에서 없어져 버리고 싶다.

며칠이 또 우울하게 흐른다. 싱크대에는 설거지거리가 높이 쌓이고, 주방 바닥은 컵라면 빈 용기로 발 디딜 틈조차 없다. 빨래거리도 집 안 구석구석에 널려 쓰레기장이나 다름없다. 하지만 나는 손가락 하나 까닥하지 않고 그대로 둔다. 음식 찌꺼기 썩는 냄새가 집 안에 진동을 한다. 파리가 들끓는다. 그래도 모른 체한다.

오늘은 목요일이다. 학교에는 가지 않았다. 담임한테 왜 안 오느냐고 문자가 왔지만 그냥 무시해 버렸다. 지금 나는 충북대 병원에서 엄마를 잠깐 보고 집으로 돌아가는 중이다. 엄마는 여전히 별 차도가 없다. 개신 오거리를 지나 모충로를 따라 계속 걷는다. 이미 여러 차례 오갔던 길이라 발에 익숙하다. 처음과는 달리 거리도 그리 멀게 느껴지지 않는다. 넉넉잡고 한 시간 반이면 집에 도착할 것이다. 모충대교를 건너 우측, 무심천 둑길로 접어든다. 터벅터벅 걷는다. 서편 하늘에 저녁노을이 붉게 피어난다. 엄마 머리를 감싼 압박 붕대에 번지던 피 색깔이다.

붉은 노을을 보며 중얼거린다.

"말이라도 좀 하지!"

아까, 굳게 닫혀 열리지 않는 엄마의 입을 바라보고 있자니 답답하고 안타까웠다.

"욕도 좋은데."

엄마가 내뱉던 욕설마저도 몹시 그리워진다. 이년! 미친년! 웬수! 그런 말들이 귀에 생생히 들린다.

"눈빛은 좀 달라 보이긴 했어!"

손을 만지면서 엄마! 엄마! 불렀더니 눈동자가 약간 움직이는 것 같았다. 반가운 마음에 눈을 맞추고 몇 번이나 말을 붙여 보았다. 하지만 엄마는 금세 잠이 들어 버렸다.

"내일은 좀 더 나아질지도 몰라."

개 목줄보다도 가느다란 희망의 끈을 끌고 지척지척 집으로 향한다. 집이 가까워질수록 걸음이 느려진다. 붉은색 노을이 어느새 보라색으로 바뀌어 있다. 엄마의 허리께에 남아 있는 멍 자국 색이다. 거리에 땅거미가 내려앉고 가로등이 하나둘 켜진다. 골목 입구에 서서 찻길 건너 우리 가게를 살핀다. 희미하게 불빛이 있다. 지난번 내 뺨을 때린 아빠는 집에 들어오지 않는다. 가게에서 혼자 생활한다. 분명히 술에 절어서 인생 뒷패나 중얼거리고 있을 것이다. 그러거나 말거나 나는 신경 쓰지 않는다. 찻길 아스팔트 위에는 교통사고 지점이 흰색 스프레이로 크게 표시되어 있다. 중앙선 이쪽에 표시된 X표는 엄마가 배달 트럭에 받힌 자리이고, 거기서 대각선으로 6, 7미터 건너편 찻길에 표시된 X표는 엄마가 공중으로 튕겨져 올랐다가 떨어진 곳이다.

현관문을 따고 집 안으로 들어간다. 컴컴한 공간에 맴돌던 싸늘한 기운이 와락 달려들어 나를 감싼다. 도무지 온기라고는 없다. 곧장 내 방으로 들어가 그대로 쓰러져 눕는다. 눈을 감는다. 이 생각, 저 생각, 온갖 잡생각이 머릿속에서 마구 뒤엉킨다. 머리가 무거워진다. 잠을 좀 자야겠는데, 쉽게 잠들지 못한다. 벌써 여러 날을 밤새 괴롭게 뒤척이다가 새벽녘에야 잠깐씩 쪽잠이 들곤 했다. 이젠 정말 한계점에 도달한 느낌이다. 한번 잠들면 영원히 깨어나지 못할 것 같다.

　시간은 흘러 자정이 넘는다. 띨새는 또 독서실에서 자는가 보다. 여태 현관문 열리는 소리가 들리지 않는다.

　"흥! 독서실에서 자든, 길거리에서 자빠져 자든!"

　아빠도, 띨새도 4일째 얼굴을 보지 못했다. 우리는 서로 마주치는 것을 극도로 꺼린다. 병원으로 엄마 면회를 가는 것 같은데, 각자 편한 시간에 가기 때문에 얼굴을 대할 일이 없다. 하루 세 차례 30분간의 면회 시간 중 나는 주로 오후 면회 시간을 이용한다.

　"나래야! 나래야!"

　누가 내 몸을 흔든다. 그러면서 다정하게 내 이름을 부른다. 나는 그것을 어렴풋이 느끼지만 눈이 떠지지 않는다. 누구 목소리인지 잘 모르겠다. 꿈 같기도 하고 아닌 것 같기도 하다. 물 먹은 스펀지처럼 뇌가 찔꺽찔꺽하는 게 기분이 그다지 좋지 않다. 얼굴을 찡그린다. 몸을 움츠린다. 다시 내 몸이 흔들린다.

　"일어나, 나래야! 어여!"

　어디서 많이 들어 본 목소리다.

　"엄마?"

　눈을 번쩍 뜬다. 그와 동시에 벌떡 일어난다.

　"나와서 밥 묵어! 오늘은 핵교에 가야 허잖어?"

아빠다. 아빠가 나를 흔들어 깨운 것이다. 오만상을 짓고 아빠를 흘겨본다.

"어젯밤에 니 담임선생님이랑 통화혔어! 엄마 면회 갈라구 가게를 나서는데 전화가 왔더라. 얘기 많이 혔다. 엄마 얘기도 허구 니 얘기도 허구."

"……!"

"밥 차려 놨으닝께 밥 묵자. 니 얼굴이 많이 상혔다. 어여!"

나는 말없이 고개를 가로젓는다.

"으짰튼 주방으루 나와. 아빠가 느그딜헌티 헐 말이 있어서 그랴!"

평소와 달리 아빠의 말투가 부드럽다. 눈빛도 따뜻하다. 더욱이 술 냄새가 전혀 나지 않는다.

다시 자려 했으나 잠이 완전히 달아났다. 일어나서 천천히 주방으로 간다. 물이나 한 모금 마시고 방에 누워 있든지 집 밖으로 나가든지 할 거다.

"그래! 이리 와서 앉어. 오빠도 기다리고 있잖어!"

나는 눈이 휘둥그레진다. 식탁에는 새로 지은 밥과 몇 가지 반찬이 정갈하게 차려져 있다. 된장찌개도 보인다. 식탁 가운데 놓인 된장찌개에서는 김이 모락모락 피어오른다. 두부와 애호박까지 썰어 넣고 제대로 끓인 된장찌개다.

"너두 뭘 좀 묵어야 허잖어! 어서 오라닝께!"

의자에 엉거주춤 앉는다. 그러나 그리 먹고 싶은 마음이 없다.

"자, 숟가락 받어!"

아빠가 숟가락을 들어 건넨다.

"묵자! 묵으믄서 얘기허자!"

나는 건성으로 밥을 조금 떠서 입안에 넣는다. 아주 느리게 우물거린다. 별 맛을 느끼지 못하겠다.

"증말루 느그덜헌티 미안혔어. 아빠가 이제 증신을 차릴 팅께, 핵교 빼묵지 말구 잘 댕기야 혀! 으저께 경찰허구 보험사 직원이 와서 그러는디, 그 과실비율인지 뭔지가 결정되았다드라. 느 엄마가 육십 쁘로를 잘못혔구, 저짝 그 배달 트럭이 사십 쁘로를 잘못헌 거라드라."

무슨 말인지 알겠다는 듯 띨새가 고개를 끄덕거린다. 나도 대충 알 것 같다.

"나는 느 엄마가 백 쁘로를 다 잘못헌 건 줄 알구 극정을 음청 많이 혔었는디, 증말 천만다행이지 뭐시냐? 그라닝께 치료비가 다는 아니드라두 솔찮게 나온다는 말인 거여. 또 내가 장롱을 뒤져 봤드니 느 엄마가 상해보험두 들구 느그덜 대학 갈칠 교육보험두 들어 놨드라! 그라닝께 치료비 극정을 크게 안 혀두 되겠드라. 그렇찮았으믄 가게든 이 집이든 한쪽은 처분을 혀야 혔을 틴디 말여!"

물을 한 모금 마신 아빠가 다시 뒷말을 잇는다.

"느그덜은 이제 엄마가 빨리 낫기만을 빌믄 되는 거시여. 공부만 열심히 허구. 다른 건 이 아빠가 다 알아서 헐 팅께 말이여! 집안일 두 가게 일두."

그러고 보니까 싱크대에 산더미처럼 쌓여 있던 설거지거리가 한 개도 없다. 모두 잘 씻겨져 제자리에 차곡차곡 정돈돼 있다. 쓰레기통도 말끔하게 비워진 상태고, 베란다에서는 세탁기 돌아가는 소리도 들린다.

우리는 말없이 수저질만 반복한다. 세 사람이 식탁에 함께 앉아 보기는 아주아주 오랜만이다. 아마 3, 4년은 된 것 같다. 엄마도 있었으면 얼마나 좋을까? 휑하니 빈 엄마 자리가 썰렁하다. 띨새가 수저를 놓고 조용히 일어난다. 자기 방으로 들어가 등교 준비를 한다. 나도 수저를 놓는다. 밥 서너 숟가락에 된장찌개만 조금 먹고 만 것이다. 여전히 입맛이 돌지 않는다.

"더 묵지! 고까짓 걸 묵구 어쩔려구 그라능겨?"

"⋯⋯!"

"그라믄 핵교 갔다 와서 많이 묵어! 아빠가 다시 차려 놓을 팅께."

띨새가 먼저 나가고 약 15분 후에 나도 집을 나선다.

"갈 때 올 때 차 조심 단단히 혀야 혀!"

"⋯⋯!"

여전히 나는 대답을 하지 않는다. 아빠에 대한 믿음이 좀체 생기지 않아서다. 흥! 며칠이나? 아니 몇 시간이나 가겠어? 계단을 하나 하나 밟아 내려가면서 나는 죽으면 죽었지 아빠 같은 남자랑은 결혼 하지 않겠다고 굳게 결심을 한다.

놀라웠다. 아빠는 확실히 달라져 있었다. 집안 살림은 물론 가게 일도 빈틈없이 해 나갔다. 술은 일절 입에 대지 않았고 이웃의 다른 가게 아저씨들과도 어울리지 않았다. 대신 엄마의 병간호에 온갖 정성을 쏟았다. 엄마의 사고와 대수술로 정신적 충격이 몹시 컸던 모양이었다. 아빠는 아침 6시경에 일어나 밥을 하고 반찬을 만들고 국을 끓였다. 그리고 우리가 학교에 간 다음에 집 안 청소와 빨래를 한 뒤 가게로 나갔다. 가게 일을 얼마나 꼼꼼하게 하는지 엄마보다 더 나았다. 각종 건어물을 밖에 내다가 진열을 하고서 구수한 목소리로 손님들을 불렀다.

"자자! 여그가 워디냐? 백 쁘센트 국산 건어물만 취급허는 청주 최대 삼천포 건어물! 땡전 한 푼 안 받는 완전 꽁짜 시식이닝께 맛부 텀 보시구 사 가세유! 슬쩍 냄새만 한번 맡아도 석 달 열흘 배가 부른 소멸치, 중멸치, 대멸치, 왕멸치, 북어포, 뱅어포, 밴댕이포, 쥐치포……."

게다가 대형 마트에서나 하는 1+1 행사까지 흉내를 내었다.

"자자! 한 봉다리를 사면 또 한 봉다리를 덤으루 드리는 기절초풍

배짱 세일입니다. 얼렁얼렁 오세유! 아, 일단 와 보세유!"

그 덕에 점차 장사가 잘됐다.

"묵은 상품 처분허느라 덤을 그렇게 주는 거여! 새로 받는 상품은 그렇게 주믄 안 되는 거여! 그라믄 사흘두 안 돼 쫄딱 망햐! 행여 내 중에라도 느 엄마한테는 덤으루 막 줬다는 소리 즐대 허믄 안 돼야, 그라믄 느 엄마가 증말 기절초풍을 헐 테닝께 말여!"

가게에 손님이 북적이니까 나는 기분이 좋았다. 아침 열 시부터 시작해서 저녁 여덟 시에 가게 일을 마친 아빠는 곧장 병원으로 달려갔다. 마치 엄마에게 일일 매출 상황을 보고하듯 하루도 거르지 않았다.

아빠의 정성 덕분인지 엄마는 점차 차도를 보이기 시작했다. 사람을 알아보고, 눈 초점을 맞춰 더듬더듬 말도 할 수 있게 되었다. 수술하고 한 달 열흘 만이었다.

"일시적인 호전 현상일 수도 있으니 신중히 더 지켜봐야 합니다. 척추하고 골반이야 아물겠지만 문제는 이 뇌입니다."

지난주에 담당 의사는 엄마를 일반 병동 1인실로 옮기며 그렇게 말했다.

"뇌는 쉽게 원상태로 돌아오지가 않습니다. 뇌세포나 뇌신경은 한 번 손상되면 복구가 거의 불가능하거든요. 그렇다고 절망할 필요는 없습니다. 뭐라 설명할 수는 없지만 상태가 기대 이상으로 호전되는 경우도 종종 있으니까요."

다소 부정적인 말이었다. 그러나 나는 엄마와 눈을 맞추고 대화를 나눌 수 있다는 것만으로도 너무너무 기뻤다. 어린아이처럼 작고 어눌하게 더듬더듬 말하는 엄마 목소리를 들으며 행복을 느끼기까지 했다.

학교 수업을 마치자마자 병원으로 달려간다. 살며시 병실 문을 열고 안으로 들어간다. 침대에 누워 텔레비전을 보고 있던 엄마가 입꼬리를 살짝 들어 올려 나를 반긴다. 나도 밝게 웃으며 엄마에게 다가간다.

"엄마! 오늘 잘 있었어?"

"으응! 자, 잘. 너, 너는 하, 학……."

"학교 잘 갔다 왔어! 끝나고 곧장 이리로 온 거야."

"치, 친구들 하, 하……."

"응! 친구들 하고도 잘 지내."

텔레비전에서 학교 폭력, 왕따 문제에 대한 뉴스를 본 모양이다. 엄마가 눈으로 텔레비전을 가리킨다. 푸름이는 요즘 엄마가 입원했다는 사실을 알고 나를 그렇게 심하게 대하지는 않는다. 그러나 사람을 무시하며 뻐기고 과시하는 공주병은 여전하다. 빛나는 무슨 큰 고민이 있는지 항상 어두운 표정이다. 말을 걸어도 대답도 않고 사소한 일에 화를 내기도 한다. 사춘기 병을 앓고 있는 모양이다. 그동안 푸름이하고는 무엇 때문에 어그러졌는지 아예 서로 쳐다보지도 않는다. 내가 자주 학교를 빠지자, 푸름이가 내 대신 빛나를 종으로 부려먹으려다 크게 틀어진 모양이다. 잘은 몰라도 빛나도 한 성질 하는 아이라 그 애를 종으로 삼기가 쉽지 않을 것이다. 빛나는 약점이 잡혔다고 해서 쉽게 굴복할 애가 아니다. 물론 내 추측이지만 말이다.

"엄마! 내일 저녁에 담임선생님하고 반장, 부반장이 엄마 문병 온댔어!"

"그, 그래? 고 고맙……. 저, 저거 머, 먹……."

엄마가 고개를 살짝 돌려 냉장고를 가리킨다. 보니까 소형 냉장고 위에 먹을 것이 가득 놓여 있다. 빵, 과일, 주스, 드링크, 케이크, 떡 등등 종류도 다양하다. 냉장고 속도 마찬가지다. 어제는 가게 아줌마들이 왔었는데, 오늘은 친척들이 왔다간 게 분명하다. 문병을 오면서 먹을 것을 잔뜩 사 들고 온 것이다.

"아니! 안 먹을래! 먹고 싶지 않아!"

"너, 살 마, 많이 빠……."

"내가 많이 빠지기는 뭐가 많이 빠져? 엄마는 정말 많이 빠졌다. 뺨이 홀쭉해! 엄마, 빵 하나 줄까? 주스 마실래?"

엄마가 고개를 가로젓는다. 엄마도 입맛이 돌아오지 않은 모양이다.

"엄마, 참! 있잖아? 아빠 많이 변했지? 예전 같지 않지?"

"흐흥!"

엄마가 가볍게 콧방귀를 뀐다. 그러고 살짝 웃는다. 헛소리하지 말라는 의미다.

"어? 정말이야! 집에서 살림도 다 하고, 가게 일도 얼마나 잘하는지 몰라."

나는 아빠의 변화된 태도를 상세히 설명한다. 그런데 아무리 말을 해 줘도 엄마는 아빠를 믿지 못하겠다는 눈치다. 전혀 믿으려 하지 않는다.

"제, 제 버릇, 개, 개 주니? 타, 타고난 성질은 쉬, 쉽게 바뀌지 아, 않아!"

"아니야! 엄마! 정말 바뀌었다니까? 엄마 간병도 꼬박꼬박 하잖아? 와서 밤도 새우고."

"그, 그냥 잠시 자, 잘하는 척하, 하는 거야. 또 언제 휘, 휙 바뀌어 뒤, 뒷패가 어쩌고저쩌고 하, 할지 몰라."

"그래? 나는 아닌 거 같은데?"

"내, 내가 니 아빠랑 산 지가 시, 십팔 년이야, 십팔 년! 서른 살에 겨, 결혼을 해서 이날 이때껏……. 내 이 가, 가슴에 하, 한이 첩첩으로 쌓였어. 나, 난 믿을 수가 어, 없어!"

아마도 전에 아빠가 여러 번 그랬던 모양이었다. 그렇다면 엄마가 이렇게 나올 만도 하다.

"어제도 밤새 꼬, 꼬리를 흔들며 똥강아지처럼 아, 아양을 떨어 대는데, 구역질이 다 나더라. 어째 꼬, 꼬추 달린 남자가 그 모양인지. 아, 잘해 주려면 펴, 평소에 좀 잘해 주지. 침대에 누워 다 주, 죽어 가니까 살살거리고. 그 인간, 아마도 내가 모, 몰래 보험 들어 놓은 거 보구 그, 그러는 것 같아! 그러니까 자, 잘 지켜봐야 돼. 그 웬수는 도대체가 미, 믿음이 안 가는 인간이야. 미, 믿음이."

"그럼 왜 아빠랑 결혼을 했어?"

"그때는 어, 엄마가 서른 살 노처녀였구, 양쪽 눈에 크, 큼지막 한 콩깍지가 씌어서 그런 거지."

"엄마 처녀 때는 이뻤다며?"

"이, 이뻤었지! 공장 초, 총각들이 매일 줄을 섰었지!"

나도 엄마를 믿을 수가 없다. 엄마 모습을 살펴보며 속으로 슬쩍 웃고 만다.

"네 아빠도 허, 허우대가 멀쩡한 게 꽤 미남이었어! 그런데 겨, 결혼을 했더니 말짱 꽝이더라구. 공장 일 하다가 조금 다쳤는데, 꾀, 꾀병을 피우며 자꾸 놀구먹으려구만 허구. 사람은 외모가 중요헌 게 아니야."

"그래! 아빠는 그래도 추남은 아냐! 엄마도 뭐 살만 좀 빼면……."

"가, 감찬이를 낳구 몸이 쑥쑥 불기 시, 시작하더니, 너를 나, 낳구서는 살이 더 막 쪄, 쪘어! 처, 처녀 때와 비, 비교하면 거진 두 배는 늘었으니 뭐."

엄마는 자기가 살이 찐 걸 내 탓으로 돌린다. 나는 입술을 삐죽이 내밀어 보인다.

"근데, 엄마! 아빠가 예전에 가게 일을 잘한 적 있었어?"

"으응! 초, 초창기 때는 한 사 오 년 아주 열심히 자, 잘했었어! 그러다 경제가 죽어서 그만 장사 재미를 잃고……. 니 아빠 퇴직금하구 내 퇴직금허구 합해서 차린 건데."

말을 많이 해서 그런지 엄마는 조금 피곤해 보인다. 하품도 두어 번 한다.

"엄마, 좀 자! 난 엄마 옆에 있다가 아빠 오면 갈게."

"가, 감찬이는……."

"뭐, 지가 알아서 오든지 말든지 하겠지."

"에잉! 그, 그러지 마. 나, 나래야! 하나밖에 없는 오, 오빤데."

엄마가 눈을 감는다. 나는 까칠까칠한 엄마 손을 잡고 엄마가 잠들기를 기다린다. 머리에 하얀 붕대를 돌려 감은 엄마의 모습, 가까이서 보니 눈가와 입가에 잔주름이 꽤 많다. 잔주름을 하나하나 헤아리다 나도 그만 잠이 든다.

담임선생님이 반장, 부반장과 함께 엄마 문병을 왔다가 가고 다시 한 주가 지났다. 커다란 과일 바구니를 들고 문병을 온 담임은 입에 발린 내 칭찬을 잔뜩 늘어놓으며 엄마를 위로했다. 옆에서 듣고 있기가 쑥스러웠다. 반장과 부반장은 기분이 좋지 않은 표정이었다. 아무 말 없이 뚱한 얼굴로 서 있다가 돌아갔다. 엄마는 이따금 어지럼증을 호소했지만, 식사량도 조금 늘었고, 부축을 해 주면 화장실 출입도 가능했다. 아직 완전하지는 않으나 말하는 것도 상당히 자연스러워졌다. 나는 엄마랑 얘기를 하는 게 좋아 병원에 오래오래 머물렀다. 보통 오후 여섯 시 반에 와서 밤 아홉 시에 집으로 돌아갔다. 엄마와 그렇게 많은 대화를 나눠 보기는 생전 처음이었다. 엄마도 기분이 좋은지 별의별 얘기를 다 꺼냈다. 호호호! 웃기도 하면서 추억이 담긴 옛 이야기를 솔솔 풀어 놓았다. 그러다 아빠가 오면 갑자기 말을 뚝 멈추고 얼굴 표정을 딱딱하게 바꿨다. 아빠와의 신혼 시절 얘기를 하다가도 그랬다.

"엄마! 오줌 다 눴어?"

"응! 다 눠, 눴어."

화장실에서 엄마를 부축해 나와 침대로 간다.

"자, 조심해서 누워!"

"그래! 좀 어, 어지럽다."

"곧 괜찮아질 거야. 변기에 오래 앉아 있다가 일어나서 그래."

"그래?"

"응! 나도 가끔 그런걸 뭐!"

"가, 가슴이 다, 답답하기도 해."

엄마가 환자복 앞섶을 풀어 헤치고 심호흡을 두어 차례 한다.

"그럼 창문 열까?"

"아, 아니야."

"물 좀 줘?"

"됐어."

엄마가 눈을 감고 이맛살을 찌푸린다. 어금니도 악문다. 고통을 참고 있는 표정이다. 깜짝 놀라 묻는다.

"왜 그래, 엄마? 많이 아파?"

"……!"

"많이 아프냐고?"

엄마는 말을 하지 않고 고개만 살짝 한 번 가로젓는다. 그러나 얼굴은 여전히 잔뜩 찌그러져 있다.

"나, 나래야!"

눈을 감은 채 엄마가 손을 내민다. 얼른 엄마 손을 잡는다.

"왜? 뭐 할 말 있어?"

엄마가 고개를 끄덕인다.

"뭐든 말 해! 무조건 다 들어줄게, 엄마!"

"요 며칠, 우리 나래, 엄마하구 얘기 참 마, 많이 했지?"

"응! 아주 많이 했어! 엄마 얘기 참 재밌었어. 으헤헤! 내가 어렸을 때 그렇게 개구쟁이로 컸다는 거 처음 알았어."

엄마의 눈을 바라본다. 엄마의 눈꺼풀이 가늘게 떨린다.

"빨리해 봐, 엄마! 무슨 말인지. 옛날 얘기 할 게 아직 남았어?"

"아, 아무래도······."

"아무래도 뭐?"

"나, 나 주, 죽을 것 같아!"

너무 놀라 엄마 손을 놓는다. 따지듯 묻는다.

"뭐어? 왜 그런 재수 없는 소리를 해? 엄마가 죽긴 왜 죽어? 이제 조금씩 걷기도 하고, 얘기도 잘하고, 점점 좋아지고 있는데. 낮에 무슨 일 있었어? 의사 선생님이 혹시 뭔 말 했어?"

"아, 아니. 그게 아니구. 자꾸 그런 예감이 들어!"

"예감? 엄마가 무당이야? 점쟁이야? 예감은 무슨 예감? 웃기지도 않아!"

"저, 정말이야."

엄마 목소리에 힘이 없다. 눈빛도 흐릿하다. 내 가슴이 덜컹 내려앉는다.

"나는 한 달 내로 엄마가 벌떡 일어나서, 예전처럼 나한테 이년! 미친년! 하고 욕을 막 퍼부을 것 같은 예감이 들어. 아빠한테는 저 웬수! 웬수! 하면서 눈도 흘기고."

내 손을 꼭 움켜잡으며 엄마가 다시 말을 잇는다. 감정이 북받치는지 목소리가 자주 끊긴다.

"나래야! 엄마 소, 소원이 하나 이, 있어!"

"소원?"

"응! 주, 죽기 전에……."

"제발 그 죽는다는 말은 그만하고. 뭐야, 소원이?"

신경질을 부리며 추궁조로 묻는다.

"이루어질 수는 어, 없는 소원인데. 그래도 그냥 말은 하구 시, 싶어. 말을 안 하구 있으려니까 가슴이 너무 다, 답답해."

"아, 짱나! 그러니까 말을 해 보라고. 말을!"

엄마는 선뜻 말을 안 하고 자꾸 머뭇거린다.

나는 엄마 손을 뿌리치고 벌떡 일어난다. 찡그린 얼굴로 엄마를 내려다본다. 감고 있는 엄마 눈에 눈물방울이 맺혀 있다. 다시 엄마 손을 잡는다.

"말해, 엄마! 나한테 못 할 말이 뭐가 있어? 하나밖에 없는 엄마 딸인데."

엄마 입가에 희미한 미소가 잠깐 그려졌다가 이내 지워진다. 머릿속에서 무슨 광경을 보고 있는지 엄마의 눈동자가 어지럽게 움직인다. 감고 있는 눈꺼풀에 눈동자의 움직임이 고스란히 나타난다. 호흡도 조금 가빠지는 것 같다.

"오, 오……."

"뭐라고?"

잘 들리지 않아 큰 소리로 묻는다. 뭐라고 다시 말을 하는데, 나는 그래도 못 알아듣는다.

"응? 뭐라고?"

허리를 구부려서 엄마 입에 귀를 바짝 들이댄다.

"고, 고……. 오, 오……."

엄마는 또 말을 심하게 더듬는다. 이마에 식은땀도 맺힌다.

"대체 무슨 소리야? 엄마 오늘 피곤해서 그래! 좀 자야겠어. 푹 자고 나면 괜찮아질 거야."

구부렸던 허리를 바로 잡으려는 순간, 엄마가 내 손을 잡아끈다. 나는 엄마 입에 도로 귀를 들이댄다.

"어, 엄마 처, 처……."

"뭐어?"

나는 막다른 길에서 고양이를 맞닥뜨린 생쥐처럼 펄쩍 뛴다. 꼿꼿이 서서 놀란 토끼 눈으로 엄마를 내려다본다. 엄마 말은 정말 미치고 팔딱 뛸 일이다. 이런 상황에서 어떻게 그런 말을? 엄마 머리가 진짜로 잘못 된 게 틀림없다.

7장
...
예전엔 미처 몰랐어요!

엄마는 내가 갈 때마다 그 말을 되풀이했다. 처음에는 헛소리이겠거니 여겼었다. 그러나 반복해서 들으니까 그게 아니지 싶다. 만약 엄마 말이 사실이라면? 그건 나 혼자서 해결할 수 있는 문제가 아니다. 생각하면 할수록 난이도가 높은 문제다.

"이걸 누구한테 말하나?"

오늘은 학교 수업이 일찍 끝났다. 병원으로 가다가 말고, 무심천 둑 클로버 풀밭 위에 앉아 벌써 한 시간이 넘게 고민을 거듭하고 있다. 머리가 빠개지려고 한다.

"누군가의 도움이 필요하긴 필요한데?"

아빠한테는 절대 말해서는 안 되고, 반 아이들도 안 되고……. 그러고 보니 아무도 없다. 터놓고 상의할 사람이 단 한 명도 없다. 외롭다. 고독을 느낀다. 아, 이래서 진정한 친구가 필요한 거로구나. 무엇이든 터놓고 말을 할 수 있는 친구. 함께 고민하고 함께 문제를 풀어 줄 친구. 인생에서 진정한 친구가 단 한 명만 있어도 그 인생은 성공한 거라던, 1학년 때 도덕 선생님의 말이 귓전에 맴돈다. 슬프게도 그런 친구가 나에게는 없다. 그러니까 여태 나는 인생을 헛산 거다.

"정말 엄마가 갑자기 죽기라도 한다면? 에이! 설마 그럴 리가? 아냐! 그래도 혹시 죽는다면?"

불안하다. 초조하다. 어제는 잠든 엄마가 느닷없이 먹은 음식물을 토하기까지 했다. 그러더니 넋이 나간 표정으로 오랫동안 천장만 바라보았다. 말은 한마디도 하지 않았다. 하지 않는 게 아니라 못하는 것 같았다. 불러도 대답도 않고 흔들어도 별 반응이 없었다. 간호사가 달려와 응급조치를 해서 다시 잠이 들었지만 나는 너무 놀라 살이 벌벌 떨렸다.

"머리를 심하게 다친 환자들은 원래 나아졌다 나빠졌다를 반복해요. 너무 걱정 말아요, 학생!"

간호사가 위로의 말을 해 주었으나 마음이 좀체 진정되지 않았다. 전에 담당 의사는 엄마의 상태가 일시적으로 좋아진 현상일 수도 있다고 했잖은가? 그것은 다시 나빠질 수도 있다는 말이잖은가?

구불구불 흘러가는 무심천 냇물을 바라보면서 다시 생각에 잠긴다. 엄마가 그런 소원을 가슴속에 간직하고 있었다니? 웃기기도 하고 어이가 없기도 하고. 연립방정식의 근이 어쩌고저쩌고 하는 골치 아픈 수학 문제 같다. 왕짜증이 난다. 못 들은 척 넘어가?

"아니야! 어쩌면 엄마가 회복되는 데 좋은 영향을 줄지도 몰라."

드디어 결심을 한다. 몇 번이나 망설이다가 휴대폰을 꺼내 든다. 번호를 찾는다. 용케도 지워지지 않고 남아 있다. 시간을 보니까 저녁밥을 먹고 나서 쉬는 시간이다. 야간 자율학습이 시작되려면 약 30분 정도 여유가 있다. 번호를 누른다. 신호가 간다. 저쪽에서 전화를 받는다. 받아 놓고는 아무 말도 하지 않는다. 내 번호를 보고 저도 무척 놀란 모양이다. 하긴 근 3년 동안이나 전화를 하지 않았으니 놀랄 만도 하다. 내가 먼저 말을 한다. 전화를 건 사람은 나니까.

"나야!"

"왜?"

"오늘 빨리 올 수 있어?"

"왜?"

자꾸 반문만 하는 게 예감이 좋지 않다. 그만둘까? 아니야. 이왕 건 거.

"할 말이 있어!"

"안 돼! 야자 빠지면 혼나."

"야자 끝나고."

"끝나고도 안 돼! 친구랑 독서실에 가기로 했어!"

독서실은 무슨 독서실? 오락실이겠지! 속으로 무시를 하며 재차 묻는다.

"그럼 몇 시에 올 수 있어?"

"무슨 일인데?"

"할 말이 있다니까."

목소리를 약간 높여 신경질을 낸다. 사실은 소리를 꽥 지르고 싶다. 하지만 어금니를 악물고 참는다. 참을 때는 참아야 한다.

"지금 해!"

"전화로는 안 돼!"

"그럼 내일 아침이나 모레 하든지."

어쭈? 이게 튕기네! 자존심이 왕창 상한다. 손가락이 떨린다. 목소리도 떨린다.

"아, 안 돼! 그, 급한 일이야!"

"그럼 문자로 보내!"

"문자로 그 긴 얘길 어떻게 보내?"

"관둬! 그럼!"

전화를 끊으려는 모양이다. 다급해진다. 슬그머니 꼬랑지를 내리고 목소리를 낮춘다.

"아니야! 꼭 해야 되는 얘기야. 내가 지금 택시 타고 학교로 갈 테니까 교문 밖으로 나와!"

"교문 밖으로 못 나가게 돼 있어. 혼나!"

"그럼 교문까지만 나와 있어! 곧장 갈 테니."

전화를 끊고 서둘러 택시를 잡는다. 목마른 놈이 우물을 판다고 했던가? 전에 국어 선생님이 해 준 속담 풀이가 번득 떠오른다. 조느라고 흘려들은 건데, 희한한 일이다. 그러고 보면 나도 머리가 그리 나쁜 편은 아니다.

"아저씨, 정석고등학교요. 빨리요. 아주 급해요."

기사 아저씨가 의혹의 눈초리로 바라본다. 교복을 입은 여학생이 남자 고등학교에 가자고 하니 몹시 의아한 모양이다. 수영 사거리에서 차가 밀려 정석고에는 15분이 넘어서야 도착한다. 택시에서 내려 교문으로 다가간다. 오오! 세상에! 내가 남자 학교를 찾아오리라고는 정말 꿈에서도 생각 못한 일이다. 그것도 띨새네 학교를. 쇠파이프로 만들어진 교문은 굳게 닫혀 있다. 쪽문으로 다가간다. 쪽문도 걸려 있다. 수위실에서 수위 아저씨가 빤히 내다본다. 인상이 험악하다. 집을 지키는 불독 인상이다. 창피하고 쑥스러워 시선을 피한다.

똥 마려운 강아지 모양 교문 앞에서 서성이면서 운동장을 힐끔힐끔 살핀다. 운동장에는 남학생들이 농구를 하고 있다. 나무 밑 벤치에 앉아 있는 학생들도 꽤 된다.

"이 띨새 새끼! 왜 안 나오는 거야?"

막 전화를 다시 걸려는 순간, 남학생들의 환호성이 들린다. 놀라 바라본다. 띨새가 교문으로 달려오고 있다. 농구를 하던 남학생들이 그제야 나를 발견하고 고함을 지르고 휘파람을 불고, 생난리다. 못 들은 척해 버린다.

"나와서 기다리고 있어야지?"

교문에 가까이 온 띨새에게 소리쳐 묻는다.

"할 말이 뭐야?"

띨새가 무뚝뚝하게 되묻는다.

"이렇게 서서 어떻게 말을 해?"

잠시 뚱하게 서 있던 띨새가 수위실로 다가간다. 수위실 창문을 통해 수위 아저씨에게 뭐라 말을 한다. 수위 아저씨가 내키지 않아 하는 표정으로 밖으로 나와 쪽문을 열어 준다. 급한 일로 동생이 찾아왔다고 얘기를 한 모양이다.

띨새가 안으로 들어오라고 손가락을 까딱한다. 학교 안으로 들어가 수위 아저씨에게 고개를 한 번 숙인다. 한 발짝 뒤에 떨어져 띨새를 따른다. 우리는 교문 좌측 구석 등나무 밑 시멘트 벤치에 앉는다.

"에이! 그림이 좀 그렇다."

"불량 감자에 이쑤시개 꽂은 꼴이야! 크크크!"

"뚱순아! 옵빠, 여기 있어! 어여 이리 와."

"아, 워디 갔다 이제 온 거여? 음청 보구 싶었단 말여, 풍녀!"

남학생들이 아까보다 더 크게 소리를 지르며 까불어 댄다. 그 소리에 띨새가 얼굴을 붉힌다. 나와 함께 있는 게 창피한 모양이다. 저만치 떨어져 앉아 애먼 뒤통수만 벅벅 긁는다. 얼굴이 까칠하니 공부를 정말 열심히 하는 것 같기도 하다. 하지만 믿지 않는다. 아빠처럼 또 언제 돌변할지 모르는 자니까. 설령 열심히 한다고 해도 일시적인 이상 행동일 거라 단정해 버린다.

"빨리 말해! 시간 없어."

"저, 엄마 있잖아? 음! 음!"

말이 막힌다. 뒷말을 어떻게 이어야 할지 정말 난감하다. 헛기침만 반복한다.

"엄마가 뭐?"

"음! 엄마가, 소원이 한 가지 있대."

"소원? 무슨?"

"그게 그러니까, 저……."

혀가 딱딱하게 굳어진다. 띨새가 눈빛으로 독촉을 해 댄다. 입술에 침을 바르고 조심스레 사실을 말한다.

"오, 오빠를 만나고 싶대!"

"오빠? 뭔 소리야?"

"저, 엄마가 중학교 때 좋아했던 선배 오, 오빠가 한 명 있었는데."

"있었는데?"

"그 오빠를 한 번 만나고 싶대, 죽기 전에."

 말을 해 놓고 나니 속이 후련하다. 마치 멋모르고 먹은 상한 음식을 말끔히 토해 낸 것 같다.

"죽기 전에? 엄마가 왜 죽어?"

"몰라! 며칠 전부터 나한테 자꾸 죽을 것 같다는 말을 해! 그러면서 그 오빠를 한번 꼭 만나 보고 싶다고 그래."

 띨새가 망아지처럼 두 눈을 멀뚱거린다. 난감하기는 저도 마찬가진 모양이다. 얼른 설명을 덧붙인다.

"전에 담당 의사가 그랬잖아? 일시적으로 병세가 좋아지다가 갑자기 나빠질 수도 있다고. 요즘 엄마 정신이 오락가락해! 다시 나빠지고 있는 것 같아. 이러다 정말 엄마 죽으면……."

"……!"

"그러니까 한번 만나게 해 주는 것도 괜찮다는 생각이 들어! 엄마 첫사랑이라는 그 오빠를."

"엄마 처, 첫사랑?"

 띨새가 인상을 잔뜩 찡그린다. 한참이나 황당하다는 표정을 짓는다. 눈동자의 초점이 바람 앞에 촛불처럼 어지러이 흔들린다.

"혹시 또 알아? 그 오빠 만나면 엄마가 벌떡 일어나서 집으로 돌아올지."

"……?!"

"가만히 있어서는 안 돼! 정말 엄마의 마지막 소원이 될 수도 있잖아? 찾아서 만나게 해 줘야 돼!"

"내가 어떻게 그 사람을 찾아?"

목소리를 높여 묻고서 나를 빤히 쳐다본다. 눈살을 무말랭이 모양으로 찌푸린 채 못 들을 말을 들었다는 표정이다.

"혼자 찾으라는 게 아니고, 나랑 같이 찾아야지!"

"글쎄, 어떻게?"

"음! 지금부터 방법을 연구해 봐야지!"

"그럼 너 혼자 연구 많이 해!"

내키지 않아 한다. 큰일이다. 뭐로다가 이 인간을 구슬려야 하나? 이건 내가 가장 싫어하는 다항식 문제보다 더 어렵다.

"협조를 하면, 내가 푸름이, 정식으로 소개시켜 줄게!"

"……!!"

"저, 저, 오, 오빠!"

머뭇머뭇 불러 놓고 나도 놀란다. 띨새를 오빠라고 부르다니? 와르르! 내 자존심 무너지는 소리가 청주 시내를 뒤흔든다. 초등학교 6학년 초 내 몸무게가 66킬로로 최고점에 다다랐을 때, 그때 우리 반 짓궂은 남자애들이 나를 보고, 똥자(난쟁이 똥자루)야! 똥자야! 놀려

댔다. 그러는 걸 보고도 띨새는 오빠로서 그 애들을 혼내 주기는커 녕 실실 웃으며 그냥 지나쳐 갔었다. 오히려 그 애들처럼 나를 똥자라고 부르기 시작했다. 그 이후로 여태껏 내 입은 오빠라는 단어를 단 한 번도 발음하지 않았었다.

"사실 얼마 전에 그 애가 오빠 휴대폰 번호 알려 달라고 사정하는 걸, 내가 나중에 알려 준다고 그랬었어!"

이 말은 100퍼센트 오리지널 거짓말이다. 그렇지만 이러지 않을 수가 없다. 오로지 엄마를 위해서다. 나를 위해서가 절대 아니다. 이런 경우가 바로 화이트 라이(White lies)라는 것인가 보다. 영어 선생님인 담임이 저번에 말해 줬다. 거짓말 중에는 선의의 거짓말도 있는 거라고. 미안하게도 푸름이는 띨새 얘기를 단 한마디도 꺼낸 적이 없다. 꺼내기는커녕 새까맣게 잊어버려 나에게 오빠가 있는지조차도 모른다. 그 애는 애초부터 내가 한 거짓말을 꼬투리 잡아 나를 하녀 부리듯 하려는 목적으로 우리 집에 왔을 뿐이다.

푸름이 얘기에 띨새의 눈빛에 변화가 생긴 것 같다. 눈동자 동공이 조금 더 확장되고 가슴도 좀 전보다 더 빨리 뛰고 있다. 마른침도 꿀꺽 삼킨다.

"혁, 협조를 어떻게 해?"

찡그렸던 이맛살도 풀고 말투도 부드럽다. 나는 얼른 고삐를 조인다.

"우선 내가 엄마한테 물어서 그 오빠에 대해 좀 더 자세히 알아볼게. 그러고 나서 함께 찾아보자고. 엄마가 정말 갑자기 잘못될 수도 있다는 생각이 들어서 그래!"

야간 자율 학습 시작을 알리는 종이 울린다. 운동장에서 놀던 남학생들이 우르르 교실로 들어간다. 들어가면서도 또 휘파람을 불고, 소리를 지르고, 오두방정이다. 띨새가 벤치에서 일어난다.

"알았어! 빨리 가!"

"고마워! 오, 오빠!"

창문 밖에 비가 내린다. 아까부터 엄마는 유리창에 맺혀 흘러내리는 빗방울을 바라보고 있다. 오늘은 말이 별로 없다. 표정도 시무룩하니 꼭 기말고사를 하루 앞둔 열등생의 얼굴이다.

"엄마, 텔레비전 틀어 줄까?"

고개를 가로젓는다. 연속극을 좋아했는데 그것도 이제 싫은가 보다.

"빗방울을 보면서 뭘 생각해?"

대답을 않고 살짝 웃는 엄마의 얼굴에 한 가닥 쓸쓸함이 스친다. 마음이 아리다.

"어제 외삼촌 문병 왔다 갔댔지?"

"응!"

"외숙모랑 둘이?"

"응!"

시큰둥한 대답이다. 말하기도 귀찮다는 듯 이맛살을 접는다.

"엄마! 그 오빠 말야."

"……!"

"엄마 고향 선배 오빠, 그 오빠 어떤 남학생이었어?"

"민호 오빠?"

엄마가 창문에서 시선을 떼고 고개를 돌린다. 우울 모드에서 금세 유쾌 모드로 바뀐 얼굴이다.

"이름이 민호야?"

"응! 김민호. 김민호야."

이름까지 정확하게 기억하고 있는 걸 보면 아무래도 보통 사이가 아니었던 것 같다. 호기심이 서서히 발동한다.

"어떻게 생겼는데?"

"키가 큰 편이었구, 얼굴이 갸름하니 하얗구, 아주 귀공자 타입이었어. 물론 공부도 잘했지. 전교에서 열 손가락 안에 들었을 거야. 그리구 얼마나 착했는지 몰라. 순진하구. 정말 너무 보구 싶어! 죽기 전에 꼭 한번 만나 보구 싶어!"

"그 오빠랑 얼마 동안이나 사귄 거야?"

"조, 조금……."

"조금이라면 얼마나? 일 년? 이 년?"

또 대답을 않는다. 입술만 몇 번 움직일 뿐 속에 든 말을 꺼내 놓지 않는다. 엄마의 눈치를 살핀다. 수줍어하는 눈빛 같기도 하고 뭔가를 숨기는 눈빛 같기도 하다. 머뭇거리다가 다시 묻는다.

"엄마! 그럼 그 오빠랑 그거 있잖아?"

"응! 뭐?"

"키, 키스도 하고 그랬어?"

"키스는 무슨 키스? 손도 한 번 안 잡았는데."

엄마가 정색을 한다. 의외다.

"그러면서 왜 여태 못 잊고 있어?"

"몰라! 대체 무슨 조환지 문득문득 생각나더라. 참 희한해!"

"언제부터?"

"글쎄? 그게 그러니까……."

엄마는 딱히 언제부터라고 말을 하지 못한다. 혹 뇌 수술이 잘못되어 꿈을 꾼 이야기나 드라마 속 이야기를 자기 이야기로 착각하는 건지도 모른다.

"한 일 년? 삼 년? 아니, 아니! 오 년은 된 것 같아."

"그럼 그 오빠랑은 왜 헤어진 거야? 엄마가 차였어? 아니면 엄마가 찬 거야?"

"그, 그런 게 아니고……."

헛기침을 두어 차례 내뱉은 엄마가 물을 찾는다. 유리컵에 생수를 따라 엄마에게 건네준다. 나도 한 잔 마신다.

"엄마! 엄마! 자세히 얘기 좀 해 봐! 처음에 어떻게 만나서, 어떻게 헤어지게 되었는지."

엄마가 목청을 가다듬는다. 그러더니 한껏 감정을 잡고 얘기를 털어놓는다. 은근히 긴장이 된다. 하지만 다른 한편으로 묘한 기대감도 싹튼다.

"우리 집은 학교가 그리 멀지 않아서 나는 날마다 걸어 다녔어. 빨리 걸으면 사십 분쯤 걸리는 거리였어! 그런데 민호 오빠는 좀 먼 마을에 살아서 자전거를 타구 다녔지! 그때 남학생들은 거의 다 자전거를 타구서 학교를 다녔었거든."

"지금도 자전거 타고 다니는 애들 많아!"

"구월 하순이었던가? 시월 초순이었던가? 길가에 하얀색, 분홍색, 자주색 코스모스가 무더기로 피어나구 있었으니까."

"아무튼 그때라 치고. 빨리 말해!"

이야기를 재촉한다. 진지한 표정과 목소리로 보아 꿈속 이야기나 드라마 속 이야기는 아닌 게 분명하다.

"전날 밤 아버지 제사 차리는 걸 돕느라 늦게 일어났어. 니 외할머니도 늦게 일어나구. 그때는 제사는 무조건 밤 열두 시에 지냈으니까. 지각이다 싶어 책가방을 들구 학교로 막 뛰었지. 그런데 동네를 벗어나 신작로로 들어서자마자 비가 쏟아지기 시작하는 거야."

"어머! 그래서? 집으로 돌아갔어?"

"아니! 어떻게 돌아가? 그러면 정말 지각이게? 이미 길에는 학교 가는 중학생들이 한 명도 보이지 않더라."

나도 그런 경험이 있어서 고개를 끄덕여 준다. 나는 결국 지각을 해서 3일 간 운동장을 돌며 쓰레기를 주워야 했다.

"그러면 비 맞으면서 그냥 갔어?"

"응! 처음에는 그렇게 많이 내리는 비가 아니었거든. 그런데 나중에는 점점 더 많이 쏟아지는 거야. 얼마 못 가서 교복이 홀딱 젖어 버렸지 뭐! 교복 치마가 젖으니까 무릎에 자꾸 들러붙어 걷기가 얼마나 불편했는지 몰라. 게다가 신발도 젖어 찔꺽찔꺽하는 게, 벗겨지기도 하구. 머리에서 빗물이 흘러내려 눈도 잘 안 보이구. 걸음이 점점 늦어지더라구."

"지각했겠네?"

"아니! 안 했어!"

그런 상황에서 지각을 안 했단다. 내 눈동자가 크게 확장된다.

"어떻게?"

"영락없이 지각이구나! 포기하구 느릿느릿 걷구 있는데."

"있는데? 큰외삼촌이 뒤따라왔어?"

"그때 니 큰외삼촌은 겨우 초등학교 사 학년이었는데 뭐! 그리구 개네는 학교에 늦게 갔잖아? 아홉 시까지 등교였으니까. 중학생은 여덟 시였구."

"그러면?"

대체 어떻게 지각을 안 했다는 건지 추측이 불가하다. 비바람에 날아가기라도 했다는 말인가? 홍길동이 업고라도 갔다는 말인가? 별꼴이 반쪽이다.

"반쯤 갔을 때 뒤에서 자전거 소리가 들리는 거야. 돌아보았더니 어떤 남학생이 비를 쫄딱 맞구 빠르게 달려오구 있더라구."

"그 김민호 오빠?"

"응! 그때는 누군지 몰랐지. 시골 중학교라도 학생들이 꽤 많았으니까. 남녀 다 합해서 전체 육백 명이 넘었어!"

"아무튼 그래서?"

뒷이야기가 더욱 궁금해진다. 귀를 쫑긋 세운다.

"집에서 늦게 출발했는가 보다 생각하구 길옆으로 비켜 걷구 있는데, 그 남학생이 흙탕물을 튕기구 쌩하고 지나가는 거야."

"어머! 교복 다 버렸겠네?"

"버렸지! 흙탕물이 치마에 블라우스에 다 튀었지. 놀라서 멍하게 그 남학생 뒷모습만 바라보구 서 있었어. 그런데 저만큼 가던 그 남학생이 뚝 멈춰 서는 거야. 멈춰 서서 내가 다가가기를 기다리구 있더라구."

"다가갔어?"

엄마와 그 오빠와의 역사적인 만남이 이루어지는 순간이다. 호기심으로 가슴이 뛴다.

"다가가지, 그럼 거기 하루 종일 서 있어? 학교 가는 길은 그 길 하나뿐인데."

"다가갔더니?"

"다가갔더니, 미안하다구 그러면서 자전거 뒤에 타라는 거야!"

"탔어?"

"타야지, 그럼 어떡해?"

엄마가 성질을 좀 부린다. 질문을 왜 그따위로 하냐는 표정이다.

"와! 무슨 영화 같다. 썸씽이 거기서부터 시작되었구나."

"뭔 씽?"

"그런 씽이 있어! 그 다음?"

엄마는 점점 깊이 추억 속으로 빠져들어 간다. 신이 나서 어깨를 들썩거리고, 눈빛을 반짝이고, 침을 튀긴다. 얼마 전에 담임의 첫사랑 얘기를 들을 때와는 또 다른 맛이 있다. 나도 엄마의 이야기 속으로 깊게 깊게 빨려들어 간다.

"뒤에 타서 처음에는 그 오빠 허리를 살짝 잡았지! 그런데 그 당시에는 흙길이라 자전거가 좀 덜컹거려? 나중에는 점점 더 꼭 잡을 수밖에. 비 때문에 진창도 많이 생겨 자전거 바퀴가 푹푹 빠지니 힘이 배가 들었겠지. 그 오빠는 헉헉거리면서 죽을힘을 다해 페달을 밟더라구. 땀 냄새가 나구. 속도도 점점 떨어지구. 아주 엄청 미안하더라니까."

"내리진 않고?"

"내리진 않았어! 아무튼 둘이서 물에 빠진 생쥐 꼴로 교문에 들어갔는데, 다행히 지각도 하지 않았어! 그런데 그 오빠랑 나랑 사귄다구 학교에 소문이 쫙 나서……. 나는 싫지 않았어! 등교 시간마다 신작로에서 기다렸지. 그런데 신작로에서는 다신 못 봤어! 그 오빠는 아주 일찍 등교를 하구 늦게 하교를 하구 그랬나 봐. 허긴 입시 공부에 바쁜 중 3이었으니까."

엄마가 말을 멈추고 호흡을 고른다.

"그 오빠도 그 소문 알고 있었어?"

"알고 있었을 거야. 그 오빠도 나를 좋아하는 눈치였거든. 하여튼 단 둘이 만나지를 못해 엄청 섭섭했어! 그 오빠가 삼 학년 교실 쪽에 간혹 보이면 먼발치에서 바라보고만 있을 수밖에 없었지! 그러다 용기를 내어 편지를 썼는데, 전해 주지도 못하구 가방에 넣고만 다녔어."

"그거 연애편지네? 러브레터?"

"응!"

엄마의 양쪽 볼이 불그스레 노을빛으로 변한다. 수줍게 눈웃음도

친다.

"난 믿기지가 않아! 엄마가 그런 편지를 썼다는 게."

"내가 왜 못 써? 나, 학교 때 글 잘 쓴다구 선생님들이 칭찬 많이 했어! 군인들한테 보내는 위문편지도 얼마나 잘 썼는지 알아?"

"정말?"

"정말이지, 그럼 거짓말이야?"

엄마가 화를 발끈 낸다. 나는 여태껏 엄마가 편지를 쓰는 걸 한 번도 보지 못했다. 편지는커녕 메모 쪽지도 쓴 적이 없다.

"그런데 어느 날 갑자기 학생주임 선생님이 교실에 들어와서 책가방 검사를 한다는 거야. 예전엔 그런 경우가 가끔 있었거든."

"그래서?"

"가방 책상에 올려놓구 절대 손대지 마! 꼼짝 말구 부동자세로 있어! 소리치더니, 저쪽에서부터 차례차례 가방 속을 뒤지며 오더라구. 얼굴이 우락부락한 게 꼭 낮도깨비처럼 생긴 국어 선생님이었는데, 얼마나 무서운지 생각만 해도 벌벌 떨리는 선생이었어!"

그 선생님이 바로 눈앞에 있기라도 한 것처럼 엄마가 눈살을 찌푸리고 몸서리를 친다. 그러는 엄마 얼굴이 오히려 내게는 낮도깨비로 보인다.

"맞아! 우리 학교에도 그런 선생님 있어! 아이스 맨이라고 수학 샘이야."

"가슴이 쿵쿵쿵 뛰구 숨이 턱턱 막히는 게, 아무래도 안 되겠다 싶어 조심스럽게 손을 책가방 속에 넣었어!"

"그 연애편지 꺼내려고?"

"그럼 어떡하니? 그대로 있다가는 영락없이 들켜 학생부로 끌려가 종아리 맞구, 복도에 무릎 꿇구서 손들구……. 개망신을 당할 텐데!"

"어머! 그래? 그거 넘 심하다."

치마 입은 여학생의 종아리를 때리다니? 옛날에는 그런 야만적인 선생님이 있었나 보다.

"그때는 그랬어! 이성 교제는 절대 금지였거든. 하여튼 벌벌 떨리는 손으로 그 오빠한테 쓴 편지를 집어서 막 꺼내는데."

"들켰어?"

"하필 그 순간에 딱 들켜 버린 거야. 아후! 지금 생각해도 가슴이 철렁 내려앉는다."

"그래서 종아리 맞고 복도에 무릎 꿇고 앉아 있었구나? 그 오빠도 붙들려 와서 둘이서 함께. 그치, 엄마? 와아! 그거 참 볼만했겠다. 멋지다! 짱 멋져! 복도에서 손들고 벌받으면서 서로 사랑 고백을 하고. 정말 죽여주는 러브스토리다. 응?"

"끼어들지 말구 더 들어 봐, 좀!"

엄마가 눈을 허옇게 까뒤집고 소리친다. 침방울이 내 얼굴에 소낙

비처럼 쏟아진다.

"그게 아냐?"

"아냐!"

"그럼 뭐야? 아아, 그 민호 오빠가 흑기사처럼 쨘! 나타나서 엄마를 구해 줬구나? 그래서 둘이 도망친 거지? 그치? 내 말 맞지?"

"너, 가만히 못 있을래? 나, 말 안 할래! 안 해! 안 해!"

엄마가 도리질을 친 뒤 입을 꾹 다문다. 어린애처럼 토라진 것이다. 예전에는 꿈에서도 생각하지 못했던 엄마의 행동이다. 삐친 엄마의 표정을 살펴보며 빙그레 웃는다. 나는 여태 엄마와 이렇게 재미있게 대화를 나눠 본 적이 없다. 엄마의 비위를 맞춰 주기로 한다.

"이제부터 가만히 있을게! 얌전히 듣기만 할게. 해! 빨리해, 엄마! 너무 재밌어!"

"......!!"

"자, 물 한 모금 마시고 얼른 해! 궁금해 죽겠어!"

나는 '궁금해 죽겠어'를 강조한다. 진짜로 궁금하다.

물을 마신 엄마가 목청을 가다듬는다.

"음! 음! 그 선생님이 화가 머리 꼭대기까지 난 얼굴로 나한테 저벅저벅 다가와서 그 편지를 확 빼앗았어! 그러더니 그 편지를 죽 훑어보더라구. 나는 속으로 이제 죽었구나, 생각하구 있는데……."

엄마가 말을 끊고 또 물을 마신다. 말하기가 힘에 부치는가 보다.

"피곤해? 피곤하면 누워서 해, 엄마!"

"아니야!"

"그러면 배고파? 과일 줄까? 빵 줄까?"

"배 안 고파! 약이 독해서 그런지 통 입맛이 없어. 너나 먹어."

입맛이 없기는 나도 마찬가지다. 그 좋아하는 빵을 보고도 식욕이 돌아오지 않는다. 이참에 아예 영원히 되돌아오지 않았으면 좋겠다.

"나도 안 먹어! 그래서 편지 빼앗기고 끝이야?"

"끝 아냐! 그 낮도깨비 선생님이 죽 훑어보더니 나보구 일어서라는 거야. 드디어 학생부로 끌려가는구나 생각하구 일어났는데. 글쎄, 큰 소리로 읽어 보라는 거야."

"그 편지를 거기서?"

"응!"

"설마 읽은 건 아니지?"

그랬다면 그게 무슨 개망신이람! 읽지는 않았을 거라 지레 짐작을 하며 묻는다.

"읽었어!"

"애들이 그 많은 데서? 와! 엄마 쪽 왕창 팔렸겠다. 뭔 내용이었는데, 대체? 좋아한다고 썼어? 사랑한다고? 만나자고?"

"그런 게 아니구⋯⋯."

"뭐야? 그럼 또."

연애편지에 그런 거 말고 다른 걸 쓸 게 있나? 의아해하는 표정으로 엄마의 입을 바라본다.

"그냥 뭐, 오빠! 그날 고마웠어요. 오빠 덕분에 지각하지 않았어요."

"그게 다야? 그게 무슨 연애편지야?"

"아휴! 말 마! 며칠 밤을 꼬박 새워서 머리를 쥐어짜 냈는데도 막상 쓰려니까 쓸 말이 없더라구. 민호 오빠에게! 라구 써 놓구 하루 보내구, 그날 고마웠어요! 라구 써 놓구 또 하루 보내구. 요만한 편지지가 그렇게 운동장만 하게 보였던 건 그때가 처음이었어. 어쨌든 아무래도 내용이 너무 짧아 성의 없게 보일 것 같아서 고민 고민 하다가 시를 한 편 썼지!"

"시? 웬 시야?"

무슨 문학소녀도 아니고, 생뚱스럽게 시라니? 짱 웃기는 엄마다.

"그럼 어떡하니? 메모 쪽지도 아니구 명색이 편진데. 달랑 한 줄만 써서 줄 수는 없잖아?"

"그래서 뭔 시를 썼어? 엄마가 직접 지은 시야?"

"아니! 내가 무슨 시를 짓니? 국어책에 나온 거 보구 그대로 베꼈지! 그 시가 김소월의 예전엔 미처 몰랐어요, 뭐 그런 시였는데, 1학기 기말고사 시험에도 나왔었거든. 여기저기 열댓 편 찾아봤는데 그 시가 제일 맘에 들더라구."

"에이! 유치하게 웬 시? 하여튼 읽었더니?"

나도 '진달래 꽃', '초혼' 같은 김소월 시 몇 편을 알기는 안다. 하지만 '예전엔 미처 몰랐어요'는 잘 모르는 시다. 제목도 원! 대체 뭘 몰랐다는 건지 모르겠다.

"덜덜 떨리는 목소리로 더듬더듬 읽었더니……. 그 선생님이 감정을 듬뿍 넣어 아주 잘 읽었다면서 그냥 돌려줬어!"

"정말? 와! 짱 멋지다, 그 선생님! 그러면 그 민호 오빠한테 그 편지 전해 줬어?"

"아니! 전해 주지도 못하구 날마다 편지만 만지작거렸지! 편지가 너덜너덜해지도록. 그래도 그 오빠랑 같은 학교에 다닌다는 게 행복했어! 멀리서나마 바라볼 수 있다는 것도 좋았구."

엄마가 눈을 지그시 감고 행복해하는 표정을 짓는다. 잠시 그러다가 눈을 번쩍 뜨며 목소리를 높인다.

"그런데 어느 날부터 그 오빠가 보이지 않는 거야. 그 다음 날도 또 그 다음 날도. 운동장이 허전하구 학교도 쓸쓸한 게 공부도 되도 않구. 나는 그 오빠가 아파서 학교에 못 오는 줄 알았지. 그래서 그 오빠 동네를 찾아가 마을 어귀에서 며칠 동안 서성이기도 했어! 그러다 더 이상 참지 못해 그 오빠랑 한 동네 사는 후배 아이를 알아내서 넌지시 물어봤지. 그랬더니……."

"그랬더니?"

"그랬더니 글쎄……."

말꼬리를 똑 자르고 엄마가 뜸을 들인다. 속에서 열불이 난다.

"아, 빨리 좀 말해! 답답해 죽겠네!"

"글쎄 그 오빠가……."

"그 오빠가 뭐야? 어떻게 된 거야? 정말로 아파서 드러누웠어?"

"그게 아니구……."

또 말을 멈춘다. 이번에는 눈물마저 글썽인다. 진짜 미치겠다. 50이 다 된 아줌마가 이게 무슨 청승이람?

"그게 아니면 대체 뭐냐고? 엉?"

"……!"

"울긴 왜 울어? 그 오빠가 죽었어?"

"아, 아니!"

"아니면 뭐야?"

소리를 꽥 질러 묻고서 나도 놀란다. 내 목소리가 너무 크다. 손으로 입을 재빨리 막고 미안한 표정을 짓는다.

"이, 이사를 갔다는 거야, 서울로."

"뭐? 서울로 이사를 가?"

"응!"

엄마가 침울한 표정으로 침대에 눕는다. 그리고 곧 등을 돌린다. 나는 닭 쫓던 개 지붕 쳐다보는 꼴로 엄마의 뒷모습만 멀뚱히 내려다본다.

"그게 뭐야? 그건 사귄 게 아니잖아?"

"……!"

대답을 않는 걸 보니 내게 말 못할 무슨 썸씽이 있었던 게 분명하다. 수상하다. 엄마의 어깨를 가볍게 흔든다. 목소리를 부드럽게 해서 아기 달래듯 살살 어른다.

"엄마야! 숨기지 말고 나한테 다 얘기해 봐! 나도 이제 다 컸어!"

"……!"

그래도 말을 하지 않는다. 더욱 수상하다. 엄마와 엄마 오빠가 함께 가출을 하는 장면이 머릿속에 그려진다. 좀 더 세게 흔들며 목소리를 높인다.

"그 오빠랑 뭔 일이 있었던 거지? 그치? 없었을 리가 없어! 말해 봐, 좀!"

얼마간 대답을 않고 있던 엄마가 울먹울먹 한마디 한다.

"그 오빠도 나를 잊지 못하구 있을 거야. 지금 나를 찾구 있을 거라구. 틀림없어!"

피곤기가 많이 섞인 목소리다. 곧 잠이 들 것 같다. 나는 측은한 마음으로 엄마 등을 토닥거린다.

8장

오해의 포옹

엄마한테 알아낸 정보를 알려 주자 띨새가 망설인다. 막상 찾아 나서려니 용기가 나지 않는 모양이다. 자꾸 핑계를 댄다.

"야, 아무리 그래도 어떻게 엄마 첫사랑을 찾아서 데리고 오냐? 아버지가 알면 어쩌려고? 우리 집 다 작살나. 너, 아버지 성질 잘 알잖아?"

그러면 그렇지. 이 졸장부, 쫌팽이 같은 놈! 네까짓 게 공군사관학교는 무슨? 지나가는 개가 다 웃는다, 이 띨새야. 그 말이 밥과 섞여 씹히며 입안에서 맴돈다. 그렇잖아도 밥맛이 떨어졌는데 더 이상 먹지 못하겠다. 수저를 내려놓는다.

"엄마 죽기 전 소원이라는데, 그럼 그냥 가만히 있어?"

"가만히 있어야지 우리가 뭘 어떡해?"

"오늘도 엄마, 머리가 어질어질하다면서 토했어!"

"……!"

"관둬, 그럼! 나 혼자 찾을 테니까."

벌떡 일어나서 내 방으로 들어간다. 침대에 엎드린다. 이불을 뒤집어쓴다.

"에이 씨! 엄마는 참! 왜 나한테 그 말을 해 가지고…….."

아무래도 포기해야 할 것 같다. 혼자서는 엄두가 나지 않는다.

"아니, 서울에서 김민호를 어떻게 찾아? 그것도 삼십삼 년 전에 간 사람을?"

알아봤더니 그 오빠가 죽었다고 해 버릴까? 아니면 미국으로 이민을 갔다고 해? 아무리 머리를 쥐어짜 봐도 도무지 답이 나오지 않는다.

인터넷 사람 찾기 사이트와 첫사랑 찾기 사이트에 엄마 정보를 등록해 놓았다. 하지만 눈이 빠지게 기다려도 감감 무소식이었다. 그 사이 엄마의 눈빛에는 쓸쓸함이 더욱 짙어졌다. 음식도 잘 먹지 않아 얼굴이 해쓱한 게 정말 죽음을 앞둔 사람 같았다. 가슴이 철렁했다.

다시 떨새를 구슬러서 일단 시내로 나간다. 중앙공원 벤치에 앉아 생활 정보지를 살핀다.

"오빠, 우리 여기 한번 가 보자."

"어디?"

"여기 이곳."

가장 손쉬운 방법이 심부름센터다. 한 군데를 결정한다. 역사와 전통이 깊고, 신용을 제일로 하며, 비용도 저렴하고, 성공률이 99퍼센트라는 광고가 눈길을 사로잡는다. 시청 뒷골목 허름한 빌딩 4층 구석에 있는 '마당쇠 코리아'로 찾아간다. 7평 정도의 크기에 직원이 세 명이다. 두 명은 30대 초반의 남자 직원이고, 한 명은 20대 중반쯤으로 보이는 아가씨. 한쪽 벽면에는 '심부름센타의 원조 창업 20년! 충청권에서 제일 큰 규모!'라고 크게 쓴 플래카드가 걸려 있다. 그리고 그 밑에 '묻지도 않고 따지지도 않고 무슨 일이든 다 해 드립니다. 잃어버린 애완견, 가출한 자녀, 집 나간 며느리, 치매로 행방불명된 할머니 할아버지, 열흘 내에 찾아 드립니다.(만약 실패 시 비용 전액을 환불함)' 이라고 쓴 좀 작은 플래카드도 붙어 있다.

"학생들 같은데? 여길 어떻게 온 거야? 강아지 잃어버렸어?"

사장인 듯한 콧수염이 묻는다.

"그게 아니라요. 저……."

"저희 엄마가 지금 병원에 입원해 계신데요. 꼭 만나고 싶다는 사람이 있어서요."

"그래? 그럼 만나게 해 드려야지. 그게 진짜 효도지, 다른 게 효도가 아니야! 보고 싶은 사람 보게 해 주고 만나고 싶은 사람 만나게 해 주는 게 정말로 효도하는 거라고. 공부 잘하는 게 효도가 아니고.”

"잘 왔어! 너희, 아주 제대로 찾아온 거야. 우선 이 소파에 앉아! 미스 유, 얘네 마실 것 좀 줘.”

다른 남자가 맞장구를 친다. 키도 크고 덩치도 집채만 한데 눈은 호박씨보다도 작다. 미스 유라는 아가씨가 빨대가 꽂힌 요구르트를 두 개 가져와 탁자에 놓는다.

"한 개씩 들고 빨아! 근데 누구야? 누굴 찾는다는 건지 구체적으로 말해 봐!”

"이름은 김민호고요. 나이는 마흔아홉이나 쉰이고요. 서울에 살아요.”

"그게 다야?”

콧수염이 실망스럽다는 투로 묻는다.

"예!”

"사진은 없어?”

"예! 없어요.”

"서울에 사는 건 확실해?”

"그게 저, 어렸을 때 이사를 갔다는데…….”

그러고 보니 확실한 게 없다. 엄마 정신 상태가 불안정해서 기억이 온전치 않을 수도 있는 거다.

"그럼 확실한 게 아니네?"

"그러면 찾을 수 없는 거예요?"

"있어! 있긴 있는데 그만큼 힘이 들지!"

"그럼 찾아 주세요. 급해요. 근데 비용은……?"

"학생이 말한 그 정보만 가지고 찾으려면 비용이 꽤 들겠는데."

호박씨가 고개를 갸웃거리며 눈을 크게 뜬다.

"얼마나요?"

"한 백오십만 원은 잡아야 해!"

"예에? 배, 백오십만 원요?"

"그, 그렇게 비싸요?"

입이 함지박만큼 벌어져 다물어지지 않는다. 띨새도 마찬가지다.

"야! 사람 찾는 게 얼마나 힘드는 일인지 알아? 말뚝처럼 한 군데 박혀 있는 게 아니잖아? 사방팔방 돌아다니지."

"강아지 새끼 찾는 데도 사, 오십만 원, 심지어 백만 원을 받는데. 이건 사람이야, 사람! 그것도 얼굴도 모르고, 사는 곳도 모르고, 나이도 정확하지 않고. 달랑 이름 석 자만 가지고 전국을 뒤져야 한다고. 원래는 이백만 원은 받아야 되는 일이야."

"조, 좀 깎아 주면 안 돼요, 아저씨?"

콧수염이 뭔가 계산하는 듯하더니 고개를 끄덕거린다. 깎아 줄 모양이다.

"좋아! 좋아! 너희가 학생이고 또 그 뜻이 갸륵해서 이십만 원 깎아 줄게. 대신 선불 일시불로 내야 돼."

"선불 일시불로요?"

"그래야지 그럼! 우리가 어린 학생을 뭘 믿고 후불로 하니? 아니면 착수금으로 백만 원을 먼저 주든지."

"너무 비싸요. 우리 둘이 톡톡 털어도 삼십만 원이 될까 말까예요."

콧수염과 호박씨가 어이없다는 표정을 짓는다. 아가씨도 우리를 물끄러미 쳐다본다.

"뭐? 삼십? 이것들이 지금 장난하는 거야? 바빠 죽겠는데. 가! 나가!"

호박씨가 소리를 버럭 지른다. 콧수염도 첫 손님부터 재수가 없다느니 뭐니 뒷말을 한다. 아가씨도 입술을 씰룩인다. 아까운 요구르트만 두 개 날렸다는 낯빛이다.

다른 곳도 거의 마찬가지다. 가장 싼 곳이 120만 원이다. 엄두가 나지 않는다.

"거 봐! 안 된다고 했잖아?"

띨새가 인상을 쓴다.

"왜 인상을 써? 우리가 직접 찾아 나서면 되잖아?"

"뭐? 직접? 서울로 가서?"

"그래! 못 갈 것도 없지!"

"흐흥! 남산에 올라가 김민호라고 크게 불러? 그러면 그 사람이 달려와?"

코웃음과 함께 그 말을 내뱉고 띨새가 저만치 앞서간다. 나는 그 자리에 서서 띨새가 행인들에 가려져 보이지 않을 때까지 뒤통수를 노려본다.

"저 띨새 말이 틀렸다고 할 수는 없고……. 어쩌지?"

아무리 생각을 거듭해 봐도 별 뾰족한 수가 없다.

"아, 짜증 나!"

방향도 정하지 않고 무작정 걷는다. 그냥 아무 곳으로나 끝없이 걸어가 보고 싶다. 걷다 보니 상당산성 쪽이다. 청주국립박물관 앞에서 발걸음을 되돌린다.

1주일, 2주일, 시간은 참 잘도 흐른다. 벌써 7월이다. 날씨가 무더워져 엄마는 음식을 더욱 먹지 않는다. 병세도 별 호전이 없다. 자꾸 어지럼증을 호소한다. 게다가 수술이 잘못되었는지 척추와 골반도 통증이 심하단다. 의사는 신경이 살아나느라 그런다지만 나는 좀체 불안감을 떨칠 수가 없다.

오늘도 조마조마한 심정으로 학교에 왔다. 점심 배식을 받아 식탁으로 가 앉는다. 반찬에는 돼지고기 볶음도 있다. 전에는 아주 좋아하던 것이다. 하지만 구미가 당기지 않는다. 밥 몇 술을 오이 냉채에 말아 떠먹다가 숟가락을 놓는다. 식판에 시선을 둔 채 그냥 멍하니 앉아 있는다.

"똥자야! 너, 오늘도 그거밖에 안 먹어?"

푸름이가 지나가며 비아냥댄다.

"살이 너무 빠져서 몰라보겠다, 얘! 얼굴도 엄청 이뻐졌구. 곧 아이유 뺨칠 것 같다, 똥자야! 나래가 날개라는 뜻이랬던가? 너, 곧 하늘 높이 날아오를 것 같다. 똥자야!"

지지난 주에 푸름이가 내 별명을 폭로해서 반 아이들은 모두 나를 똥자라고 부른다. 몹시 화가 나는 일이다. 성질대로라면 머리끄덩이를 잡아 흔들고 싶다. 그러나 잘 참아 낸다. 그리고 다행히도 아직 애들은 내 별명의 뜻은 정확히 모른다.

"고마워! 근데 너는 살이 많이 쪘다. 얼굴도 커져서 곧 이영자 뺨치겠는데! 상당산성 쪽에 빈 돼지우리 몇 개 있던데."

나도 맞받아친다. 나는 이제 푸름이한테 켕길 게 없다. 내 별명도 집안 형편도 어차피 다 알려졌으니까. 다만 한 가지 띨새가 푸름이를 좋아한다는 것, 그게 조금 마음에 걸릴 뿐이다.

식판을 반납한 뒤 밖으로 나간다. 교실로 가서 내 자리에 앉는다. 빛나는 엎드려 자고 있다. 무슨 일이 잘 안 풀리는지 빛나는 늘 시무룩한 얼굴이다. 학원에서 사귄 남자 친구랑 헤어져서 그런다는 소문이 떠돈다. 그런 소문을 낸 애는 다름 아닌 푸름이다. 하지만 본인이 말을 안 하니 사실 확인을 할 수가 없다.

교과서를 꺼내 책상 위에 펼쳐 놓는다. 머리가 지끈지끈 아프다. 오전 수업 내내 아무것도 머릿속에 들어오지 않았다. 아무래도 조퇴를 해야 할 것 같다. 살며시 교실을 빠져나가 교무실로 향한다. 출입문 앞에서 머뭇거리다가 안으로 들어간다.

"저, 선생님!"

"어! 나래야, 웬일이니? 뭐 할 말 있니?"

"예!"

"해 봐. 무슨 말이니?"

손가락을 만지작거리다가 들릴 듯 말 듯한 목소리로 말한다.

"조퇴를 좀 하려고요."

"조퇴를? 왜 하려고 그러니?"

"그럴 일이……."

"집에 일이 있니?"

"예!"

담임이 내 얼굴을 측은하다는 눈으로 바라본다. 나는 얼굴을 옆으로 약간 돌린다.

"참! 엄마는 좀 어떠시니? 이젠 많이 좋아지셨니?"

"그게 저, 좋아지셨다가 나빠지셨다가를 반복하는데, 요즘은 또 나빠지셨어요."

"어머! 저런! 다시 한번 찾아가 봐야 하는데. 엄마 병간호 때문에 조퇴하려는 거니? 맞니?"

"그게 아니라……."

내 목소리가 점점 속으로 기어들어 간다. 모가지도 움츠러든다.

"아니야? 그럼 집에 뭔 일이 또 있니?"

"그것도 아니고……."

"그것도 아니야? 그럼 뭐니?"

담임이 의혹의 눈초리로 바라본다. 눈빛이 점점 강해진다.

"너, 그동안 결석을 많이 해서 이유가 분명하지 않은 조퇴는 안 돼!"

"그치만……."

"지난번 중간고사 성적도 좋지 않았잖니? 그러니까 이번 기말고사는 잘 봐야 하잖니?"

"알아요. 근데……."

"무슨 일 때문인지 솔직하게 말해! 나한테도 말하기 싫으니?"

담임의 목소리 톤이 명령조로 변한다. 사실대로 말하라고 눈으로도 다그친다. 창피하게 이걸 얘기해야 되나? 말아야 되나? 갈등의 파도가 일렁인다. 말을 하기로 마음을 굳힌다.

"저, 사실은……."

"응! 사실은 뭐니?"

"엄마가 저번부터 소원이 한 가지 있다고 하셔서……."

"소원? 그게 뭐니?"

사실대로 모조리 털어놓는다. 임금님 귀는 당나귀 귀라고 크게 외친 기분이다. 속이 후련하다. 담임의 표정을 살핀다.

"어머머! 그랬니? 나래 혼자 고민 많이 했겠네?"

"예! 이러지도 못하고 저러지도 못하고 혼자서……."

"음! 그래! 그래! 솔직히 나도 가끔 옛날 첫사랑이 생각나더라, 얘!"

원래의 목소리, 원래의 눈빛으로 돌아온 담임이 호기심을 나타낸다.

"그래요?"

"나래, 너는 안 그러니?"

"저는 아직 첫사랑이……."

"없었니?"

"예!"

조금 좋아하다가 만 애가 있긴 있었다. 그렇지만 그 애는 나를 거들떠보지도 않았다. 대놓고 말은 안 했지만 내가 뚱뚱해서 그런다는 걸 나는 눈치채고 있었다. 사랑 같은 거, 저는 아마 못할 거예요. 그 말이 가슴 한구석에서 맴돈다. 기분이 좀 우울해진다. 그 기분을 숨기기 위해 입가에 억지 미소를 머금는다. 담임이 걱정스런 말투로 묻는다.

"어머머! 요즘 애들은 다 빠른데, 너는 사춘기가 왜 그렇게 늦니? 하여튼 그건 그렇고. 내가 뭘 어떻게 도와주면 되겠니?"

"어디에 사는지만 알면 찾아가 보려고요."

"그렇지! 어디에 사는지를 알아내는 게 제일 먼저 할 일이지! 좀 전에 중 3 때 서울로 이사를 갔다고 그랬니?"

"예! 보은 속리면에서 서울로요."

볼펜으로 영어 교과서를 톡톡 치면서 담임은 생각에 잠긴다.

"그러면 그 중학교 동창회에 알아보면 안 될까?"

"외삼촌을 통해 알아봤는데요. 그 학교 폐교되었대요. 농촌 지역이라 학생 수가 점점 줄어서……."

"아차! 그럴 수도 있겠다, 애! 이거 너무 오래 전 일이라……. 일단 그 사람 이름하고 나이를 말해 주겠니?"

"이름은 김민호고요. 나이는 엄마보다 일 년 선배였다니까, 마흔아홉요."

"김민호, 남, 49세, 서울 거주 추정."

담임이 수첩에다 또박또박 적는다.

"알았어! 내가 이곳저곳에 부탁해 볼 테니, 며칠 기다려 주겠니?

너무 큰 기대는 하지 말고."

"고마워요, 선생님!"

"고맙기는 뭐가 고맙니? 착한 일 하는 건데, 당연히 같이 고민해 봐야 하는 거 아니니?"

새침데기처럼 느껴졌던 담임이 마구 좋아지려고 한다. 허리를 90도로 꺾어 감사 인사를 하고서 교무실을 나온다.

기가 질린다. 너무 많다. 무려 268명. 이 사람들이 모두 김민호란다. 담임이 우체국에 근무하는 자기 친구를 통해 얻어 온 자료다. 서울 인명 전화부에서 김민호 페이지를 복사해 온 것이다. 명단을 책상 위에 펼쳐 놓고 한숨만 내쉬기를 벌써 두 시간 째다.

"후! 이걸 일일이 다 확인해 봐야 하는 거잖아?"

도무지 엄두가 나지 않는다. 가슴이 탁 막히는 게 백 길 절벽을 마주한 느낌이다.

"전화해서 뭐라 말해? 다짜고짜 우리 엄마 첫사랑 아니냐고 물어?"

시계를 본다. 열 시가 조금 넘었다. 현관문 열리는 소리가 난다. 띨새가 돌아온 것이다. 잘됐다 싶어 얼른 방 밖으로 나간다.

"웬일이야? 독서실에 안 가고 집으로 오고?"

"오늘은 집에서 할 거야."

자기 방으로 휙 들어간다. 나도 따라 들어간다.

"자, 이거 봐 봐!"

"뭐야, 그게?"

"울 담샘이 준 명단인데. 이 사람들이 다 서울에 사는 김민호야. 모두 이백육십팔 명이야."

"뭐? 이백육십팔 명?"

"응! 전화를 걸어 봐야 해!"

"이 많은 사람한테 전화를 일일이 다 해?"

"그럼! 해 봐야지! 울 담샘이 애써서 구해다 준 명단인데. 그 성의가 고맙지도 않아?"

띨새가 찌그러진 깡통 인상을 쓴다. 하기 싫어하는 기색이 역력하다.

"기말고사 준비도 해야 되고."

"누구는? 누구는 기말고사 안 보나?"

"중딩이랑 같아?"

"똑같은 시험인데 뭐가 달라?"

목소리가 높아지는 걸 억지로 잡아당겨 낮춘다. 살살 달래기로 한다.

"자, 이 뒷장만 오빠가 해 줘! 백 명 정도 될 거야. 나머지는 내가 할 테니까. 학교 갔다 와서 각자 이십 명씩 하면, 하루에 사십 명이니까, 사 륙 이십사. 일주일이면 다 하잖아?"

띨새가 눈알을 굴린다. 명단 한 장을 띨새 책상 위에 올려놓는다.

"부재중이나 결번인 전화번호도 많을 거야. 그러니 실제로 오빠 몫은 백 명이 훨씬 안돼! 길게 통화할 필요도 없이 엄마가 찾는 김민호일 가능성이 높은 사람만 체크하면 돼."

"……!"

"하는 데까지는 해 봐야지! 그냥 가만히 있을 수는 없잖아? 엄마 소원이라는데. 하나밖에 없는 아들이 그것도 못 도와줘?"

띨새가 대답을 안 한다. 천천히 교복을 벗고 의자에 털썩 주저앉는다.

"나중에 평생 후회할 짓 하지 말고, 잘 생각해! 오빠가 공군사관학교 가서 장교가 되고, 진짜 전투기를 조종하는 파일럿이 되고, 별을 달아 장군이 되고, 공군 참모총장을 거쳐 국방부 장관까지 된다고 쳐! 그게, 엄마 죽은 다음에 무슨 소용이야?"

"흠! 흐음!"

마음이 움직이는지 띨새가 마른기침을 두어 번 한다. 고삐를 조인다.

"죽은 엄마가 그걸 알기나 해? 우리 아들 장하다고 칭찬을 해 주겠어? 손뼉을 쳐 주겠어? 동네방네 다니면서 자랑을 하겠어? 울 국어 샘이 그러는데 효도도 다 때가 있는 거랬어!"

오늘 나, 왜 이렇게 말을 잘하지? 국어 샘이 말을 잘하면 90퍼센트가 사기꾼 아니면 정치인이라 했는데? 아무래도 나, 사기꾼이나 정치인 기질이 있는가 보다.

"오늘 학교에서 푸름이가 또 오빠 전화번호 묻더라."

슬쩍 낚싯밥을 던진다. 띨새의 눈빛이 반짝인다.

"그래서 울 오빠 지금 공부하느라 정신이 없으니까 기말고사 끝나고 알려 준다고 그랬어! 그랬더니 걔가 오빠한테 꼭 안부 전해 달래. 공부도 더 열심히 하라고 그랬고. 마음으로 응원하겠대."

이건 악의가 없는 하얀 거짓말이라고 스스로에게 속삭이며, 동시에 마음에도 없는 말을 하려니 자꾸 헷갈린다.

"이 사람들한테 전화해서 뭐라고 그래?"

"으응! 김민호 씨가 맞는지 물어보고. 맞다면 중 3 때 충북 보은 속리중학교에서 서울로 이사를 가지 않았느냐 묻고. 그거도 맞다면 엄마가 찾는 그 오빠가 거의 틀림없는 거지!"

"알았어! 이거는 내가 해 볼게, 하루 스무 통씩."

"고마워, 오빠! 출출하지? 내가 라면 끓여 줄게. 라면 먹고 공부해! 오빠 라면 좋아하잖아."

주방으로 가서 냄비에 라면 물을 올려놓는다. 내가 띨새에게 밤참 라면을 다 끓여 주고? 사람 참 오래 살고 볼 일이다. '세상에 변하지 않는 건 하나도 없습니다. 모든 게 다 변하기 마련이에요. 오늘의 적이 내일의 친구가 되고, 오늘의 친구가 내일의 적이 되기도 하는 겁니다. 우리 학교에서 있었던 나쁜 기억은 다 잊고, 부디 좋은 기억만 가지고 가 주기 바랍니다.' 그 말이 문득 떠오른다. 어느 선생님이 한 말인지는 정확히 기억나지 않는다. 초등학교 졸업식 날 교장 선생님이 한 말 같다.

천 원짜리 한 장을 들고 집을 나선다. 가벼운 걸음으로 계단을 내려가 큰길에 있는 슈퍼로 향한다. 큰길 건너편에 우리 가게가 보인다. '삼천포 건어물'. 불이 꺼져 어두컴컴하다. 아빠는 또 병원으로 엄마 간호를 하러 간 모양이다. 날마다 거기서 밤을 새우는 지극정성이 놀랍다. 엄마 말대로 가식 같기도 하고, 아닌 것 같기도 하고. 어떻든 엄마 병수발에 최선을 다하고 있는 아빠를 곁에 두고 엄마의 첫사랑 오빠를 찾는다는 게 조금 미안하기는 하다. 아니, 미안함보다 솔직히 죄책감이 살짝 든다.

"괜찮아! 괜찮아! 딱 한 번만 만나게 해 주는 건데 뭐! 설마 그 나이에 만나서 뭔 일이야 생길라고?"

혼잣말을 중얼거리면서 청남교 쪽으로 한참을 걸어 올라가 대동 슈퍼 문을 연다. 튼튼치과 옆에 기업형 유통업체인 B마트가 들어오는 바람에 주변 슈퍼들이 다 죽고 유일하게 살아남은 것이다. 말이 슈퍼지 실은 구멍가게만도 못한 세 평짜리 점포로 전락해 상품도 별로 없다. B마트가 들어오기 전에는 열두 평 정도 되었었다. 머리카락이 반 넘게 센 빼빼한 아저씨가 계산대에 앉아 꾸벅꾸벅 졸고 있다. 꼭 병든 닭 같다.

"아저씨! 라면 한 봉지 주세요."

바쁘게 1주일이 지났다. 짤막한 통화로 알아낸 것이지만, 김민호는 참으로 다양했다. 골프장에 갔다는 교수 김민호부터, 군인 김민호, 경찰 김민호, 보험사 김민호, 교도소에 가 있다는 죄수 김민호, 오래 전에 가출을 했다는 김민호, 해외여행을 갔다는 여사장 김민호, 거기에 이미 죽은 김민호까지 있었다. 심지어 내가 여중생이라니까, 자기가 틀림없는 그 김민호라고 바득바득 우기면서, 용돈을 듬뿍 줄 테니 일단 만나자는 60대 얼빠진 김민호도 있었다.

"후우!"

엄마의 첫사랑 오빠 김민호일 가능성이 단 10퍼센트라도 있는 사람은 한 명도 없었다. 나이가 다르거나 고향이 맞지 않았다. 하지만 절망하기에는 일렀다. 아직 확인하지 못한 전화번호가 스물세 개나 되었다. 어제 띨새에게 넘겨받은 것까지 합치면 마흔한 개였다. 부재중이라 통화가 안 된 것들이었다.

"이 번호들은 오늘하고 내일 마저 해 봐야지!"

명단을 옆에 내려놓고 고개를 든다. 은행나무 잎 사이로 파란 하늘이 보인다. 오늘도 바람 한 점 없는 무더운 날씨. 불쾌지수가 높아진다. 시끄러운 매미 울음소리가 짜증을 더한다. 잠시 눈을 감고 심호흡을 거듭한다. 갑자기 매미 울음소리가 뚝 그친다. 그 대신 사람 발자국 소리가 조그맣게 들린다.

"나래야, 엄마 오빠 찾았니?"

담임이 살며시 다가와서 묻는다.

"어? 선생님!"

"벤치에 이렇게 혼자 앉아 있는 걸 보니까, 아직 못 찾았구나?"

담임이 옆에 앉는다.

"예! 마흔한 명은 아직 통화를 못 해 봤어요, 부재중이라서."

"전화번호만 가지고는 힘들 거야. 번호가 바뀔 수도 있고, 가정집 전화니까 본인이 안 받으면 일일이 물어보기도 그렇고. 물어본다고 대답을 솔직히 해 주는 것도 아니고. 요즘은 보이스 피싱이다 뭐다 해서 다들 낯선 전화 경계하잖아? 안 그러니?"

"맞아요! 내 목소리가 낯선 목소리라서 여보세요! 하자마자 끊는 사람도 있었어요. 다시 걸면 아예 받지도 않고요. 그럴 땐 정말 막막해요."

담임이 명단을 들고 살핀다.

"엄마는 어떠시니?"

"좀 더 나빠진 거 같아요. 멍하게 창밖만 바라보는 시간이 더 많아졌어요. 자주 어지럽다고도 하고요."

"음! 정확한 정보가 필요해!"

"정확한 정보요?"

그런 정보가 있다면 오죽이나 좋으련만! 구할 방도가 없다.

"응! 내가 남편을 졸라서 부탁을 해 놓았으니까, 어쩜 신빙성이 있는 정보를 얻을 수 있을 거야!"

"선생님 남편요?"

"그래! 청주 시청에 근무하는데, 어젯밤에 네 얘기 했더니 행정 전산망으로 알아봐 준다고 했어. 기쁘지 않니?"

"기뻐요. 그리고 고마워요! 정말 고마워요, 선생님!"

나는 얼떨결에 담임을 와락 껴안는다.

"고맙기는 뭐가 고맙니? 잘될 거야. 힘내! 나래 파이팅!"

담임도 나를 껴안고 내 등을 토닥인다. 화단 너머 복도 창문에서 푸름이가 내다보고 있다. 자기 몸종으로 부리는 수연이라는 아이와 함께. 수연이는 빛나와 같은 임대 아파트 단지에 산다고 들었다. 나를 바라보는 푸름이와 수연이의 눈빛이 날카롭다. 흠칫 놀라 담임을 안고 있던 팔을 푼다.

"근데 선생님 남편 언제 만난 거예요? 어디서요?"

"그게 저, 알고 싶니?"

"예! 알고 싶어요, 말해 주세요."

"고 1 때 통학 버스에서."

언제 들어 본 얘기 같다. 고개를 갸웃갸웃하면서 묻는다.

"고 1 때 통학 버스요? 어? 저번에 말씀해 준 선생님 첫사랑 그 오빠?"

"그래! 맞아!"

"그 오빠는 선생님 친구 분이랑 사귀⋯⋯."

"그날은 내가 너희들 재미있으라고 나랑 내 친구 영원이랑 바꿔서 얘기해 준 거야! 한 마디로 뻥을 좀 친 거지! 그때 재밌지 않았니?"

어쩐지! 그때 말하는 표정이 어딘지 모르게 어색하더라니. 그런데도 깜빡 속았으니, 눈 뜬 장님이나 마찬가지였다. 그렇지만 기분은 나쁘지 않다.

"그럼 그게 바로 저거네요? 화이트 라이든가?"

"바로 그거야! 영원이한테 내가 바꿔서 얘기했다고 말했어! 내 친구 영원이는 지금 사직동 중앙 도서관에 근무하는 사서 선생님이야. 종종 만나고. 그런데 나래 너, 내 남편 얘기 아무한테도 하면 안 된다. 우리 둘만의 비밀이야. 알겠니?"

"네, 알았어요."

우리는 비밀을 공유한 공범자가 되어 서로를 바라보며 씨익 웃는다. 복도 창문에는 푸름이와 수연이 그리고 몇몇 다른 아이들이 모여 수군거린다. 곱지 않은 시선으로 나와 담임을 힐끔힐끔 쳐다보면서.

엄마는 여름 감기에 걸려 더욱 고생이다. 수술로 기력이 다 빠진 데다가 영양 섭취가 줄어 면역력이 많이 약해졌다는 것이다. 본인이 안 먹으려고 해도 무얼 자꾸 먹이라는데 엄마는 통 입을 벌리지 않는다.

"아, 얼렁 몇 숟갈 받아묵어! 이 참깨죽이 몸에 음청 좋은 거랴!"

아빠가 숟가락으로 참깨죽을 듬뿍 떠 엄마 입에 가져다 댄다. 그러나 엄마는 고개를 가로젓는다.

"그라믄 뭐? 다른 걸루 사 오까? 묵구 싶은 거, 얼렁 말혀 봐. 내가 뭐든지 다 사다 줄 팅께 말여!"

"그래, 엄마! 뭐가 먹고 싶어? 응?"

"시, 싫어! 다 싫어!"

끝내 엄마는 침대에 도로 눕고 만다.

"병원에서 나오는 밥두 안 묵구, 대체 우짤라구 그라능겨?"

"저녁밥은 세 숟갈 먹었어."

"고깟 걸 묵구서 되것어? 니 엄마 살 빠진 것 좀 봐. 완전 반쪽이 되얐구만 그랴! 쯧쯧!"

아빠가 엄마 손을 잡으면서 혀를 끌끌 찬다. 엄마는 살이 정말 많이 빠지기는 빠졌다. 반쪽은 아니더라도 족히 5, 6킬로는 빠진 것 같다.

"영양제는 매일 맞으니까 넘 걱정 마, 아빠!"

"그깐 영양제 맹물이나 다름읎는 겨. 나두 전에 그거 많이 맞아 봤는데 말여. 벨 저저 읎드라구. 내일은 약국에 가서 입맛 도는 약을 좀 사 와야것어! 그 약 묵으믄 기냥 즉효라능겨, 즉효! 밥 두 사발을 양재기에 쏟아붓구서 고치장으로 썩썩 비벼 단 시니 숟가락에 다 퍼 먹는댜!"

"에이! 그런 약이 어딨어?"

"뭐여? 왜 읎어? 증말이라닝께. 그 약허구, 그라구 저짝 육거리 시장 안쪽에 가서 순대를 한 봉다리 가뜩 사 와야것어! 니 엄마, 옛날 너 임신했을 때 그 집 순대 음청 사다 묵었어!"

"정말?"

나는 놀라 묻고서 엄마와 아빠를 번갈아 쳐다본다.

"아, 증말이지 그럼 아빠가 그짓말을 허것어? 그 집 순대를 많이 묵어서 니 엄마 몸이 불은 거여. 그전에는 그렇게 뚱뚱허지 않았단 말여. 딱 보기 좋은 정도였지."

엄마는 잠이 들었는지 숨소리가 고르다.

"엄마 잠들었나 봐. 나, 이제 집에 갈게, 아빠!"

"그랴. 어여 가 봐! 어둔 디루 댕기지 말구 말여! 밝은 디루만 댕겨. 밤에는 벨 미친늠들이 다 돌아댕기서 해코지를 당할 수두 있으닝께. 아, 국민들을 맴 펜허게 살두룩 혀 준다구 큰소릴 뻥뻥 치드니, 또 말짱 도루묵이 되는개벼! 접때두 서울인가 인천인가, 거그서 아가씨 납치 살인 사건이 또 났다잖여? 짜식덜! 국민들헌테 말루만 안전 보장이니 어쩌니 노가리나 까 대구 말여! 어떤 땐 참말루 그눔덜 주딩이를 이 라이타 불루 두어 시간 지져 놓구 싶어! 아예 요 앞에서 택시 잡아타구 가든가. 택시비 주까?"

"아니야! 저쪽 밝은 길로 가면 돼."

아빠가 엘리베이터 앞까지 따라 나와 배웅을 해 준다. 엘리베이터 문이 닫히는 그 잠깐 동안 나는 아빠와 눈을 맞춘다.

9장
...
나래비 추어탕

    토요일 아침 일찍 서울행 고속버스에 오른다. 띨새도 나도 마음이 착잡하다. 같은 좌석에 나란히 앉아 있지만 서로 입을 굳게 다문 채다. 버스가 출발해 청주의 명물 플라타너스 길을 달릴 때 내가 먼저 입을 연다.

    "오빠! 오늘 그 오빠라는 사람 만날 수 있겠지?"

    "글쎄? 가 봐야 알지!"

    "순서를 다시 한 번 봐 둬야 해!"

    그저께 담임이 건네준 주소를 꺼낸다. 청주 시청 복지 과장이라는 담임의 남편이 수많은 김민호를 여섯 명으로 가려 뽑은 명단이다. 여섯 명 모두 고향이 보은군 속리면으로 나이는 48세에서 50세까지

다. 옛날에는 초등학교를 졸업하고 1, 2년 늦게 중학교에 입학하는 경우가 허다했으므로 범위를 넓혀 잡은 거란다.

"여기 이 세 사람이 엄마보다 한 살 많은 사십구 세 김민호들이야. 가능성이 가장 높은 사람들이지. 그러니까 이 셋부터 찾아보고, 엄마 오빠가 아니면 이 사십팔 세 김민호랑 이 오십 세 김민호 두 명을 찾아보자고. 설마 이 여섯 명 중에 있겠지?"

"글쎄? 만나 봐야 알지!"

"자, 지도도 다시 한 번 보자고."

인터넷에서 찾아보고 인쇄한 서울 지도도 꺼내 펼친다. 지도에는 이미 각각의 주소와 가장 가까운 전철역을 표시해 놓았다.

"어젯밤에 정한 순서대로, 1,2,3,4,5,6, 이렇게 찾아가면 돼. 오늘 다 찾아갈 수 있어야 하는데. 서울에서 집 찾기 쉽지 않다는데?"

버스가 플라타너스 길을 다 벗어나 고속도로 톨게이트에 이르자 띨새가 눈을 감는다. 잠을 자는 것 같지는 않고 무언가를 깊이 생각하는 표정이다. 다음 주에 3일간 치른다는 기말고사가 걱정되는가 보다. 나는 기말고사 따위는 포기해 버렸다. 그랬더니 속이 편하다. 눈을 뜬 띨새가 주머니를 뒤적뒤적하더니 무언가를 꺼낸다. 영어 단어장이다. 아니? 이 인간 이거 대체 왜 이래? 멀뚱멀뚱 띨새를 바라본다. 하지만 띨새는 내 시선은 아랑곳 않은 채 영어 단어장을 펼쳐 놓고 중얼중얼 외우기 시작한다. 염불하는 중 목소리다. 벌써 여러 번을 본 것인 듯 단어와 예문에는 줄도 쳐져 있고 동그라미도 그려져 있고, 열심히 공부한 흔적이 뚜렷하다. 이게 정말 무슨 큰일 저지르는 거 아냐? 그렇게 되면 난 뭐야? 마음 한쪽이 뻑적지근하다.

그리고 보니 근래에는 컴퓨터게임도 안 하고 모형 전투기 조립도 하지 않는다. 엄마가 입원하고 난 후부터다. 별꼴이 반쪽이다 생각하면서도, 차마 말릴 수가 없어 나는 슬그머니 고개를 돌린다. 빠르게 지나가는 창밖 풍경을 바라보다 머리를 시트에 기대고 눈을 감는다. 최종 선정된 여섯 명의 김민호를 차례차례 상상해 본다. 오늘 엄마의 오빠를 찾았으면 좋겠다. 아니면 다음 주에 띨새 기말고사가 끝나고 다시 올라가야 하니까. 제발 오늘 찾을 수 있게 도와주세요! 하나님! 믿지도 않는 하나님한테 거듭거듭 기도를 올린다. 낯간지러운 짓이지만 어쩔 수 없다.

서울은 초딩 5학년 때 서울대공원으로 가을 소풍을 와 보고는 처음이다. 지하철 7호선 보라매역에서 내려 7번 출구로 나간다. 앞쪽 빌딩 위에 커다란 광고풍선이 떠 있다. 무슨 백화점에서 초대박 세일을 한다는 글씨가 느릿느릿 춤을 춘다. 눈 깜박할 새에 코 베어 간다는 서울. 나는 두 눈을 크게 뜨고 주변을 살피며 걷는다. 하지만 사람들은 내게 시선 한번 주지 않고 바쁘게 오갈 뿐이다. 모두가 하나같이 무뚝뚝한 표정이다. 서울공고를 지나 강남중학교 뒤 다정빌라를 찾는다. 골목마다 자가용차가 꽉꽉 들어차 있어 주차장이나 매한가지다. 빈 공간에는 자기 자리라고 폐타이어, 대형 물통, 철제 의자 등등을 놓아두었다.

집을 찾는 건 생각보다 어렵지 않다. 인터넷에서 여러 차례 확인하고 길을 익혀 두었기 때문에 일이 순조롭다. 잘될 것 같은 예감이 든다.

"오빠, 여기야. 다정빌라 3동 202호."

"응! 올라가 보자."

그리 고급스런 빌라는 아니다. 지은 지 꽤 되었는지 벽면에 바른 페인트가 군데군데 벗겨져 있다. 창문에는 중국집, 족발집, 피자집, 치킨집, 야식집, 쌀집, 세탁소 등등의 광고 스티커가 덕지덕지 붙어 있다.

202호 문 앞에 선다. 교회에 다니나 보다. 현관문에 십자가 표지가 반짝인다. 아까 하나님한테 기도를 올렸는데. 혹시 그 덕에 첫 집에서 딱 맞아떨어지는 거 아냐? 기대감에 가슴이 광고풍선처럼 부푼다. 그러면서도 긴장으로 표정이 굳는다. 띨새도 마찬가지인지 얼굴이 굳어 있다. 헛기침을 한 번 하고 나서 초인종을 누른다. 안에서 기척이 없다. 한 번 더 누른다.

"누구세요?"

내 또래 정도 된 여자애 목소리다.

"예! 저, 사람을 찾는데요. 여기가 김민호 씨 집 맞나요?"

"김민호요? 아닌데요."

에이! 아니란다. 부풀었던 광고풍선이 펑 터져 바람이 급속히 새어 나간다.

"예? 맞을 텐데요. 다정빌라 3동 202호. 제대로 찾아왔는데요."

"우리 아빠 이름은 윤성권이에요."

"어? 그럼 이게 어떻게 된 거지?"

"김민호라는 사람은 아마 전에 살던 사람 같은데요."

그 사이에 다른 데로 이사를 갔는가 보다.

"전에 살던 사람요? 어디로 이사를 갔는지 알 수 있나요? 아니면 전화번호라도."

"빚쟁이들한테 쫓겨 파주 쪽으로 급하게 갔다고 들었는데, 저는 잘 몰라요. 지금 엄마 아빠도 안 계시고."

"아주 급한 일이라서 그래요. 우린 청주에서 그분 만나려고 왔거든요."

"그러면 전화번호를 알려 주고 가세요. 제가 이따 밤에 아빠 오시면 물어서 문자 보내 드릴게요."

다행히도 저녁에 알아내서 문자를 준단다. 서울 여학생들은 거의 다가 깍쟁이고 불친절하다고 들었는데 그렇지 않은 아이도 있나 보다.

"네? 그래 주시겠어요? 고마워요! 제 전화번호는 010 3362 779X

예요. 제 이름은 길나래고요. 꼭 부탁드려요. 정말 중요한 일이라서 그래요."

"알았어요."

첫 집부터 실패를 하니 힘이 쭉 빠진다.

"문자 준다고 했으니까 연락해 주겠지. 이제 이 주소를 찾아갈 차례야."

다시 전철을 타고 대림역에서 2호선으로 갈아탄다. 그리고 영등포구청역에서 다시 5호선으로 갈아탄다. 갈아타는 게 번거롭지만 지루하지는 않다. 청주에는 지하철이 없으니까 재밌기도 하다. 인터넷에서 봤던 개똥녀, 막말녀, 담배녀, 만취녀, 쩍벌남, 쌍욕남, 추행남의 동영상을 떠올리며 전철 안을 살핀다. 토요일인데도 승객들이 꽤 많다. 그러나 전철 안은 조용하다. 아까 노약자석에 난 자리 하나를 놓고 70대 할아버지와 60대 할머니가 말다툼을 잠깐 벌인 후 별다른 소란은 없다. 대부분 옆 사람에게는 신경을 끊은 채 각자 스마트폰으로 게임을 하느라 바쁘다. 내 옆자리 중년 아줌마는 고스톱 게임 중이다. 마치 혼자 놀기 시합장에 와서 앉아 있는 느낌이다.

오목교역에서 내린다.

"2번 출구로 나가야 돼! 그리고 한참 걸어야 돼."

띨새가 고개를 끄덕인다. 띨새도 지도를 함께 보며 코스를 익혔으니까 알고 있을 것이다. 2번 출구로 나가자마자 횡단보도를 건넌다.

좌측에 목운초등학교와 목운중학교가 있다. 계속 걸어가 SBS방송국 빌딩을 지난다. 방송국 입구에 여학생들이 많이 몰려 줄을 서 있다. 어느 아이돌 그룹이 공개 녹화라도 하나 보다. 조금 더 걸어가 초대형 마트인 홈플러스에 이른다. 주차장에 차가 빼곡하고 손님들이 우글댄다.

"여기서 길 건너면 목동 청소년 수련관이 있을 텐데?"

"저 건너편에 있잖아?"

"아, 맞다. 건너자."

다시 찻길을 건너서 또 걷는다. 얼마쯤 가자 양천우체국이 나온다. 그리고 곧 양천도서관이 눈에 띈다. 꽤 규모가 크고 깨끗한 이미지의 도서관이다. 외벽에는 유명 작가 초청 강연회를 알리는 길쭉한 현수막이 걸려 펄럭인다.

"이 양천도서관 옆길로 가야 돼."

도서관 옆길로 들어선다. 파리공원이 나타난다. 인터넷에서 본 그대로다. 공원 가운데 있는 분수대의 물줄기가 시원스레 하늘로 치솟고 있다.

"저기 저 아파트 단지가 목동 5단지니까, 여기서 좌측으로 꺾어 이백 미터 정도만 더 가면 돼."

완만하게 굽은 찻길을 따라 부지런히 걷는다. 너무 걸어 다리가 조금 뻐근하다. 하지만 지체할 수는 없다.

"오빠, 저기 저 큰 건물이야. 골든캐슬 2차!"

"와!"

 띨새가 입을 크게 벌린다. 나도 놀란다. 단일 건물인데 규모가 어마어마하다. 겉모습이 아파트 같지가 않다. 고층 빌딩 모습이다.

"이왕이면 여기가 엄마 오빠네 아파트였으면 좋겠다. 엄마 그 오빠가 시골에서 꽤 잘사는 집이었다는데."

"옛날 시골 부자하고 지금 이런 데 사는 사람하고 상대가 되니? 이 아파트 한 채가 얼만 줄 알아?"

"얼만데? 한 삼 억? 사 억?"

"잘은 몰라도 십 억은 할걸!"

"뭐? 십 억? 와우! 왕부럽이다, 왕부럽! 우린 언제 이런 아파트에서 살아 보나?"

 입이 너무 크게 벌어져 턱이 빠질 지경이다.

 아파트 입구로 들어간다. 널찍하고 으리으리한 홀에 엘리베이터가 여러 대다. 바닥이고 벽이고 반질반질 윤이 나는 대리석이다. 내가 부러워하는 푸름이네 아파트는 여기에 비하면 완전 개집 수준이다. 가장 가까운 엘리베이터로 다가간다.

"어이! 거기 학생들, 잠깐!"

 누가 부르기에 돌아보니 경비 아저씨다. 50대 초중반쯤 되어 보이는 나이다. 아까부터 우리를 지켜보고 있었던 눈치다.

"예? 왜요?"

"이리 좀 와 봐!"

주춤주춤 그리로 다가간다.

"여기 이거 안 보여?"

경비 아저씨가 '외부인 출입 금지'라고 쓰인 아크릴 판을 가리킨다. 방문객은 경비실을 먼저 거치라는 글씨도 쓰여 있다. 반대편 출입문께도 경비실이 하나 더 있다.

"못 봤는데요."

"그럼 지금 봐! 여길 어떻게 온 거야?"

"저, 누굴 찾아왔는데요."

"누굴?"

주소를 보며 말해 준다.

"2306호에 사시는 김민호 씨요."

"2306호? 그 집은 손님이 거의 안 오는데? 그분이랑 어떤 사인데?"

경비 아저씨가 입주민 명부를 뒤적이더니 퉁명스레 묻는다.

"그게 저, 친척요."

"기다려 봐."

의심이 담긴 눈빛으로 우리를 훑어보던 경비 아저씨가 인터폰을 든다.

"여보세요. 안녕하십니까, 사장님! 현관 제1 경비실입니다. 쉬시는데 죄송합니다. 여기 학생 두 명이 찾아왔는데요. 친척이랍니다."

경비 아저씨가 통화를 멈추고 우리에게 다시 묻는다. 눈빛이 싸늘하다.

"어디서 왔어? 그리고 이름을 대 봐. 너희 이름이 뭐야?"

대답해야 되나 말아야 되나, 망설인다.

"빨리!"

"청주에서 왔고요. 저는 길나래, 오빠는 길감찬이예요."

아저씨가 우리를 힐끔거리면서 다시 저쪽에 전한다.

"청주에서 왔답니다. 그리고 이름은 길나래, 길감찬이랍니다. 예! 예! 알겠습니다. 편히 쉬십시오, 사장님!"

아저씨가 인터폰을 끊는다. 나는 너무 당황해서 아저씨를 불안스레 쳐다본다.

"청주에 친척 없대. 그리고 너희 이름도 전혀 모르는 이름이고."

"아니! 그게 저……."

"어서 가! 여기는 아무나 들여보내는 곳이 아니야."

"아저씨! 그럼 저 잠깐 그분이랑 통화할 수 없나요?"

띨새가 나서서 사정을 한다.

"왜?"

"아주 중요한 일이라서 그래요. 솔직히 그분 모르는데요. 너무 중요한 일이라 청주에서 올라왔어요."

"무슨 일인지 모르지만, 안 돼!"

"아저씨! 제발요. 딱 일 분만요. 아니 딱 삼십 초만요."

나도 매달려 애원을 한다.

"글쎄 안 돼! 너희들 누구 모가지 달아나는 거 보고 싶어서 그래? 내가 이 자리를 얼마나 어렵게 구했는지 알아? 빨리 나가!"

경비 아저씨가 오히려 우리에게 사정을 하는 표정이다. 어쩔 수 없이 우리는 밖으로 나오고 만다.

터벅터벅 걷는다. 초고층 미라지타워 빌딩 옆, 그늘진 골목에 허리가 90도로 꺾인 할머니 한 분이 유모차에 박스를 주워 싣느라 바쁘다. 목 5동 주민센터를 지나 파리공원으로 들어간다. 가까운 벤치로 가 앉는다. 허탈하다. 아니 너무 아쉽다. 나는 이곳의 김민호가 엄마의 그 오빠라고 확신한다.

"오빠! 나는 여기 그 사람이 엄마 첫사랑 오빠라는 그 김민호가 틀림없다는 생각이 들어."

"그래?"

"응! 오빠는 안 그래?"

"나는 모르겠어! 그런데 멀리서 자기를 찾아온 사람을 통화도 안 해 보고 모른다고 딱 잘라 거절하냐? 그것도 경비를 통해서. 야박하다. 뭐 부자니까 그러겠지만."

띨새가 떨떠름한 표정으로 대답하고 공원을 살핀다. 나도 주위를 둘러본다. 제법 큰 나무 그늘 아래 사람들이 꽤 많이 모여 있다. 60대로 보이는 노인 두 명이 장기를 두는 것을 구경하는 사람들이다. 구경꾼들 중에는 4, 50대 장년층도 여러 명 눈에 띈다. 주변 벤치 곳곳에도 아빠 또래의 아저씨들이 힘없이 앉아 무료한 시간을 보내고 있다. 심지어 20대 중후반의 청년들도 보인다. 후줄근한 차림의 그들은 분수대 난간에 비스듬히 서서 손으로 물을 뜨는 동작만 되풀이한다.

"나, 저쪽에 화장실 좀 갔다 올게!"

"나도 가야 돼!"

아까부터 오줌을 참았더니 방광이 묵직한 게 불쾌감이 느껴진다. 공원 구석에 있는 화장실은 그리 깨끗하지가 않다. 외벽에는 상스러운 그림과 욕설 낙서가 빼곡하고 땅바닥에는 버려진 담배꽁초가 가득하다. 께름칙한 마음으로 안으로 들어간다.

손을 씻고 나오니 띨새가 저만치 나무 그늘 밑에서 기다리고 있다. 천천히 다가간다.

"나래야, 얼른 나머지 주소마저 찾아가 보자. 시간이 없어!"

"응! 다음 주소는 여기, 홍제동 일반 주택이야."

둘이서 지도를 보고 있는데, "야!" 누가 큰 소리로 부른다.

"야! 너희 둘!"

우리는 깜짝 놀라 동시에 고개를 돌린다. 화장실 뒤에서 웬 덩치 큰 남학생이 우리를 향해 다가오고 있다. 그 뒤로 둘, 셋, 넷, 다섯이 차례로 나타나 함께 다가온다. 그중에는 여학생도 두 명 끼여 있다. 담배를 피워 물고 연기를 내뿜는 아이도 보인다. 나는 가슴이 철렁 내려앉는다. 그들이 누구인지 직감적으로 알아챘기 때문이다. 띨새는 나보다 더 겁에 질려 얼굴이 새파랗게 변한다.

 띨새와 나는 순식간에 그들 다섯 명에게 포위를 당한다. 다리가 후들후들 떨린다.

 "이것들 아주 겁대가릴 상실했네! 대낮부터 꼭 붙어 서서……"

 이마 윗부분을 노랗게 부분 염색한 덩치가 우리를 아래위로 훑어본다.

 "너희, 누구 허락 받고 여기서 야동 찍는 거야? 엉?"

 염색머리의 물음에 우리는 입술이 붙어 대답을 못한다. 고양이 앞에 쥐가 되어 옴짝달싹도 할 수 없다.

 "야, 이 빙시 새꺄! 너는 이런 선풍기 아줌마를 여친이라고 데리고 다니냐? 키키키!"

 "그런대로 어울리는데 뭐! 이히히!"

 주걱턱과 뱁새눈이 키득키득 비웃는다. 짧은 치마에 민소매 티 차림의 여학생 둘도 껌을 딱딱 씹으면서 킬킬거린다. 고 1이나 고 2 정도 된 것 같은데 짙은 화장에 굽이 높은 샌들을 꺾어 신어 불량기가 철철 넘친다. 그중 한 명은 커트 머리에 검은 빛이 감도는 립스틱을 칠하고 해골 목걸이를 하고 있다. 괴기스럽다. 한눈에 우리 학교 3학년 불량 선배들보다 포스가 훨씬 더 강하다는 게 느껴진다.

"여기 목동은 우리 구역이니까, 알지? 알아서 내놀래? 매 좀 맞고 내놀래? 빨리 선택해!"

맞기 전에 돈을 내놓으라는 말이다. 그리 멀지 않은 벤치 곳곳에 어른들이 여럿 앉아 있다. 몇몇이 이쪽을 힐끔힐끔 쳐다본다. 도와주세요! 나는 속으로 크게 외친다. 하지만 그들은 끝내 우리를 외면하고 만다. 혹시 경찰 없나? 사방을 두리번거린다. 그러나 그 많은 경찰은 대체 어디서 뭘 하는지, 코빼기도 보이지 않는다.

"불쌍한 형님들 담뱃값 좀 보태 주기가 아깝다 이거지?"

"이 새끼, 그럼 혼 좀 내 줘야지 뭐! 이 선풍기 아줌마는 아라 네가 손 좀 봐!"

주걱턱이 주먹을 움켜쥐고 고개를 주억거린다. 양쪽 어깨를 동시에 돌리며 몸도 푼다. 띨새는 저승사자라도 만난 듯 돌기둥이 되어서 있다. 아라라는 여자애가 따라오라고 손가락을 까딱까딱한다. 아랫입술 가운데를 뚫어 여의봉 모양의 피어싱을 하고, 담뱃불로 손목을 지진 흉터가 여러 개 나 있다. 나는 간이 콩알만 해져서 한 발 두 발 다가간다. 암흑 마녀의 최면 마법에 걸린 소녀처럼 저절로 몸이 끌려간다. 이젠 죽는구나! 온몸의 맥이 다 풀려 땅바닥에 그대로 주저앉을 것만 같다.

"자, 잠깐만요!"

그때, 갑자기 띨새가 크게 소리친다. 그 소리에 나는 마법이 풀려 걸음을 멈춘다. 띨새가 바지 주머니에 손을 넣는다. 그러더니 뒤적뒤적 무언가를 찾는다. 돈을 다 꺼내 주려는 모양이다. 이 기생충 같은 것들한테 피 같은 돈을 빼앗겨야 하다니? 입술을 깨물어 보지만 별 뾰족한 수가 없다. 청주 내려갈 차비만이라도 남기고 주기를 바랄 뿐이다.

"여, 여기 돈······."

띨새는 손을 여전히 바지 주머니에 넣은 채 나를 슬쩍 한 번 바라본다. 나는 띨새의 눈빛을 읽고 마른침을 꿀꺽 삼킨다.

"나래야, 도망!"

띨새의 그 외침에 나는 반사적으로 내달린다. 그와 동시에 띨새는 주먹으로 주걱턱의 턱을 후려치고, 연속 동작으로 뱁새눈을 덩치에게 세게 밀어붙인다. 뱁새눈이 덩치와 함께 땅바닥에 나동그라진다.

"더 빨리 뛰어!"

즉시 내 뒤를 따라오면서 띨새가 다시 고함을 지른다. 나는 있는 힘을 다해 달린다. 기생충들에게 잡히면 맞아 죽는다고 생각하니 다리에 오토바이 모터라도 단 듯하다. 치타에게 쫓기는 얼룩말보다도 더 빨리 달린다. 띨새는 세계에서 제일 빠르다는 육상 선수 우사인

볼트를 능가하는 속도다. 눈 깜짝할 새에 나를 앞지른다.

한참 동안 이 길 저 길 지그재그로 도망치다가 어느 시내버스 정류장 벤치에 주저앉는다. 다시 얼마 동안 가쁜 숨을 고른다. 초등학교 때 똥자라고 조롱하는 남자애들을 혼내 주기는커녕 그들과 함께 나를 놀리더니, 지금은 이렇게 불량배들로부터 나를 보호해 줄 줄도 알고? 나는 감격을 해서 땀으로 번들번들한 띨새의 옆얼굴을 물끄러미 바라본다. 눈, 코, 입, 귀, 뒤통수 등을 하나하나 뜯어보니 그렇게 못생긴 얼굴은 아니다. 황비홍처럼 현란한 무술로 불량배들을 때려눕히지 못하고 비록 도망을 치긴 했어도 나름 멋지다.

"오빠! 멋졌어! 끝내줬어! 짱이야, 짱! 정의의 흑기사 같았어!"

엄지손가락을 들어 보이며 칭찬을 한다.

"쥐도 궁지에 몰리면 고양이를 무는 법!"

띨새가 짤막하게 대답하고 싱긋 웃는다.

지하철역마다 말로만 듣던 노숙자들이 눈에 띈다. 특히 환승 통로 콘크리트 기둥에는 어김없이 한두 명씩 붙어 있다. 4, 50대로 여겨지는 그들은 대개 기둥에 기대거나 바닥에 누운 자세다. 역 밖 계단참에는 네다섯 명이 모여 대낮부터 소주를 마시는 노숙자들도 보인다. 그들을 뒤로 하고 언덕길을 오른다. 이 동네 골목도 자가용차들로 미어터진다. 빈자리에는 어김없이 다른 사람이 차를 못 대도록 방해물을 가져다 놓았다. 쇠말뚝을 박아 놓은 모습도 눈에 띈다. 함부로 버린 쓰레기도 곳곳에 쌓여 악취를 풍긴다. 떠돌이 개 몇 마리가 쓰레기 더미를 뒤지느라 여념이 없다.

골목골목 너무 걸었더니 배가 고프다. '천리향'이라는 중국 음식점으로 들어가 짜장면을 시킨다. 한 젓가락 집어 입에 넣는다. 기름기가 많아 느끼하다. 예전에는 느끼하든 말든 곱빼기로 먹었었는데. 금세 질려 버린다.

"나래야, 저 배달원한테 물어보자."

"배달원?"

"응! 이 동네 배달을 다 할 테니까 집 주소도 잘 알 거 아냐?"

나는 짜장면을 반이나 남긴다. 띨새가 카운터로 가서 짜장면 값을 내면서 묻는다.

"여기 이 주소를 벌써 두 시간째 찾았는데, 도저히 모르겠어요."

"어디? 아, 여기는 저 아래쪽 골목 미용실에서 우측 길로 쭉 내려가면 풍년쌀상회가 나오는데, 바로 그 안집이야."

늦은 점심을 짜장면으로 때운 우리는 아픈 다리를 끌고 부지런히 내려간다. 혼자였다면 벌써 포기했을 일인데 띨새가 함께해 주니 힘이 솟는다. 진짜로 푸름이를 소개해 줄까? 말까? 마음속에서 갈등이 출렁인다. 300여 미터를 내려가자 정말 허름한 쌀상회가 나온다. 하지만 안집 대문에 문패가 안 보인다. 물론 주소도 확인할 수 없다.

문도 잠겨 있다. 주저주저하다가 쌀상회로 들어간다.

반바지에 러닝셔츠 차림의 통통한 아저씨가 가게 한 구석에 쪼그리고 앉아 있다. 그 자세로 비닐 봉투에 쌀을 퍼 담는 중이다.

"아저씨! 말씀 좀 묻겠는데요."

"응? 뭐여? 물어봐."

말투부터가 벌써 충청도 사투리다.

"저, 이 안집이 혹시 김민호 씨 집인가요?"

"김민호?"

아저씨가 일손을 멈추고 나를 올려다본다. 넙적한 얼굴에 가느다란 눈, 그리 호감이 가는 생김새는 아니다.

"예! 김민호 씨요."

"내가 김민혼데, 날 왜 찾는 겨?"

"네? 아저씨가요?"

"그려! 내가 김민호고 이 집 주인이여!"

나는 가슴이 쿵쾅쿵쾅 뛴다. 꽤나 실망스럽다. 할 말을 잊는다. 딸새가 나선다.

"혹시 고향이 충북 보은 아니신가요?"

"맞어! 보은이여!"

"보은군 속리면이요?"

"그려! 어떻게 그걸 아는 겨?"

틀림없다. 엄마의 첫사랑 오빠 그 김민호가 분명하다. 나는 곁눈질로 아저씨를 계속 살핀다. 실망감으로 입술이 점점 삐져나온다.

"사실은 저희 어머니도 고향이 거기에요. 어머니가 뵙고 싶어 하셔서 이렇게 청주에서 찾아왔어요."

"그려? 아이구! 이렇게 반가울 수가. 저기 집으루 들어가, 어여! 이리 와!"

아저씨가 앞장서서 집으로 들어간다. 우리는 주춤주춤 따라 들어가 거실 마루에 앉는다. 오래되고 낡은 단층 슬래브 집으로 아주 작은 집이다. 하지만 얼마나 쓸고 닦았는지 마루가 반질반질하다. 손바닥만 한 마당에도 먼지 하나 없다.

"더운디 여기 슨풍기 바람 쐬구 있어! 내가 손부텀 씻구서 션한 주스 한잔 가져올 팅께."

아저씨가 주방으로 가서 주스를 가지고 나온다.

"자, 쭉 마셔."

"감사합니다."

"아, 이 더운데 여길 다 찾아오구. 참, 감개가 무량허구만! 근디 집이 좁구 누추혀서 으짠댜? 그래도 이 집을 나허구 마누라가 결혼허구 십구 년 동안 뼈골 빠지게 일혀서 겨우 장만헌 거여! 내가 꿈꿨던 집의 반에 반두 안되야. 이제 뭐 이걸루 끝이지 이 나이에 더 이상 뭘 어떡허것어. 에휴! 참!"

아저씨는 집이 작다고 불평을 한다. 그러나 얼굴 한편에는 만족해하는 기색도 있다.

"나는 저 아래 홍제시장 양곡가게에서 쌀 배달꾼으루 마누라는 어묵공장 반죽공으루, 고생 참 음-청시리 많이두 혔지! 나보담 우리 마누라가 훨씬 더 많이 혔어! 우리 마누라는 저그 전라도 김제 여잔디, 곱상허게 생겨 가지구 음-청 바지런허구 맴씨두 음-청 고와! 하늘에서 내려온 천사가 따루 음써!"

고생담 끝에 자기 아내 자랑도 슬쩍 이어 붙인다.

"츰엔 장사가 곧잘 됐었는디, 요즘은 미국 쌀 중국 쌀이 마구마구 들어와서 션찮어! 그라구 요새 사람들은 쌀밥을 많이 안 먹는다는구먼! 참, 이거! 쩝! 그래 어머니 성함이 뭐여?"

내가 나서서 대답한다.

"함연주예요."

"함연주? 함연주라……. 나이는 어떻게 되시구?"

"올해 마흔여덟이에요."

"마흔여덟 함연주라? 아, 당최 모르긋네! 기억이 통 안 나!"

다시 띨새가 나선다.

"속리 중학교 다니시다가 3학년 2학기 때 서울로 전학 오셨죠?"

"속리중학교?"

"예! 속리중학교요. 법주사 입구 정이품송 동네에 있는…….."

"에이! 아니여! 내는 태어난 곳은 거기 속리면이지만 중학교는 보은중학교를 댕겼어! 중학교를 졸업허자마자 곧바루 서울로 올라온 겨, 혼자서. 아, 읎는 집에 8남매가 올챙이 새끼덜마냥 빠글거리니 먹구 살 일이 막막허지 뭐여! 그래서 내 입 하나라도 덜어야겠다 생각혔던 거지! 그러니께 말허자믄 큰맘 먹구 가출을 혔던 거지! 저기 현대 구룹의 돌아가신 정주영 회장 냥반처럼. 그 냥반두 츰엔 서울 와서 쌀 배달을 혔댜."

"정말 속리중학교 안 다니셨어요?"

나는 반가운 목소리로 묻는다. 그래 놓고 속으로, 엄마 오빠가 아니구나! 안도의 한숨을 내쉰다.

"그람, 참말이지. 뭐 헐라구 내가 어린 학상덜헌테 그짓말을 햐? 참, 그 당시엔 내가 서른 살 전에 고래등 겉은 기와집을 장만혀서 아부지 어무니 모시긋다구 큰소릴 쳤는데. 저짝 무악재 날망 사글세 방에서 신접살림을 할 적에 차례차례 다 돌아가시구, 딸을 주믄 평생 손가락에 물 한 방울 안 묻히게 허것다구 맹세혔던 장인 장모님은 이짝 독립문 옆 골목 반지하 방에 살 적에 다 돌아가시구······."

아저씨의 두 눈에 눈물이 그렁그렁 맺힌다. 그것을 보고 띨새의 눈가도 촉촉해진다. 나도 코가 시큰하다.

"아저씨, 저희가 잘못 찾아왔어요. 서울에 김민호 씨가 하도 많아서요."

우리는 대충 상황설명을 해 준 뒤 일어선다.

"내가 아니라니께 음—청 섭섭허구만 그랴! 그라두 으쨌든, 이렇게 고향 학생덜을 만나니께 음—청 반가웠어! 자, 이거 을마 안 되지만 청주까정 내려갈 차비에 보태 써!"

"아니에요, 아저씨! 차비 있습니다."

"있어두 받어! 으른이 주는 건 받아야 허는 겨. 어여!"

아저씨가 땀이 묻은 돈 2만 원을 띨새한테 극구 건넨다.

"감사합니다. 감사합니다."

"조심해서 내려들 가구. 어머님이 얼른 완쾌되시길 빌어!"

"고맙습니다, 아저씨! 안녕히 계세요."

전혀 모르는 사람이 엄마의 완쾌를 빌어 주다니. 나도 머리 숙여 인사를 한다.

"생긴 것과 달리 마음씨는 참 고운 사람이다. 그치, 오빠?"

"응! 비록 낡고 조그마한 집이지만 저 아저씨 부모님이 그 집 구경을 하시고 돌아가셨으면 좋았을 텐데. 벌써 시간이 이렇게 됐으니까 한 집만 더 찾아보고 내려가야 될 것 같다."

"이제 겨우 네 신데?"

"이 주소까지 가서 찾아 헤매려면 두 시간도 더 걸리지! 그러면 여섯 시가 되는데? 또 고속터미널까지 이동하는 시간은 안 잡아?"

"암튼 가 보고 나서 결정하자. 이번에는 진짜 그 김민호 오빠일지

서울 간 오빠 203

모르니까."

기대를 잔뜩 하고 수유역으로 간다.
"여기서는 택시를 타야 돼."
역에서 나와 택시를 잡는다.
"아저씨, 화계사 입구에 있는 혜화여고요. 거기 화계중학교도 있고, 수유중학교도 붙어 있잖아요."
길이 막혀 조금 지체되지만 10분 후에 도착한다.
"우리가 인터넷으로 살펴본 곳은 혜화여고 앞 동네야. 여기서부터 찾으면 돼!"
골목골목을 뒤지면서 주소를 확인한다. 하지만 찾는 주소는 좀체 나타나지 않는다. 눈에 띄는 것이라고는 맨 자가용차들뿐이다. 차들로 골목이 미어터지려고 한다. '무단주차 시 차량파손 절대 책임 안 짐' 이라고 담벼락에 경고문까지 써서 붙여 놓았다. '내 차 빵꾸 내놓고 도망간 XX놈, 곧 삼대가 망할 테니 두고 봐라'라는 현수막도 걸려 펄럭인다.
"서울은 골목마다 왜 이렇게 살벌해?"
"그러게! 차 때문에 어디 맘 편히 잠이나 자겠어!"
하루 종일 걸었더니 이제 다리가 빠질 듯 아프다. 대문간 그늘에서 자주 쉬지만 별반 나아지지 않는다.

"주택은 정말 찾기 힘들구나. 아파트나 빌라는 금방인데."

"나래야, 저기 저 복덕방으로 들어가자."

"복덕방은 왜?"

"복덕방도 주소는 잘 알 거 아냐? 이 동네에서 영업을 하니까. 거기 큰 지도도 붙어 있을 거고."

띨새의 말이 맞았다. 복덕방 할아버지가 친절하게도 상세히 알려 준다. 기분 좋게 복덕방을 나온다.

"오빠, 머리가 좀 돌아가긴 하는데. 응?"

"그 정도야 누구나 생각하지 뭐!"

나는 앞서 가는 띨새의 뒷모습을 흐뭇하게 바라본다. 그동안 내가 모르고 있었던 구석이 눈에 띈다.

번지수가 맞는 집을 찾아 초인종을 누른다.

"저, 실례합니다."

"안 사요. 안 사!"

매우 신경질적인 반응이다. 목소리도 깨진 꽹과리를 두드리는 듯하다. 잡상인들이 얼마나 자주 오기에 이렇게 반응을 하나? 목청을 가다듬고 다시 말을 건넨다.

"아니, 저희는 뭘 팔려고 온 게 아니에요."

"전도 필요 없어요. 우리는 불교 믿으니까 다른 데 가요."

"전도 온 것도 아니고요. 사람을 찾으러 왔어요. 여기 김민호 씨

집 맞지요?"

그제야 대문이 열리며 금목걸이 아줌마가 나타난다. 화장이 상당히 짙다. 특히 눈 화장에 정성을 들인 티가 뚜렷하다. 눈매가 날카롭고 목소리가 카랑카랑한 걸로 보아 분명 한 성깔 하는 아줌마다.

"누구? 김민호?"

"예!"

"내 남편인데, 내 남편을 너희가 왜 찾는 거야?"

아줌마가 의혹의 눈초리로 우리를 살핀다.

나는 갑자기 말문이 턱 막혀 뭐라고 할 말을 잃는다. 아줌마 남편을 찾아왔는데, 아줌마 남편이 우리 엄마 첫사랑이고, 지금 우리 엄마가 죽기 전에 아줌마 남편을 꼭 한번 만나 보고 싶다고 해서, 아줌마 남편을 우리 엄마한테 데리고 가려고, 청주에서 아침 일찍 올라온 겁니다. 그러니 부디 넓은 마음으로 아줌마 남편을 데리고 가도록 허락해 주십시오. 이렇게 말할 수는 없지 않는가? 아무리 사정을 한다고 한들 세상에 어느 여자가 선뜻 그러라고 하겠는가? 큰일이다.

"내 남편을 너희가 왜 찾느냐고?"

아줌마가 꽹과리 목소리로 묻고 눈알을 뒤룩뒤룩 굴린다. 아예 대문 밖으로 나와 버티고 서서 허리에 두 손을 얹는다. 잘못하면 뼈다귀도 못 추릴 것 같다. 오금이 저린다. 식은땀이 흐른다. 목동 파리공원 그 불량배 기생충들에게서 느꼈던 것과는 또 다른 공포감이 가

숨을 휘감는다. 띨새도 뭐라 할 말이 없어 쩔쩔맨다.

"저, 우리, 아빠가 찾아보라고 해서요."

나는 얼떨결에 엄마가 아닌 아빠가 찾고 있다고 말해 버린다.

"너희 아빠가 내 남편을? 왜?"

"예! 아빠가 교, 교통사고를 당하셔서 지금 위독하세요. 그, 그래서 돌아가시기 전에 중학교 때 가장 친했던, 김민호 아저씨를 한번 꼭 만나 보고 싶으시다고……."

이러면 안 되는데, 안 되는데, 하면서도 말이 자꾸 엉뚱한 방향으로 뻗어나간다.

"그래? 너희 아빠가 내 남편이랑 중학교 동창이야? 너희 아빠 이름이 뭔데?"

"예? 이름요? 그게, 길, 계백이요. 길계백!"

이번에는 길기현인 아빠 이름을 길계백이라고 바꿔 말하고 만다. 느닷없이 국사 시간에 들은 계백 장군의 오천 결사대 이야기가 떠올라서다. 전혀 의도하지 않았건만, 일단 틀어져 버린 내 혓바닥은 나도 바로 잡을 수가 없다.

"뭐? 길계백? 그런 이름 모르는데! 나는 내 남편 동창들 이름 다 알고 있거든."

이런! 이제 이를 어쩌지? 띨새가 좀 나서 주면 좋으련만, 띨새는 꿀 먹은 벙어리처럼 통 입을 열지 않는다. 상대가 아줌마라 도무지 대책이 서지 않는가 보다.

"그, 그러세요? 분명히 우리 아빠가 김민호 아저씨랑 제일 친하다고 그러셨는데? 지금 김민호 아저씨 안에 있나요?"

"없어! 내 남편은 참치잡이 배 선원으로 저기 북대서양에 가 있어! 한번 떠나면 일 년 넘어야 돌아와. 삼 년만 하고 때려치운다면서 그 짓을 벌써 수십 년째 하고 있으니, 에힝!"

"그, 그러세요. 저, 저, 아저씨가 보은 속리중학교에 다닌 것은 맞죠?"

"뭐? 아냐! 아냐! 에이! 가뜩이나 더워 죽겠는데, 짜증나게시리……."

아줌마는 휙 돌아서서 들어가더니 대문을 있는 힘껏 닫는다. 꽝! 소리가 핵폭탄 터지는 소리보다 더 크다.

저녁 일곱 시가 조금 넘어서 청주행 고속버스에 오른다.

"이제 딱 두 군데 남았어! 기말고사 끝나고 다음 토요일에 또 같이 오는 거지, 오빠?"

"응!"

짧게 대답하고 띨새는 또 영어 단어장을 꺼낸다. 예닐곱 개의 단어들 중 'realize'라는 단어가 내 눈에 들어온다. 뜻을 보니 '알아차리다. 깨닫다'라는 의미란다.

"영어 선생님이 제일 무서운가 보지?"

"그런 게 아니고, 영어가 좀 부족해서."

"나는 수학이 좀 어렵던데."

어렵기는 영어도 마찬가지지만 그렇게 말한다. 영어 수학만 좀 받쳐 주면 나도 반에서 상위권으로 진입할 수 있는 성적이다. 빌어먹을 영어 수학! 속으로 욕을 한 번 내뱉는다.

"선생님이 정리해 주는 것 꼼꼼히 훑어보고, 부족한 부분은 EBS를 잘 활용하면 도움이 될 거야."

우리는 잠시 공부에 관해 이야기를 나눈다. 띨새가 자신의 공부 노하우 몇 가지를 선심 쓰듯 털어놓는다. 하지만 그리 신빙성이 있는 것 같지가 않다. 어떻든 띨새와 학교 공부에 관해 대화를 나누기는 이번이 처음이다.

두 번째로 찾아갔었던 목동 그 골든캐슬 아파트가 자꾸 머릿속에 떠오른다. 비록 만나지는 못했지만 거기에 엄마의 첫사랑 오빠가 살고 있을 것만 같다. 청주 터미널에 도착할 때까지도 나는 그 생각을 떨쳐 버리지 못한다. 다음 토요일에 나머지 두 집을 찾아가 보고, 아니면 다시 목동 그 아파트를 방문하기로 마음을 먹는다.

주말이라 고속도로가 막혔기에 밤 아홉 시가 다 되어서 병실 문을 연다.

"엄마!"

텔레비전 드라마를 보고 있던 엄마가 나란히 들어서는 우리를 보고 깜짝 놀란다.

"너희 둘이 웬일로 같이 와?"

"엄마도 참! 같이 오면 안 되나 뭐. 남맨데."

엄마가 빙그레 웃는다. 나도 따라 웃는다.

"아빠는? 오늘 아빠 안 왔어?"

"여태 있다가 담배 한 대 피운다구 잠깐 나갔어. 밖에 휴게실에 있겠지."

"엄마, 저녁은 많이 먹었어?"

"조금. 너희 뭐 좀 먹어야지? 냉장고 열어 봐."

턱으로 냉장고를 가리킨 뒤 엄마는 띨새를 살핀다.

"감찬이는 얼굴이 많이 상했네. 내가 빨리 나아야 할 텐데."

"상하기는? 나, 괜찮아, 엄마!"

띨새가 엄마 손을 잡는다. 엄마가 흐뭇한 얼굴로 띨새 등을 토닥인다.

"어? 우리 아들딸이 다 왔네? 으허허!"

아빠가 들어오자 우리 네 식구는 오랜만에 한자리에 모인다.

"도서관에서 시험공불 헌다더니, 저녁은 묵구 온 거여?"

"아니. 이따 집에 가서 먹을게, 아빠!"

"아, 시방이 몇 신데 여직꺼정 저녁을 안 묵었어?"

아빠가 냉장고에서 먹을 것을 연속해서 꺼내 잔뜩 늘어놓는다.

"자, 이거 좀 묵어. 니 엄마가 통 안 묵어서 이렇게 냉장고에서 썩는다, 썩어! 입맛 돌아오는 약두 말짱 도루묵이여. 중국제 가짠개벼! 아까운 돈만 베맀어! 니들, 이거 좀 먹구 집으루 싸 가지구 가. 포도는 내가 다 따 묵었어! 뭐니뭐니 혀두 말여! 여름에는 그저 포도가 최구여, 최구!"

"순대도 있네?"

"응! 아래께 내가 한 봉다리 사 가지구 왔잖여. 그란데 니 엄마가 두어 개 묵구 안 묵어서 냉장고에 넣어 둔 거여. 먹어 봐! 맛이 아주 기가 멕혀!"

나는 순대 몇 개와 방울토마토 몇 알을 먹는다. 침대에 누워 있는 엄마가 기침을 한다. 눈을 감고 신음 소리를 낸다. 더 이상 구미가 당기지 않아 손을 거둔다.

"아 참! 당신, 약 묵을 시간 아녀?"

아빠가 엄마를 일으켜 앉힌 뒤 약을 먹인다. 그리고 다시 눕히고 홑이불을 덮어 준다. 나는 아빠를 보면서 히죽이 웃는다.

"다음엔 내가 당신이 좋아혔든 그거 있잖여? 저 거시기 추어탕 말여! 저짝 문의면사무소 옆딩이에 추어탕으루 아주 유맹헌 집이 있다는데, 날마닥 손님들이 백 미터두 넘게 나래비를 슨댜. 그래서 별멩이 나래비 추어탕이랴! 을매나 맛있는지, 늦게 가믄 묵기는커녕 냄새두 못 맡는다! 담엔 내가 그걸 사 가지구 올 팅께! 묵어 봐! 그럼 입맛이 대번에 돌아올 팅께! 알았지?"

"⋯⋯!"

"이저 한 잠 푹 자! 암 극정 말구. 이렇게 감찬이 허구 나래가 근강히 공부 열심히 허구 있는데, 아, 뭔 극정이여. 허허허! 추어탕 사 인분을 사 올 티니께 너희들두 와서 같이 묵어! 공부두 심이 있어야 허능겨. 그라구 음식은 여럿이서 묵어야 맛이 있능 거여! 알았지?"

"예, 아버지! 근데 요즘 장사는 잘돼요?"

"아, 그럼! 음청 잘되야! 음청!"

띨새의 물음에 아빠가 큰 소리로 대답한다. 조금 되기야 하겠지만, 뻥이라는 걸 우리는 금세 눈치챘다.

"뭐 도와 드릴 일 없어요?"

"감찬이 니가 뭘 도와? 도울 일 음써! 너는 그저 공부만 죽어라 혀서 공군사관핵교에 떡 붙어 주는 기 바루 이 애빌 돕는 거여."

"아빠, 독꾸는 어떡했어?"

"독꾸? 아, 잘 있지! 아이구! 그 독꾸가 살이 올라서 을매나 이뿌구 구여운 줄 몰루것어!"

"혹시 아저씨들이랑 잡아먹은 거 아냐, 아빠?"

"아녀! 아녀! 독꾸 읎으믄 나, 심심혀서 일두 잘 못햐! 갸가 내 말 동무구 친군데 으뜨케 잡아묵어? 즐대 아녀!"

밤이 깊었다. 문자 도착 알람이 울린다. 얼른 휴대폰 폴더를 열어 확인한다.

― 미안해요. 우리 아빠도 그 아저씨 전화번호를 모른대요.

서울 다정빌라 그 여학생이다. 답문자를 보낸다.

― 괜찮아요. 고마워요.

약속대로 정말 문자를 보내 줘서 고맙다. 나이만 맞는다면 친구로 사귀고 싶은 생각이 든다. 엄마가 잠들자 병원을 나온다. 우리는 너무 피곤해 택시를 탄다. 밤하늘 멀리에 시선을 둔다. 아까 엄마의 기침 소리와 신음 소리가 깊어서 마음이 편치 않다. 하늘이 흐릿하고 별빛도 희미하다.

10장
...
비상! 초비상!

띨새는 기분이 좋아 연신 싱글벙글이다. 기말고사를 아주 잘 보았단다. 나는 완전히 망쳤다. 역시 그 빌어먹을 영어 수학 때문이었다. 수학은 기초가 워낙 부족해서 진도를 따라잡는 데 시간이 꽤 걸릴 테고. 영어는 한번 해 보면 될 것도 같다. 다음엔 띨새처럼 영어 단어장을 가지고 다니면서 수시로 외워야겠다고 마음먹는다.

"아고! 더워 죽겠네!"

나는 발걸음을 늦추며 죽는 소리를 내뱉는다. 하지만 띨새는 찌는 듯한 날씨에도 조금도 힘들어하지 않는다. 언덕길을 성큼성큼 잘도 올라간다. 시간은 어느새 정오가 가까워 온다. 지하철 4호선 종점, 상계동 당고개역에서 내려 찾아 헤매길 벌써 한 시간 반째다. 기온은 점점 더 올라 시멘트를 두껍게 처바른 골목길 바닥이 펄펄 끓는다. 따개비처럼 다닥다닥 붙어 있는 조막만 한 집들의 담벼락도 뜨겁기가 프라이팬 같다.

"오빠! 나, 더 이상 못 가겠어. 어디서 좀 쉬면서 음료수라도 하나 사 먹자."

"그러면 저 아래 점포들 있는 길에서 말했어야지. 이 가파른 언덕 마을 중간에 무슨 가게가 있어?"

"저기, 저 그늘에서 그냥 좀 쉬자. 나, 죽겠어! 아침을 조금 먹었더니 힘이 몇 배나 더 들어!"

나는 검은 이끼가 낀 축대를 잡고 더위 먹은 개처럼 헐떡거린다.

"너, 요즘 왜 밥을 그렇게 조금씩 먹어?"

"입맛도 없고. 아빠가 해 주는 반찬이나 찌개는 너무 짜!"

"그래! 좀 짠 거 같더라. 그래도 아버지가 가게 일에, 집안 살림에, 엄마 병간호에, 옛날과 달라졌어!"

띨새의 그 말에 나는 아무 대꾸도 하지 않는다. 제 버릇 개 주니? 두고 봐야 알지! 엄마가 했던 말이 귓가에 맴돈다.

어느 집 슬레이트 지붕으로 생긴 그늘로 가서 털썩 주저앉는다. 저 아래쪽에 우리가 지나왔던 고급스런 현대아파트, 동아아파트가 보인다. 좀 더 위쪽에는 잘 가꿔진 하이츠빌라 단지도 보인다. 상계 4동 주민센터 앞이다.

"날씨가 어쩜 바람 한 점 없이 이렇게 덥냐?"

"오늘 최고기온이 33도래! 완전 찜통이야."

"어휴! 정말 열라 열난다. 근데 오빠, 이 동네가 맞긴 맞는 거야? 나는 자꾸 아닌 것 같아! 설마 엄마 오빠가 이런 데 살겠어? 이런 후진 달동네에."

"이 근처가 맞아! 아까 저 밑 복덕방에서 물어봤잖아?"

종아리를 주먹으로 톡톡 두드리고, 문질러 마사지도 해 본다. 하지만 한번 뭉친 근육은 쉬 풀리지 않는다.

"그건 그런데, 나는 목동 그 고급 아파트에 사는 사람이 진짜 김민호 같다는 생각이 들어. 여자는 남자들이 모르는 느낌, 필, 그러니까 그 육감이라는 게 있거든. 우리 그냥 그리로 가서 경비 아저씨한테 다시 한 번 통화 좀 하게 해 달라고 부탁해 보자. 괜히 시간 낭비하지 말고."

"여기까지 왔으니까, 이 주소 확인부터 하고. 조금 더 올라가면 이 주소가 나올 거야."

다시 거미줄처럼 얽히고설킨 비좁은 골목길을 오른다. 그러면서 한 집 한 집 주소를 확인한다. 그러나 우리가 찾는 주소는 좀체 나타나지 않는다. 이제 장딴지며 발목, 발바닥이 참을 수 없을 정도로 시큰거린다. 게다가 땡볕에 달구어진 골목길과 블록 담장이 뿜어 대는 열기에 목덜미로는 연신 비지땀이 흘러내린다. 정말 죽을 맛이다.

"찾았다. 나래야, 여기야. 빨리 와!"

계단 위에서 띨새가 손짓을 한다. 낑낑거리며 네 발로 기어 올라간다. 고목나무를 타는 반달곰 꼴이다.

"이 집이야?"

"웅! 주소가 맞아!"

허름하다 못해 다 쓰러져 가는 판잣집. 저절로 인상이 찌그러진다. 담장 일부는 이미 무너져 버렸고, 철대문이 달려 있지만 너덜너덜해 있으나 마나 하다.

조심조심 안으로 들어간다. 웬 노인이 방 안에 앉아 우리를 바라보고 있다. 팔십 살도 넘은 것 같은 꼬부랑 할머니다. 손에는 파리채를 들고 있다.

"할머니, 여기가 김민호 씨 집 맞나요?"

"으? 무, 무라구?"

할머니가 문으로 다가와 귀를 댄다. 백발이 성성하고 얼굴에는 주름살이 가득하다. 이빨도 다 빠져 남은 건 고작 서너 개뿐, 그 때문에 발음이 아주 좋지 않다.

좀 더 큰 소리로 묻는다.

"김민호 씨 집 맞아요?"

"으! 마저! 내 아드여!"

"지금 집에 계세요?"

"으?"

두 손을 입에 모아서 확성기를 만들고 다시 묻는다.

"김민호 씨 집에 계시냐고요?"

"읍서! 시방 지에 읍서!"

"어디 가셨어요?"

"저그, 저, 이 이 갔어!"

할머니가 아래쪽을 가리키며 일을 갔다고 대답한다.

"언제 오세요?"

"바, 바메!"

어차피 아닐 텐데. 속으로 잘됐다고 생각한다. 그래도 띨새의 의견을 물어본다.

"오빠, 밤에 온다는데 어쩌지?"

"전화번호나 알아보고 가야지 뭐! 할머니, 아드님 전화번호 아세요?"

"모, 모라!"

할머니가 고개를 가로젓는다.

"가자, 오빠! 목동으로."

몸을 돌리려는데 할머니가 다시 입을 연다.

"저, 저, 아래, 거기루 가부아!"

"예? 어디요?"

띨새가 할머니 입에 귀를 들이댄다.

"감사합니다, 할머니! 안녕히 계세요."

"어디래?"

"저 밑에. 빨리 따라와!"

우리는 왔던 길을 다시 빠른 걸음으로 내려간다. 땀이 흘러 금세 옷이 축축이 젖는다. 반면에 목은 바짝 말라 금방이라도 불길을 내뿜을 지경이다. 마치 사하라 사막을 걷는 기분이다. 다리가 풀려 휘청거린다.

"오빠, 나 죽어! 물! 물!"

골목길을 다 내려가 큰길에 이르자마자 아스팔트에 쓰러지고 만다. 앞서 가던 띨새가 깜짝 놀라 되돌아온다.

"괜찮아? 저기 마트 있다. 내가 가서 물 사 올게!"

한걸음에 마트로 달려간 띨새가 생수를 사 가지고 온다. 나는 그 자리에서 생수 한 병을 다 마셔 버린다.

"힘들면 여기서 기다리고 있을래? 나 혼자 갔다 올게."

"아니야. 같이 갈래."

"그럼 천천히 가자."

말은 천천히 간다고 해 놓고 걸음은 점점 빨라진다. 꽤 많이 걷는다. 한 정거장, 두 정거장, 세 정거장을 걷자, 나와의 거리가 30여 미터나 벌어진다.

"아직 멀었어?"

"저기 저 역 건너편, 제일중학굔지 제일고등학굔지 거기랬어!"

"중학교? 그럼 그 오빠가 선생님이야?"

차 소리 때문에 못 들은 모양이다. 띨새는 대답 않고 걸음 속도를 높인다. 부지런히 따라간다. 앞쪽에 쇠꼬챙이처럼 마른 할아버지가 조그마한 손수레에 폐휴지를 잔뜩 싣고 힘겹게 올라오고 있다. 밀어줄까말까 망설이다가 그럴 시간이 없어 그냥 지나쳐 간다.

"엄마 오빠가 선생님? 공부를 잘했었다고 그랬으니까, 뭐 그럴 수도 있지만……."

상계 전철역이 나타나자 띨새가 왼쪽 길로 방향을 튼다. 뛰듯이 뒤쫓아 간다. 길옆에 제일중학교라는 팻말이 보인다. 재현중학교, 재현고등학교라고 쓴 다른 팻말도 있다. 미래산업과학고라는 팻말도 눈에 띈다.

"여긴 왜 이렇게 학교가 몰려 있어? 대체 어느 학교 선생님이야?"

이러다 혹 학교 주변에 기생충처럼 붙어사는 불량배들을 또 만날까 봐 걱정이 된다. 골목골목을 주의 깊게 살펴본다.

저만치 앞에 띨새가 서서 나를 기다린다. 헉헉거리며 다가간다.

"어느 학교 선생님이래? 제일중학교? 재현중학교? 아니면 과학고?"

"그런 게 아니야!"

"아니야? 그럼?"

"길 건너, 저기야."

띨새가 4차선 찻길 건너편 가게를 가리킨다.

"저기 글로리 문구점?"

"아니, 그 옆!"

"그 옆? 저 칠보?"

"응! 가 보자."

급한 마음에 띨새가 황급히 길을 건넌다. 얼떨결에 나도 따라 건넌다.

"야! 이 XX XX들아! 뒈지고 싶어?"

고급 승용차를 모는 잘생긴 청년 운전자가 상스런 욕설을 퍼붓고 지나간다. 그러더니 자기는 빨간 신호등을 무시하고 앞쪽 횡단보도를 그냥 통과한다.

띨새가 자전거 점포로 들어간다. 나도 따라 들어간다. 네 평 정도 되는 가게 안에는 자전거가 잔뜩 진열되어 있다. 심지어 천장에도 최소 열 대는 매달려 대롱거린다. 띨새의 방에 매달려 있는 모형 전투기가 떠오른다. 바닥에는 자전거 부품들이 마구 늘어져 지저분하기가 고물상 같다. 그 가운데 기름투성이의 한 아저씨가 앉아 있다. 튜브를 물에 담가 펑크 난 곳을 찾는 중이다.

숨을 헐떡거리면서 띨새가 묻는다.

"저, 아저씨! 혹시 김민호 씨 아닌가요?"

"누구?"

아저씨는 고개를 들지 않고 묻는다. 자전거 때문에 찾아온 손님이 아니라는 걸 눈치챈 모양이다. 자기 작업을 방해당해 기분이 좋지 않다는 듯, 목소리가 딱딱하다.

"김민호 씨요."

"내가 김민혼데. 왜?"

역시 고개를 들지 않고 묻는다. 쌀쌀맞게 묻고서 자전거 튜브를 물에 담가 조금씩 돌리는 동작을 계속한다.

"예! 저, 그……."

"자전거 사려고?"

"아니요. 그게 아니라……."

"그러면 고치려고?"

"그것도 아니라……."

띨새는 선뜻 말을 못하고 자꾸 머뭇거린다. 아저씨의 말투가 싸늘해서 겁을 먹은 모양이다.

"그러면 자전거 잃어버렸어?"

내가 나서서 대답한다.

"자전거 때문에 찾아온 게 아니에요. 아저씨! 아저씨 고향이 보은군 속리면이지요? 속리중학교 3학년 때 서울로 이사 오셨지요?"

그제야 아저씨가 동작을 멈추고 고개를 든다.

보통 키에 마른 체형, 주름 깊은 얼굴에는 수염이 덥수룩하다. 꾀죄죄한 몰골이 꼭 아버지가 무심천에서 주워 온 독꾸 같다. 특히 이마, 뺨, 목덜미는 땀과 기름으로 범벅이 되어 마치 굴뚝 청소를 하고 있는 사람 꼴이다. 골목길보다 기다란 한숨이 절로 새어 나온다. 제발 아니라고 대답하기를 기대하며 아저씨의 입을 뚫어져라 바라본다. 저번 주에 홍제동 쌀가게 김민호를 만났을 때보다 가슴이 더욱 쿵쿵 뛴다. 우리를 훑어보기만 할 뿐, 아저씨는 대답을 망설인다. 한 줄기 불길한 기운이 뇌리를 스친다.

"맞는데. 너희 누구야?"

오! 마이 갓! 담임의 단골 멘트를 속으로 크게 외친다. 너무 큰 충격으로 정신이 어질어질해 뒷말이 나오지 않는다. 띨새가 내 바통을 이어받는다.

"저희 어머니가 아저씨를 만나 보고 싶어 하셔서 이렇게 찾아왔습니다."

"너희 어머니? 누구?"

"함연주 씨라고 아저씨 일 년 후배입니다."

"내 일 년 후배 함연주?"

아저씨가 눈을 끔벅거리며 과거 기억을 탐색하는 표정을 짓는다.

"몰라, 그런 사람. 가! 나, 지금 바빠!"

정신을 차린 내가 다시 끼어든다. 크게 아쉽지만 엄마의 첫사랑 오빠가 확실하니 어쩌겠는가.

"아저씨가 자전거를 태워 주셨다는대요. 비 오는 날에요. 아저씨가 살던 동네는 북암리였지요? 우리 엄마는 중판리 달천 옆에 사셨어요. 감나무 집이요. 그래도 기억 안 나세요?"

"우리 집이 북암리였던 건 맞는데, 중판리 함연주는 기억이 안 나. 하여튼 너희 어머니가 대체 왜 날 만나고 싶다는 거야?"

"예! 그게 저……."

나는 그간의 자초지종을 자세히 말한다. 그러고 나서 한번 만나 줄 것을 정중히 부탁한다.

"아저씨, 아주 잠깐이면 돼요. 은혜 잊지 않을게요."

"부탁드립니다, 아저씨!"

띨새와 내가 거듭거듭 부탁하자 아저씨가 눈동자를 이리저리 굴린다. 그러더니 헛기침을 두어 번 한다.

"너희 어머니는 내가 첫사랑인 줄 모르지만 나는 네 어머니가 첫사랑이 아닌데? 얼굴도 모르고 이름도 모르고. 그런데 만나서 뭘 어쩌라는 거야?"

"그냥 십 분 정도 대화를 나누면 돼요, 아저씨!"

"글쎄 무슨 얘기를 해? 이 자전거 얘기를 할 수도 없고."

듣고 보니까 그렇다. 하지만 그냥 돌아갈 수는 없다. 수리 중인 자전거를 잠시 바라본다.

"맞아요, 자전거 얘기 하면 돼요, 아저씨! 아저씨가 자전거를 태워 줬던 그날부터 우리 엄마가 아저씨를 좋아하게 됐대요."

"네, 그러니까 옛날 얘기 대충대충 하시면 될 겁니다. 부탁드립니다, 아저씨!"

"돌아가시기 전에 꼭 한번 만나 보고 싶으시댔어요."

아저씨는 자전거 튜브를 든 채 침묵을 지킨다. 띨새와 나도 침묵하며 그의 대답을 기다린다.

"내가 너희 어머니를 내 자전거에 태웠었단 말이지?"

"네, 그러셨대요. 엄마는 그 일을 마치 어제 일처럼 생생하게 기억하고 있어요."

"좋아! 한번 만나 보지!"

"감사합니다."

"고마워요, 아저씨!"

우리는 연신 머리를 숙여 감사를 표한다.

"그런데 청주까지 갔다 오려면……."

"아, 예! 저희가 왕복 차비 다 대 드리겠습니다."

"차비뿐이 아니야."

"예? 그럼?"

전혀 의외의 말에 나는 아저씨를 노려본다. 기분 나쁜 감정이 가슴을 찌른다.

"알 만한 학생들이 왜 그래? 이 가게 하루 쉬면 얼마가 손해나는지 알아?"

"그러면 얼마나?"

"일당이 십오만 원에, 여타 여비하고 뭐뭐 합해서 최소한 이십만 원은 줘야 해!"

"이, 이십만 원요?"

이런 일에 돈을 바라다니? 어처구니가 없다. 이 좁쌀영감보다도 쫌스러운 놈! 입속에서 상욕이 맴돈다. 나는 고개를 돌려 아저씨를 외면한다.

"왜? 그게 많아서 그래? 그러면 관둬! 나도 이 자전거포 이천만 원 빚내서 재작년에 인수한 거야. 서울에 올라와서 이 짓 저 짓 별짓 다해 봤어! 노점에서 포장마차 하다가 조폭 새끼들한테 칼까지 맞아 봤다고. 자, 이 배에 난 상처 좀 봐. 허벅지에도 한 방 찔려 다리도 성치 않아."

아저씨가 작업복을 들춰서 배를 보여 준다. 배꼽 옆에 칼에 찔린 흉터가 끔찍하다. 길쭉하게 뒤틀린 모양새가 꼭 질겅질겅 씹다가 뱉어 놓은 오징어 다리 같다.

"오 년 전에 마누라한테 이혼을 당했어. 그래서 있는 재산 없는 재산 위자료로 톡톡 털어 줬어. 그렇게 상거지가 되어 저기 봉천동 꼭

대기에서 이 산동네로 이사 왔다고. 늙은 어머니 모시고 말야. 딸년은 제 어미 따라갔고, 아들은 나랑 살다가 지난봄에 군에 자원입대를 했어. 지금 강원도 원주 공군 부대에 근무해."

담배를 한 대 피워 문 아저씨가 뒷말을 잇는다. 목소리가 착 가라앉아 아까와는 완전 딴판이다.

"갑자기 무슨 바람이 들었는지, 중 3 때 아버지가 사람은 대처에서 살아야 크게 된다고 하셨어. 사람은 태어나면 서울로 가야 하고 말은 제주로도 가야 한다나 뭐라나? 그러더니 고향 전답을 다 팔아서 서울로 무작정 올라온 거야. 아무런 계획도 계산도 없이 무작정 말이야. 사전에 충분한 설명도 없이 무조건 자기를 따르라고 하면서. 무슨 일을 하는지 이 사람 저 사람 만나면서 바쁘게 다니더니, 이 년 만에 알거지가 되어 달동네로만 전전하다가……. 후!"

아저씨가 담배 연기를 길게 뿜어낸다. 뿌연 담배 연기가 허공에서 다 사라지고 나서야 다시 입을 연다.

"그렇게 되어 학교도 제대로 못 다니고 말았지. 직업도 변변찮은 직업만 이것저것 거치면서 생고생만 죽어라 하고 말야. 아버지를 많이 원망하면서 쭉 살았어. 지금도 마찬가지고. 대가족을 거느린 가장이 그렇게 함부로 행동을……."

아저씨 이마의 굵은 주름살이 지렁이처럼 꿈틀거린다.

"생각해 보니까 우리 아버지는 그냥 아무 일도 않고 가만히 있는 게 가족을 돕는 거였어! 괜히 가장입네 뭐네 해서 크게 일을 벌여 가지고 가족 모두에게 고통을 주고 끝내는 집안을 망하게…….”

담배 개비는 벌써 반 넘게 타들어 가고 있다.

“에이! 그걸 다 말해 뭐 해! 결국은 고향도 잃고, 꿈도 잃고, 가족도 잃고……. 내 꿈은 축산 대학을 나와 그저 고향에서 조그마한 한우 목장이나 하나 하고 싶었었거든. 다 지난 옛날 얘기지만 가슴이 무척 쓰리고 아파! 이제 이 칠보 자전거 가게가 나한테 남은 유일한 희망이야. 아침 일곱 시부터 밤 열 시까지 하루도 빠지지 않고 이 가게를 지켰어. 여기가 바로 내 생명 줄이라고.”

“네, 아저씨! 이십만 원 드릴게요.”

띨새가 나하고 상의도 하지 않고 약속을 해 버린다. 팔뚝이라도 세게 꼬집어 뜯고 싶은 걸 억지로 참는다.

“남들은 꿈을 이루려고 서울로들 자꾸 올라오지만, 나는 서울에서 꿈을 잃어버렸어, 소중한 내 꿈을! 고등학교 2학년 초에 학교를 그만두고부터는 꿈도 없이 마구잡이로 살았던 거야!”

띨새의 약속을 듣고도 시무룩한 얼굴로 담배 연기를 내뱉은 아저씨가 또 넋두리처럼 꿈 얘기를 한다.

“오늘은 시간이 이렇게 되었고 또 저희가 준비를 못했으니까, 내일 오후 두 시까지 청주 고속버스 터미널로 와 주세요. 제가 거기서 기다리고 있을게요.”

"좋아! 두 시까지 청주 터미널로 가지. 솔직한 마음은 가고 싶지 않아! 막말로 내일, 자전거가 한 대가 팔릴지 열 대가 팔릴지 어떻게 알아? 요즘 웰빙이다 건강이다 해서 자전거 찾는 손님이 부쩍 늘었다고. 기름 값이 왕창 올라 승용차를 안 타는 대신 자전거를 타기도 하고. 자전거 동호회도 많이 생기고 말야."

"그러니까 이렇게 감사드립니다. 두 시까지 꼭 오셔야 합니다?"

딸새가 확인 질문을 한다. 나는 떨떠름한 표정으로 가만히 있는다.

"간다고. 나는 간다면 가!"

"이왕이면 목욕도 하시고 단정한 옷차림으로 오세요. 수염도 깎으시고요. 우리 엄만 아저씨가 최소한 중소기업 사장님쯤은 된 걸로 알고 계시단 말이에요."

아무래도 계속 입을 다물고 있을 수가 없어서 아저씨를 흘겨보며 톡 쏘아붙인다.

"푸하하하! 나도 사장은 사장이지. 이 칠보 자전거포 사장 아냐? 참, 십만 원은 계약금 조로 지금 줘야 해! 사람은 변소간에 들어갈 때와 나올 때 맘이 다르거든!"

우리는 주머니를 톡톡 털어 10만 원을 건넨다. 그러고는 간판에 쓰여 있는 가게 전화번호를 휴대폰에 저장하고 상계역으로 가 전철을 탄다.

"저 아저씨 내일 정말 올까?"

"올 거 같은데."

"그걸 어떻게 믿어?"

"믿어야지. 그럼 이 상황에서 안 믿니?"

"만약 안 오면?"

안 오면 네가 다 책임져라, 라는 눈빛으로 띨새를 쨰려본다.

"그러면 그때 가서 생각해 봐야지!"

"난 아무래도 안 올 것 같아. 왠지 믿음이 안 가. 치! 쪼잔하게 돈을 바라는 게 어딨어? 자기를 좋아했던 여자가 죽기 전에 한번 만나 보고 싶다는데. 안 그래?"

"그건 우리 생각이고. 저 아저씨는 엄마 만나기 싫다잖아? 누군지도 모르고. 저렇게 수고비를 원하는 사람은 돈만 주면 일을 확실하게 해."

띨새가 세상 경험이 제법 많은 중늙은이처럼 말한다. 나는 입술을 삐죽삐죽하면서 창밖을 본다. 그러다가 혼잣말로 중얼거린다.

"그럼 뭐야? 엄마 혼자 일방적인 짝사랑을 했다는 말이잖아?"

"북 치고 장구 치고 완전 원맨쇼를 했다는 소리지! 후후!"

띨새가 듣고 후후 웃는다. 이 띨새야, 너도 지금 혼자서 푸름이 좋아하고 있는 거야. 너도 엄마처럼 원맨쇼를 하고 있는 거라고. 속으로는 그렇게 말하고, 겉으로는 달리 말한다.

"엄마는 왜 하필 저런 남자를 좋아해 가지고. 오빠, 우리 만나게 하지 말까?"

"엄마 소원인데 만나게 해 드려야지!"

"나는 갑자기 그러기가 싫어졌어!"

"무엇 때문에 우리가 여태 고생을 했는데?"

이제는 띨새랑 나랑 생각이 완전히 뒤바뀌었다. 처음에는 띨새가 그리 반대를 했었는데. 사람 마음 참 알다가도 모르겠다. 가슴이 답답하다. 에어컨 바람이 나오는 곳으로 가서 선다. 찬 바람이 온몸을 감싼다.

"뭐야? 아직도 안 왔어?"

"응! 아직!"

"내, 그럴 줄 알았어! 벌써 세 시가 넘었잖아?"

"세 시 십오 분."

띨새가 청주 고속버스 터미널로 나가, 돈만 밝히는 그 자전거포 김민호를 기다린 지 한참이다.

"그럼 안 오는 거지 뭐! 어쩐지 그 쫌생이 생긴 게 꼭 사기꾼처럼 생겼드라니. 그냥 들어와!"

"조금만 더 기다려 보고."

"기다리긴 뭘 기다려? 뻔하지. 돈 십만 원만 날린 거라고. 그러게 왜 그렇게 급하게 약속을 하고 돈까지 줘. 그쪽 가게로 전화는 해 봤어?"

"몇 번이나 해 봤는데 계속 안 받아! 엄마는?"

"엄마는 지금 초조하게 기다리고 있지! 세수도 하고, 화장도 하고, 옷도 갈아입고, 아주 웃기지도 않아! 빨리 와!"

"알았어. 네 시까지만 기다려 보고."

띨새가 전화를 끊는다. 짜증이 난다. 짜증도 아주 왕짜증이 난다. 병원 복도 휴게실 의자에 앉는다. 한숨을 연달아 내뿜는다. 병원 건물이 흔들릴 정도로 크고 긴 한숨이다. 공연히 스테인리스 휴지통을 발로 뻥뻥 차 본다. 손톱으로 탁자도 빡빡 긁는다. 누군가가 놓고 간 빈 담뱃갑을 집어 두 손으로 꼬깃꼬깃해서 버린다. 그래도 짜증이 풀리지 않는다. 서울 이 동네 저 동네 돌아다니느라 개고생을 한데다가 돈까지 10만 원이나 날리고? 벌떡 일어나 병실로 들어간다.

"왔니? 왔어? 민호 오빠 왔어?"

"아니! 아직."

"왜 여태 안 와? 두 시 반쯤 온다고 했잖아?"

"정확히 두 시 반이 아니라, 두 시 반에서 네 시 사이라고 했어! 바빠서 정확하게 시간 약속을 할 수가 없대."

엄마한테 또 거짓말을 한다. 아무리 하얀 거짓말이라지만 이것도 이제 지겹다.

"그래? 그럼 곧 오겠구나. 어때, 나?"

"괜찮아!"

"이 머리에 감은 붕대가 흉하지?"

"아니야! 엄마 수술한 거 다 알고 오는 건데 뭐!"

그렇게 대답을 하면서 속으로 궁리를 한다. 안 오는 게 확실한데, 뭐라고 둘러대야 하나? 갑자기 배탈이 나서? 오다가 교통사고를 당해? 사업상 긴급히 해외 출장을? 머리가 빠개지도록 고민을 거듭한다. 그러다 한 가지 생각이 떠오른다.

"그래! 그거야!"

"뭐? 뭐가 그거야?"

"있어! 그런 게. 엄마, 나 또 잠시 나갔다 올게! 그 아저씨 오나 안 오나 보러."

병실 밖으로 나가 아까 그 휴게실 의자에 앉는다.

"죽었다고 하는 거야. 그래서 못 온다고."

상계동 달동네 판잣집에 혼자 있던 그 꼬부랑 할머니를 떠올린다.

"그 아저씨 엄마가 갑자기 죽어서……. 으히히! 일단 그렇게 둘러대 놓고 그 다음 일은 나중에 다시 생각해 봐야지 뭐! 아! 골치 아퍼!"

두 손으로 머리를 감싸 잡고 마구 흔든다.

네 시가 넘었다. 네 시 십 분이다. 띨새한테 전화를 하려는데, 마침 전화가 온다.

"빨리 안 오고 뭐 해?"

"왔어! 그 아저씨 왔어!"

"뭐? 정말?"

"그래! 휴가철이라 길이 꽉꽉 막히는 데다 오산 부근에서 6중 추돌 사고가 났대. 스포츠카가 버스 전용차로로 갑자기 끼어들어서 아주 큰 사고를 냈대. 그래서 늦었대. 지금 곧바로 택시 타고 같이 갈 거니까, 준비해!"

"아, 알았어!"

병실로 뛰어 들어가 엄마에게 알린다.

"엄마! 엄마! 엄마 오빠 왔대!"

"그래? 그래?"

"응! 지금 터미널에 도착했대! 곧 택시 타고 올 거야. 이제 이십 분이나 삼십 분이면 만나!"

"나, 아무래도 이 옷이 맘에 안 들어! 색깔이 너무 밝구 꽃무늬가 너무 화려해! 여기 이 가슴도 푹 파이구. 이건 새파란 아가씨들이나 입는 거지. 게다가 머리에 허연 붕대를 칭칭 감구. 이거 원! 쩝! 쩝!"

아산 닭집 아줌마한테서 빌려 온 원피스를 엄마가 자꾸 못마땅해한다. 내가 봐도 조금 우습기는 하다. 친친 감은 붕대 사이로 삐죽이 삐져나온 머리카락이 정말 볼만하다. 게다가 화장을 너무 짙게 해 천박스럽기가 청주 대표감이다. 하지만 이제 와서 어쩔 도리가 없다.

"괜찮아, 엄마! 엄마 살이 많이 빠져서 아주 잘 어울려! 탤런트 선우용여 같아. 정말이야."

1분, 5분, 10분, 시간이 흐른다. 엄마는 초조함을 누르지 못하고 자꾸 물을 마신다. 초조하기는 나도 마찬가지다. 나도 벌써 탄산음료를 두 캔이나 비운 상태다. 엄마가 일어나 화장실로 들어간다. 2분에 한 번꼴로 들락날락한다.

이제 얼추 병원에 도착할 시간이 되었다. 휴대폰 벨이 울린다. 얼른 받는다.

"다 왔어, 오빠?"

"나여, 나래야! 아빠여!"

"어? 아, 아빠?"

이 시간에 아빠가 전화를 하다니? 가게에서 한창 일할 시간인데?

"너, 시방 어디 있능겨? 도서관이여?"

"아니, 그 저……. 왜, 아빠?"

"왜는 뭐가 왜여? 아빠가 시방 문의 가서 추어탕 한 보따리 사 가지구 병원으루 가는 중이닝께, 오빠 데리구 병원으루 와!"

이게 웬 날벼락? 심장이 쪼그라들고 온몸이 꽁꽁 얼어 동태가 돼 버린다.

"벼, 병원?"

"그려! 이제 거의 다 왔어. 아, 내가 사정 얘길 몽조리 혔더니 말여. 그 주인 아줌니가 추어탕을 을매나 많이 퍼 주는지, 무거워서 팔이 떨어질라구 햐! 얼렁 와, 얼렁! 식구들이 다 모여 맛있게 묵어야 느 엄마두 입맛이 살아나 맛있게 묵지. 안 그려?"

아빠가 전화를 끊는다. 비상이다. 초비상!

급히 띨새한테 전화를 한다.

"오빠, 어디야?"

"택시에서 내려 지금 병원으로 들어왔어. 엘리베이터로 가는 중이야."

띨새는 내 말을 더 들어보지도 않고 전화를 똑 끊는다. 오! 마이 갓! 일이 얽혀도 어찌 이따위로 얽힌단 말인가?

"다 왔대니?"

엄마가 화장실에서 나오며 묻는다.

"응? 응! 응! 다 왔대!"

순식간에 머릿속이 하얗게 변해 아무것도 생각나지 않는다. 뇌기능이 완전 마비가 되어 버린다.

"후! 후! 어떡하지?"

엄마가 안절부절못하며 병실을 왔다 갔다 한다. 나도 우리에 갇힌 불곰처럼 이리저리 오간다.

"똑! 똑!"

노크 소리가 들린다. 탱탱볼 같이 뛰던 내 심장이 뻥 터지고 만다.

문이 열린다. 띨새가 들어온다.

"엄마, 오셨어요!"

"어? 어어!"

입을 크게 벌린 채 엄마는 말을 잇지 못한다. 양손 손가락을 빗처럼 펴 붕대 사이로 삐져나온 머리카락만 자꾸 매만진다.

"아저씨, 들어오세요!"

이윽고 엄마 오빠가 모습을 드러낸다.

그럴싸한 신사복 차림이다. 감청색 정장에 빨간 땡땡이 무늬 넥타이를 맸다. 머리도 단정하고 수염을 깎아 얼굴도 깔끔하다. 구두도 반짝반짝 빛이 난다. 그리고 보니 어딘지 모르게 아빠와 비슷한 이미지를 풍긴다. 키와 덩치가 약간 작아서 그렇지 아빠랑 닮은 구석이 있다.

엄마와 엄마 오빠는 말없이 서로를 멀뚱멀뚱 바라본다. 잠시 동안 그러다가 김민호 아저씨가 먼저 입을 연다.

"안녕하십니까? 제가 김민호입니다."

"오빠! 민호 옵빠! 저, 연주예요. 함연주!"

엄마가 김민호 아저씨의 손을 덥석 잡는다. 두 눈에는 눈물까지 글썽거린다. 언제 TV 드라마에서 본 것 같기도 한 장면이다.

"예! 예! 함, 연주, 씨!"

"저 기억나시죠, 오빠!"

"예! 기억납, 니다."

김민호 아저씨는 우리를 힐끔거리며 잡힌 손을 빼내려고 애를 쓴다. 하지만 엄마가 놓아주지 않는다. 오히려 더 꽉 움켜잡는다. 나와 띨새만 없으면 뜨거운 포옹이라도 할 듯한 눈빛이다. 나는 보고 있기가 민망스러워 눈길을 슬쩍 돌린다. 띨새도 그런지 고개를 돌린 채 애꿎은 뒤통수만 벅벅 긁고 있다.

"저는 이날 이때껏 오빠를 한시도 잊지 않구 있었어요. 죽기 전에 꼭 한번 만나구 싶었는데, 이렇게 찾아와 주시구······."

엄마는 뒷말을 잇지 못하고 기어코 눈물방울을 떨어뜨린다.

"제 예감대로 오빠는 크게 성공하셨나 보네요. 우리 애들 말로는 무슨 회사 사장님이라던데."

"예! 저, 서울에서 칠보산업이라고 조그마한 기업을 하나 경영하고 있습니다. 자전거 차체를 대량으로 생산하는 회사입니다."

크큭! 웃음이 터지려는 순간, 나는 손바닥으로 얼른 입을 막는다. 기업 경영? 대량생산? 완전 뻥튀기 달인의 강림이다.

"칠보산업요? 어디서 들어본 것 같기도 하구."

"속리산 봉우리들 중에 칠보봉이라고 있잖습니까? 그 봉 이름을 따서 칠보산업이라고 이름을 지었습니다."

"아! 맞아요, 오빠! 칠보봉 있어요. 옛날에 엄마랑 거기 올라가 머루 따 먹던 생각나네요. 근데 오빤 그거 생각나요? 비 오는 날 나 자전거 태워 준 거요?"

"그, 그럼요! 생각, 나지요."

엄마가 좋아서 아저씨의 손을 마구 흔든다.

두 사람의 이야기를 듣다가 나는 아차 한다. 띨새의 옷소매를 잡아끈다.

"오빠, 우리는 밖에 나가 있자. 두 분 이야기 나누시게."

"응! 그래!"

밖으로 나오자마자 소리친다.

"큰일 났어, 오빠! 비상이야! 초비상!"

"초비상? 큰일? 무슨 큰일?"

"아빠가 지금 병원으로 오는 중이야. 벌써 다 왔을지도 몰라!"

"아버지가? 아버지가 이 시간에 왜? 가게에 있을 시간이잖아?"

"문의에 가서 추어탕을 한 보따리 사 가지고 오는 중이래. 오빠 찾아서 함께 병원에 와 있으라고 좀 전에 전화 왔었어. 막아야 돼. 막지 않으면 큰일 나."

"그래! 막아야지. 막아야지."

우리는 누가 먼저랄 것도 없이 엘리베이터로 뛰어간다. 그러나 엘리베이터에 다다르기 전에 문이 열리며 아빠가 나타난다.

"아빠!"

"아버지!"

"어! 너그덜 벌써 와 있었구만 그랴. 잘혔네, 잘혔어! 어여 들어가자!"

"아니! 저, 아빠!"

나는 얼른 아빠의 앞길을 막아선다.

"왜 그라능겨? 어여 들어가자닝께!"

"아버지! 그거 이, 이리 주세요. 제가 드, 들게요!"

"안 돼야! 잘못 들으믄 국물 쏟아져서 안 돼야!"

아빠가 우리를 비켜 병실로 간다. 내가 다시 길을 막는다.

"아빠, 조금 이따가 들어가!"

"아, 왜 그라능겨?"

"지금 담당 의사가 와서 회진 중이야. 아까 엄마가 많이 어지럽다고 했거든."

"오늘 공일날인데 담당 의사가 왔단 말여? 그라믄 더 얼른 가 봐야지. 가서 의사 말 좀 들어 보게 말여."

나를 밀쳐 낸 아빠는 빠르게 병실로 향한다.

"아버지, 더운데 저기 휴게실에서 냉커피 한잔 하실래요? 제가 사 드릴게요."

"그래, 아빠! 냉커피 한잔 마시고 들어가."

나는 아빠의 옷소매를 잡고 휴게실 쪽으로 끈다.

"커피는 무슨 커피여? 병실에두 커피 있잖여? 그거 내가 날마다 타서 묵어!"

"저, 그러면 담배라도 한 대 피우고 들어가세요."

"그래, 아빠! 담배 한 대 피워!"

"담배, 시방 저 아래서 피우구 올라오는 겨! 근데 야들 오늘 참 이상허구만 그랴! 대꾸만 길을 막구 말여! 비켜!"

내 팔을 뿌리치고 아빠는 다시 병실로 향한다.

다리를 붙잡고 늘어질 수도 없고, 뒷덜미를 붙잡고 매달릴 수도 없고, 완전 절망 상태. 발을 동동 구르다가 그냥 포기하고 만다. 그러고는 죄지은 아이처럼 고개를 푹 숙인 채 아빠 뒤를 따른다. 잠시 후면 벌어질 어마어마한 아수라장이 눈앞에 또렷이 펼쳐진다. 고성이 오가고, 병실 안 텔레비전이며 냉장고며 침대까지 날아가고, 유리창이 깨지고……. 욱하는 아빠의 성격에 어쩌면 살인까지 날는지도 모른다. 그럴 가능성이 99.9프로다. 끔찍스런 광경의 상상에 내 얼굴이 담뱃갑처럼 구겨진다. 띨새도 완전 송충이 씹는 표정이다. 마침내 아빠가 병실 문 앞에 멈춰 선다. 나와 띨새도 걸음을 멈춘다. 동시에 내 심장도 멎어 버린다.

11장
...
나는 길나래이니까!

장례식장에는 향불 연기가 꼬불꼬불 피어올라 사방으로 퍼진다. 향불 연기를 따라 무겁고 엄숙한 분위기도 넓게 번져 나간다. 말소리는 들리지 않는다. 훌쩍이는 소리만 간간히 정적을 흔들 뿐. 검은 상복 차림의 유가족들은 영정 사진 앞에 고개를 숙이고 서 있다. 모두 슬픔이 가득한 표정이다. 그들과는 달리 하얀 국화꽃으로 장식된 영정 사진 속의 주인공만 목련꽃처럼 밝게 웃고 있다.

도대체 사람은 왜 죽을까? 죽음이란 과연 무엇일까? 친할머니가 돌아가셨을 때, 그때는 너무 어려서 나는 죽음에 대한 생각조차 하지 못했었다. 그러나 요즘에는 종종 죽음까지도 깊이 있게 생각하곤 한다. 물론 생각한다고 해답을 얻는 건 아니다. 지금도 나는 유가족들의 흐느낌 소리를 들으며 머릿속에 죽음을 떠올리고 있다. 내 또래의 아이들이 극단적인 선택을 했다는 뉴스를 본 기억도 떠오른다. 그런 보도를 접할 때마다 가슴에 구멍이 뻥뻥 뚫리는 기분이었다. 그 애들은 왜 그런 선택을 해야만 했는지? 혹시 푸름이 그 애도? 또 골치가 지끈지끈 아파 온다. 에이! 아직 살날이 구만리인데! 그런 건 나중에나 생각해야겠다. 도리질을 두어 번 친다.

 이윽고 영결식이 시작된다. 그러자 딸들이 참고 있던 울음을 터뜨린다. 아들들도 눈시울을 붉힌다. 며느리들도 이따금 눈물을 삼키고 있지만 그다지 슬퍼하는 것 같지는 않다. 감정의 앙금이 아직도 남아 있는지 서로 슬쩍슬쩍 노려보기까지 한다.

 "이그! 결국은 저렇게 죽을 걸, 왜 그렇게 할퀴구 꼬집어 뜯구 깨물구들 그러는지 원! 사는 날 동안이라도 사이좋게 살지 못하구. 쯧! 쯧! 쯧!"

 엄마가 텔레비전 드라마에서 눈을 떼고 내가 싸 놓은 김밥을 본다.

 "어구! 그새 많이 쌌네? 잘 싸네, 우리 나래!"

 부드러운 목소리에 웃는 표정으로 칭찬을 한다. 하지만 곧, 얼굴을 일그러뜨리고 벌떡 일어난다. 일어나자마자 안방으로 쿵쿵 걸어간다. 가서는 벼락같은 고함을 내지른다.

 "이 웬수야! 얼렁 일어나! 얼렁!"

너무 큰 외침에 깜짝 놀라 나는 김밥 싸는 동작을 멈춘다.

"개 버릇 남 못 준다더니. 니 아빠 저 꼬라지 좀 봐라, 나래야!"

안방에는 아빠가 큰 대자로 누워 코를 골고 있는 중이다. 어젯밤에 아빠는 술이 고주망태가 되어 들어왔다. 들어와서부터 잠들 때까지 큰 소리로 반복해서 자랑을 해 댔다. 신용복덕방 고스톱 판에서 뒷패가 잘 맞아 돈을 꽤 많이 땄다는 말이었다. 그래서 한턱 크게 냈다며 밤새 중얼거렸다. 피히! 많이 따 봤자 칠, 팔천 원이지! 막걸리 값도 안 되는. 나는 속말을 하고 피식 웃었다. 진짜 돈을 따는 사람은 그 복덕방 사장이라는 걸 나는 안다.

고등학생이 되어서도 그 신용복덕방에 두어 번 아빠를 부르러 간 적이 있다. 그곳은 아빠 또래의 동네 아저씨들이 모여 심심풀이 고스톱을 치는 장소다. 살펴보니 장사가 잘 안 되니까 어쩔 수 없이 그리로 모이게 되는 것이었다. 고스톱을 치면서 그들은 죽은 경제가 어쩌고, 부패한 정치가 저쩌고, 울분을 토해 냈다. 그렇게 모여 있는 아저씨들을 보고 나는 그들도 더 큰 누군가에 의해 버려진 유기견 같다는 생각을 했었다.

"얼렁 싸야겠다. 시간이 벌써 저렇게 되었어!"

아빠 깨우기를 포기한 엄마가 다시 거실로 와서 나를 돕는다.

"그러게 타고난 천성은 바뀌는 게 아니라니까. 속 터져, 증말!"

아빠한테 바통을 이어받았는지, 지금은 엄마가 비 맞은 중처럼 끝없이 중얼거린다. 구운 김 위에 흰 쌀밥을 펼치면서도 잠시도 입을 쉬지 않는다. 2년 전 병원에 입원해 있을 때 하루에 대여섯 마디밖에 못했던 게 한이 맺힌 모양이다.

"차라리 개가 낫지! 개는 술도 안 먹구 화투도 안 치잖아? 집도 지키구. 그런데 저 웬수는 대체 어디다 써먹니? 이쁜 구석이라구는 눈을 까뒤집구 찾아봐도 없으니. 에휴!"

나는 말을 많이 하는 엄마가 좋다. 그것은 엄마가 건강하다는 증거니까. 대신 요즘은 내가 말을 많이 안 한다. 집안일로 누구에게 삐쳤다거나 학교 공부로 스트레스를 받아 그런 건 아니다. 그리고 교우관계가 원만치 않아 그런 것도 절대 아니다. 집안 생활도 학교 성적도 교우 관계도 다 양호하다. 그냥 저절로 입이 무거워져 말문이 자주 안 열릴 뿐이다. 지난 3월 고등학생이 되고부터이다. 원하는 학교가 아니었고 거리도 멀어 등하교하기가 약간 불편할 뿐, 나는 학교 가는 게 즐겁다.

아무튼 말을 많이 안 하는 걸 보고 엄마는 내가 철이 들었단다. 뭐 그런 것 같기도 하다. 말을 적게 하는 대신 나는 생각을 많이 한다. 무엇이든 곰곰이 생각하고 또 생각하는 게 취미가 되어 버렸다.

"너는 나중에 절대 저런 남자랑 결혼하지 마라. 그랬다가는 니 인생 완전 쫑 난다. 쫑 나! 꼭 명심해야 돼?"

나는 대답을 않고 그냥 웃고 만다.

"남자는 뭐니뭐니 해도 생활력 있구 돈 잘 버는 게 최고야, 최고! 이것아!"

김밥을 다 쌌다. 나는 그것을 들고 주방으로 가고, 엄마는 또 안방으로 들어간다.

"증말 안 일어날 거야?"

들어가자마자 아빠를 흔들고 꼬집고 하더니, 기어코 일으켜 앉힌다.

"오늘이라구 내가 입이 닳도록 말했는데. 어제도 그렇게 코가 삐뚤어져 가지구 들어와? 엉?"

"아! 왜 이라능겨? 나, 좀 더 자야 혀!"

"벌써 해가 머리 꼭대기에 와 있어! 가서 세수부터 해!"

엄마는 도로 누우려는 아빠 팔을 잡고 개처럼 질질 끈다. 아빠가 방문 앞까지 끌려온다. 그러더니 한쪽 팔로 문기둥을 잡고서 죽어라 버틴다. 엄마가 몇 번 애를 쓰다가 힘이 부쳐 잡은 팔을 놓는다.

"안 가려면 그만둬! 나랑 나래하고만 갈 거니께!"

"아, 어딜 가는데 식전 댓바람부터 이 난리를 부리능겨?"

"뭐? 어딜? 오늘이 그날이잖어, 이 지긋지긋한 인간아?"

"그날이라니? 그라믄 오늘이 내 생일이여?"

아빠가 반색을 하며 바르게 앉는다. 고개를 치켜들어 벽에 걸린 상호신용금고 달력을 본다. 게슴츠레하던 눈동자가 금세 생태 눈처럼 똥그랗게 변해 있다.

"뭐? 생일? 똥개 눈에는 똥만 보인다더니. 나 원 참! 쯧! 쯧!"

아빠를 한심하다는 듯 내려다보며 엄마가 혀를 끌끌 찬다. 아빠가 나에게로 눈길을 돌린다.

"야, 나래야! 대체 오늘이 무신 날인데, 니 엄마가 이리케 발광을 허는 거여? 미친년 널뛰듯이 말여!"

"뭐뭐? 무슨 년? 이 웬수가 이제……."

엄마가 두 주먹을 허리에 턱 걸치고 눈을 부라린다. 금방이라도 달려들어 아빠의 전신을 마른 북어 뜯 듯 꼬집어 뜯을 기세다.

"아, 그라믄? 지 신랑보구 똥개라구 허는 건 잘허는 짓여?"

진도가 더 나가기 전에 내가 얼른 끼어든다.

"오빠 공사 1차 시험 보는 날이잖아? 오빠는 벌써 아까 갔어."

"아차! 그렇지! 이런! 이런! 내 증신이 이거……. 아, 환갑이 될려믄 안즉두 육십 리가 남았는데, 와 이리케 깜빡깜빡헌댜? 저기 육거리에 고장 난 신호등두 아니구 말여!"

"왜는 뭐가 왜야? 술을 많이 처먹어서 그렇지! 이 웬수야!"

벌떡 일어나 화장실로 뛰어가는 아빠 뒤통수에다 대고 엄마는 연속해서 말 펀치를 날린다.

"아, 왜 그리케 꾸물대는 겨? 관절염 앓는 굼벵이 시끼 모냥! 얼렁 얼렁 서둘러야 햐. 이러다가 늦것어."

현관에 서서 아빠가 재촉을 한다. 무더운 날씨에 양복을 꺼내 입고 넥타이까지 맨 차림이다. 신발장에 처박아 두었던 구두도 닦아 신어 그 광택에 눈이 다 부시다.

"그렇게 입으니까 아빠 멋지다!"

"이래 봬두 말여! 나두 옛날에는 한 인물 한 사람이여. 그 저, 뒷패가 안 맞아서 그렇지."

"그 뒷패 타령 그만 좀 하구, 이 보따리나 들어!"

엄마가 김밥 보따리를 아빠에게 건넨다. 엄마도 제법 잘 차려입었다. 헐렁한 쑥색 원피스에 흰색 허리띠를 매 나름대로 우아해 보인다. 오래 전에 어느 손님이 수선 의뢰를 해 놓고 찾아가지 않은 것을 내가 손 좀 본 거다. 그리고 양쪽 귓불에 단 귀고리는 지난번에 내가 엄마 생일 선물로 사 준 것이다. 원피스 색깔과 맞도록 녹색의 인조 에메랄드로 골랐다. 직사각형 모양이 엄마의 길쭉 갸름한 얼굴과도 잘 어울린다.

"똥자야!"

똥자를 부른다.

"똥자야, 이리 와 봐."

거실 소파 옆에 앉아 있던 똥자가 뒤뚱뒤뚱 다가온다.

"똥자야! 너, 집 잘 보고 있어야 돼?"

똥자가 알았다고 꼬리를 흔든다. 아빠가 독꾸라고 대충 부르던 것을 내가 정식으로 이름을 붙여 주었다. 바로 내 별명이었던 똥자를 독꾸에게 넘겨준 것이다. 식구들도 모두 독꾸를 똥자라고 부른다. 지지난 달에 똥자는 새로 들여온 코다리를 한 묶음이나 뜯어 먹어서 엄마한테 흠씬 두들겨 맞았다. 그 이후 집에 데려다 놓은 것이다.

"똥자 저거 살 좀 빼야 되는데. 니 아빠가 가게에서 이것저것 마구 던져 줘서 저렇게 살이 찐 거야. 디룩디룩한 게 개 새낀지 돼지 새낀지, 원!"

"아, 쇠꼬챙이마냥 빼짝 마른 것보담 보기 좋구만 뭘 그랴? 똥자야, 오줌 아무데나 깔리지 말구, 도둑눔 오믄 무조건 씨게 물어뜯어야 햐! 요즘은 도둑눔들이 사방천지에 깔렸단 말여! 큰 도둑눔, 중간 도둑눔, 작은 도둑눔, 새끼 도둑눔. 에이! 퉤! 퉤!"

처음에 아빠가 무심천에서 주워 왔을 때에 비하면 똥자는 두 배 반 정도 몸무게가 늘어났다. 그때는 정말 피골이 상접해 마치 뼈다귀가 굴러다니는 것 같았는데. 나는 똥자가 입고 있는 옷을 흐뭇하게 바라본다. 엄마가 옷 수선할 때 모아 둔 쪼가리 천을 이어 붙여서 내가 드레스로 만들어 준 거다. 목둘레에 잔잔한 주름 형태의 프릴 칼라도 달아 제법 예쁘다. 닭털뽑기 기계에 들어갔다 나온 것처럼 똥자는 털이 듬성듬성 빠져 보기 흉했었다.

"똥자야! 너, 내가 해 준 옷 입으니까 정말 예쁜데!"

나는 똥자의 머리를 부드럽게 쓰다듬어 준다. 찰거머리 같았던 내 별명을 이어받았으니 진짜 예쁘고 귀엽다. 똥자 덕분에 나는 꿈도 생겼다. 개 옷 디자이너가 바로 내 꿈이다. 해 보니까 소질도 있었고 또 그 일이 즐거웠다. 얼마 전 학교에서 장래희망을 조사했을 때, 나는 개 옷 디자이너라고 당당히 써 넣었다. 대학도 관련학과로 진학을 해서 나중에 청주 번화가에 개 의상 전문 가게를 차릴 것이다. '강아지 왈츠'라고 가게 이름도 벌써 정해 두었다. 다른 애들은 뭐가 되겠다느니, 뭐를 하겠다느니, 거창하고 원대한 꿈들을 적어 냈다. 선생님은 꿈이 커야 행복도 커지는 거라는 말을 했다. 정말 꿈이 크면 행복도 그만큼 커지는 걸까? 고개를 가로젓는다. 나는 나의 이 조그마한 꿈을 소중히 가꾸고 키울 것이다. 그래서 나중에 돈을 좀 벌면 개 요양원을 별도로 마련해 늙고 병들어 버림받은 개들을 거둬서 보살펴 주고 싶다.

김밥 도시락을 싸 들고 집을 나선다. 엄마는 살이 많이 빠져 발소리가 가볍다. 무려 15킬로나 빠져 전혀 뚱뚱해 보이지 않는다. 나 역시 6킬로나 빠졌다. 내가 보기에 이제 나는 뚱뚱은 아니고, 통통도 아니고, 동동한 수준이다. ㅋㅋㅋ! 이만하면 됐다. 스스로 만족한다. 세상에는 살이 좀 붙은 여자도 있어야 하니까. 그리고 키는 4센티나 더 컸다. 더욱이 마음은 40센티도 더 컸다. 정말이다.

문제는 내가 아니라 똥자다. 똥자는 아주 심한 과체중이다. 옛날

버릇이 있어서 엄마는 아직도 음식을 많이 한다. 하지만 먹는 사람이 없어 반 가까이 남는다. 남는 건 전부 똥자에게 주어 버린다. 엄마는 똥자를 우리 집 음식물 처리기로 여기고 있다. 이제부터 똥자도 슬슬 다이어트를 시켜야겠다. 나처럼 동동한 수준이 될 때까지.

석교 육거리 교차로에서 시내버스를 타고 공군사관학교로 향한다. 충청 지역 응시생은 공사 본교에서 시험을 보기 때문이다. 승객이 별로 없어 버스가 널찍해 보인다. 나는 버스 뒤쪽의 한 좌석을 유심히 살핀다. 입가에 수줍은 미소가 맺힌다. 가슴도 조금 두근거린다.

눈길을 창밖으로 돌린다. 아주 더운 날씨지만 창문으로 바람이 들어와 그리 덥게 느껴지지 않는다. 길가에는 일찍 피어난 코스모스가 하늘하늘 손을 흔든다. 바둑판처럼 이어진 논에는 벼들이 땡볕 속에 서서 금빛으로 영글고 있다.

"아이구! 아츰을 안 묵었드니, 속두 쓰리구 배두 고푸구. 이거 안 되긋어!"

아빠가 보따리를 풀어 김밥을 꺼내 먹는다. 아빠는 술이 덜 깨 여전히 헤롱헤롱한 상태다.

"이 웬수야! 김밥을 여기서 꺼내 먹으면 어떡해?"

"배가 너무 고파서 하늘이 노랗다니께. 지금 묵는 대신 이따가 내가 묵을 몫을 안 묵으믄 되잖여? 안 그려?"

앞좌석에 나란히 앉은 엄마는 아빠 어깨를 때리고 허벅지를 꼬집고 생난리다. 그러거나 말거나 아빠는 꾸역꾸역 먹을 만큼 먹는다. 저렇게 허구한 날 구박을 하면서도 나는 엄마가 아빠를 사랑한다는 걸 안다. 아빠 역시 매일 웬수 소리를 듣고 있지만 그 누구보다 엄마를 사랑한다. 겉보기에는 날마다 치고 박고 싸우는 것 같아도 그 사랑의 뿌리가 깊다는 걸. 그것을 나는 2년 전 엄마의 병원 입원을 계기로 깨닫게 되었다.

 드디어 공군사관학교 입구에 도착한다. 시내버스에서 내려 교문으로 다가간다. 이미 수험생 학부모들이 꽤 많이 와 있다. 애완견을 예쁘게 꾸며서 안고 온 귀부인 타입의 아주머니들도 눈에 띈다. 주차장에는 고급스런 승용차들이 빼곡하다. 유명한 외제차도 여러 대 보인다. 몇몇 사람들이 몰려 차 구경을 한다. 하지만 나는 이제 부자들을 무턱대고 부러워하지 않는다. 부자다운 부자만 부러워한다.

 "경제는 죽어 자빠졌다면서 외제차는 더 많아졌네! 에구! 팔자도 원! 남들은 저렇게 삐까번쩍한 고급 승용차를 타고 왔는데, 나는 이 나이에 저 고물 시내버스를 타고 털털털 굴러왔으니."

 엄마가 고가의 승용차들을 바라보며 투덜거린다. 아빠가 김밥 보따리를 다른 손에 바꿔 들더니 한마디 한다.

 "아, 조금만 기다리라고 혔잖어! 나도 이제 곧 인생 뒷패만 떡허구 맞으믄 말여! 당신 팔자가 그날루다가 함박꽃마냥 홀라당 피는 거란 말이여. 아, 그리케 되믄 저런 외제 승용차가 문제여? 저런 건 두세대를 한꺼번에 사서 우리 똥자 개집으루다 쓸 수두 있는 겨!"

 비록 뻥이라고 해도, 나는 아빠의 큰소리가 마음에 든다. 어디서든 주눅 들지 않는 모습이 좋다. 하지만 엄마는 그게 아닌 모양이다. 살쾡이 얼굴을 하고 손톱을 세운다.

 "뭐야?"

 "어디 그뿐이여? 내가 당신 명의루 서울 강남에다가 오십 층짜리 뻴딩을 지어 줄 팅께, 얌즌히 쪼곰만 더 기둘리구 있으란 이 말이여! 나두 다 생각이 있구 계산이 있는 사람이닝께! 으흠!"

 "그 주딩이 좀 닥쳐! 확 잡아 뜯어 놓기 전에, 이 웬수야! 뒷패는 무슨 얼어 죽을 놈의 뒷패야?"

 엄마는 주먹까지 흔들어 보이면서 아빠를 윽박지른다. 아빠가 빠른 걸음으로 교문 안으로 달아난다. 엄마가 뒤쫓는다.

 "내가 빈말루다가 그러는 게 즐대 아니여! 이제 뒷패가 맞을 때가 거진 되얐단 말이여!"

 달아나면서도 아빠는 뒷패 타령이다.

 아빠의 뒷패라는 게 대체 뭘까? 키 큰 나무들을 보며 잠시 생각한다. 언젠가 술에 취해 횡설수설하던 아빠 말이 떠오른다. '저짝 우암산 태극 선녀가 날보구 뭐라구 혔는지 알기나 허능겨? 내가 말여. 늘그막에 말여! 자식 복허구 재물 복이 태산보담두 더 클 관상이라는겨! 아, 증말루 그랬다닝께!' 그로 미루어 짐작컨대 아빠의 뒷패는

서울 간 오빠 253

오빠인 것 같다. 혹시 나도 그 뒷패에 포함될는지도 모른다. 어떻든 나는 아빠처럼 무작정 뒷패를 기다리지 않을 것이다. 내 스스로 그 뒷패를 만들어 갈 작정이다. 저 앞 나무 그늘에서 엄마 아빠가 자리를 잡고 손짓을 한다. 나는 알았다고 신호를 보낸다.

돗자리를 펴고 앉아서도 엄마 아빠는 또 티격태격한다.

"저쪽으로 멀리 떨어져 앉아! 더워 죽겠는데 왜 찰싹 붙어 앉구 지랄이야?"

"당신, 그렇게 입으니께 너무 이뻐서 그라능겨. 귀고리두 이쁘구, 살두 마침맞게 빠지구 말여. 옛날 처녀적이랑 비스므리 허구만그랴! 으허허!"

"비스므리는 또 뭐야? 똑같으면 똑같은 거지!"

"아녀! 똑같지는 않어. 흰 머리카락두 많이 생기구 얼굴에 주름두 많아지구."

아빠가 엄마의 머리에 손을 뻗어 흰 머리카락을 뽑아 주려고 한다. 보니까 흰 머리칼이 제법 많다.

"아, 저리 좀 가!"

엄마가 기겁을 하며 아빠를 밀친다.

엄마한테 그렇게 구박을 당하면서도 아빠의 푼수 짓은 그칠 줄을 모른다.

"아, 이거 쐬주 한 병 사올 걸 그랬나벼. 입이 심심헌 기 영 저거

허구만 그랴."

"이 웬수야, 제발 좀 어른답게 행동해! 어째 그렇게 믿음직한 구석이 한 군데도 없어? 응?"

그래도 나는 아빠를 믿는다. 저렇게 푼수 짓을 해서 엄마한테 매일 구박을 받고 있지만 우리 가족에게 위기가 닥치면 또 발 벗고 나설 것이다. 내가 언제 그랬냐는 듯이 술을 끊고 가족을 위해 전력을 다할 것이다. 엄마가 입원해 있는 동안 아빠는 가게를 고쳐서 넓혔고 단골손님도 많이 확보했다. 당연히 매출도 늘어 엄마가 아르바이트 삼아 하던 옷 수선일은 집어치운 지 오래다. 그리고 허리가 쿡쿡 쑤시고 어깨가 저릿저릿하다는 아빠의 말은 사실이었다. 꾀병이 아니었다. 엄마가 퇴원을 하기 전전 날, 대대적인 집안 청소를 하면서 나는 문갑 서랍 속에 깊숙이 들어 있던 진통제 약병을 발견했었다.

"여보! 우리 길감찬 장군님은 지금 시험 잘 보구 있것지? 구경 한 번 가 볼까?"

"시험장 쪽은 접근 금지라구 써 있잖아?"

"시험장에 들어간다는 게 아니여! 그냥 저짝으로 해서, 저짝, 저기 까정 한 바퀴 쭉 돌아볼라구 그랴. 나라에서 짓구 운영허는 사관핵교라 그런지, 핵교가 널찍허니 참말루 크구 좋구만 그랴!"

다행히 오빠의 학교 성적은 상위권을 아슬아슬하게 유지하고 있어서 오빠 담임이 공사 응시 원서를 써 주었다. 조금 불안하기는 하지만 나는 오빠가 최선을 다하기를 빈다. 붙으면 좋고 떨어져도 계속 오빠를 응원할 것이다. 교정을 어슬렁어슬렁 걸어 구경하던 아빠는 시험장인 본관 건물 출입문 앞으로 다가간다. 거기서 닫힌 문을 바라보며 움직임 없이 서 있다. 그 장면에 재작년 병실 문 앞에 서 있던 아빠의 모습이 떠오른다. 그날 그 순간을 생각하면 아직도 등골이 오싹해진다.

그날, 아빠는 병실 문을 열려고 손을 뻗었다. 하지만 이내 멈췄다. 멈춘 자세로 약 7, 8초 정도 가만히 있더니 갑자기 몸을 돌려 우리 쪽으로 걸어왔다. 기적이었다. 떨리는 목소리로 내가 물었다.

"아, 아빠! 왜?"

"이 추어탕 좀 들구 있어!"

"갑자기 왜 그러세요, 아버지?"

두 눈을 수박만 하게 뜬 띨새의 질문에 아빠는 부자연스런 웃음을 잠깐 지었다. 그리고 무거운 목소리로 대답했다.

"화장실에서 담배 좀 한 개비 피우구 들어가려구 그랴!"

"담배를요?"

"그려! 니 엄마 담배 냄새 싫어하잖여?"

"아까 저 아래서 피우고 올……."

"배두 살살 아픈 기, 몸이 영 저거햐!"

아빠는 띨새한테 추어탕 보따리를 넘기고 화장실로 어기적어기적 들어갔다. 엄마 병실에는 화장실이 별도로 딸려 있는데, 이상한 행동이었다.

어떻든 우리는 하늘이 도왔다고 생각하며 병실로 후다닥 뛰어 들어갔다.

"엄마! 엄마! 큰일 났어! 아빠 왔어, 아빠!"

"으잉?"

엄마는 깜짝 놀라 잡고 있던 김민호 아저씨의 손을 놓았다.

"아니? 그 웬수가 왜 이 시간에 와?"

당황한 엄마는 엉거주춤한 자세로 서서 안절부절못했다. 당황을 하기는 김민호 아저씨도 마찬가지였다. 출입문을 찾지 못해 창문으로 다가가 우왕좌왕했다.

"아저씨! 빨라 나가셔야 합니다. 빨리요!"

"빨리 가세요! 우리 아빠 들어오면 이 자리에서 맞아 죽어요."

띨새가 김민호 아저씨를 끌다시피 해서 밖으로 데리고 나갔다.

"오빠! 민호 옵빠!"

엄마는 애절하게 아저씨를 불러 댔다. 평생 잊지 못할 눈물의 생이별 장면이었다.

"엄마, 정신 차려! 아빠 왔다니까."

나는 엄마를 매섭게 째려보며 소리쳤다.

"빨리 누워서 이불 덮어!"

"응! 그래! 그래!"

엄마가 침대에 눕자 홑이불을 머리끝까지 덮어 주었다.

"앓는 소리를 좀 내! 빨리!"

"알았어! 에고! 에고고!"

그런데 아빠는 좀체 들어오지 않았다. 30분이 지났는데도 나타나지 않았다.

나중에 알았지만 아빠는 상황을 눈치채고서 자리를 피해 준 것이었다. 그래 놓고 시치미를 뚝 뗀 채 여태껏 모르는 척해 줬다. 멋진 아빠다. 그리고 엄마의 첫사랑 오빠 칠보 자전차포 김민호 아저씨는 오빠가 나머지 돈 10만 원을 건네주자 5만 원만 받고 5만 원은 돌려주었다고 한다. 이유야 어떻든 자기가 약속 시간보다 늦게 왔다면서 그랬다는 말이었다. 다양한 모습으로 서울에 살고 있던 김민호 아저씨들이 한 명 한 명 떠오른다.

"여보! 여보! 어여 도시락 펴 놔! 여기 우리 길감찬 장군님께서 나오셨단 말이여! 길 장군님 나오셨다구!"

저 멀리서 아빠가 고래고래 소리치며 다가온다. 연병장이 쩌렁쩌렁 울린다. 나무 그늘에 앉아 있던 학부모들이 와르르 웃는다. 몇몇 사람은 박수를 쳐 주거나 손을 흔들어 주기도 한다.

"엄마! 나래야!"

"어, 그래! 우리 아들 시험 잘 봤어?"

"오빠, 시험 잘 봤어?"

"응! 여태까진 잘 봤어! 이젠 남은 한 과목 수리만 잘 보면 돼!"

"김밥 먹어, 오빠! 내가 싼 거야!"

오빠가 김밥 한 개를 집어 입에 넣고 우적우적 씹는다.

"어때? 맛있어?"

"응! 맛있다. 정말 맛있다!"

오빠는 제법 남자 티가 난다. 키도 커지고 덩치도 커지고, 콧수염이 시커멓다. 게다가 눈빛이 깊고 날카로워 야성적 매력도 풍긴다. 아빠를 빼다 박았다.

"나래야, 너도 어서 먹어!"

"아니야. 나는 됐어!"

"왜? 너, 살 그만 빼도 되는데?"

"그게 아니라, 그럴 일이 있어. 오빠, 많이 먹어."

오빠를 보니 중 2 때 같은 반이었던 푸름이 생각이 난다. 결국 나는 오빠에게 푸름이를 소개시켜 주지 않았다. 그 애를 너무 잘 알기에 오빠 마음에 상처를 주고 싶지 않아서였다. 푸름이가 오빠를 좋아하는 것도 아니었고.

그 당시 담임과 나는 반 아이들에 의해 철저히 왕따를 당했다. 그런데 담임은 자기만 왕따를 당하는 줄 알고 있었다. 내가 말을 안 해서였다.

"어떻게 이런 일이 있을 수 있니? 너희들 무엇 때문에 이러는 거니? 이게 도대체 말이 된다고 생각하니?"

어느 날 담임이 황당하다는 표정으로 아이들을 나무랐다.

"반 아이들이 자기 담임을 왕따시키는 경우가 세상에 어디 있니? 내, 교직 생활 십육 년 만에 이런 경우는 처음 당해 본다. 처음 당해 봐! 나, 정말 교직 생활에 회의를 느낀다, 회의를. 너희 이런 경우 본 적 있니?"

반장과 부반장을 포함해서 반 아이들 거의가 한통속이었다. 담임의 물음에 대답도 잘 안 하고, 한다 해도 담임과 눈을 맞추지 않았다. 그 모든 게 푸름이의 간사한 짓거리 때문이었다. 당시 푸름이는 우리 반 분란의 상징이었고 주범이었다.

"야! 니네들, 담임 그 백여우가 저 똥자를 왜 귀여워하는지 알아?"

"몰라! 똥잘 왜 귀여워하는데?"

"니네, 놀라지 마!"

"말해 봐! 안 놀랄 테니까!"

"백여우랑 저 똥자랑 동성연애를 하는 사이야!"

나 들으라고 푸름이는 일부러 크게 말했다.

"뭐? 뭐?"

"어머나! 정말?"

"그래! 저번에 내가 봤어! 학교 뒤 벤치에서 서로 꼭 껴안고 키스를 하는 걸 내가 분명히 봤어. 나 혼자만 본 게 아니야. 수연이하고 소향이, 은지, 인애, 다 같이 봤어! 그치 수연아?"

수연이도 맞장구를 쳤다. 오히려 푸름이보다 한 술 더 떴다.

"응! 정말 봤어! 둘이 얼마나 꼭 끌어안고 키스를 오래 하는지 민망해 죽는 줄 알았어! 똥자 쟤, 이빨 안 뿌러졌나 몰라! 으흐흐흐!"

"어쩐지! 똥자가 결석을 그렇게 많이 했는데, 영어 성적은 별로 떨어지지 않았잖아? 그래서 내가 둘 사이에 뭔 짬짜미가 있구나, 했지!"

"그러게 말야. 백여우가 틀림없이 시험문제를 미리 알려 줬을 거야."

아이들은 매일 매시간 큰 소리로 수군거렸다. 담임이랑 내가 동성 연애를 하다니? 얼굴이 화끈거려 나는 아무 말도 할 수가 없었다.

방학을 며칠 앞둔 어느 날 담임이 교무실로 불렀다.

"나래야, 나도 소문 들었어. 나, 참 별 해괴한······."

담임은 너무 기가 막혀 말이 안 나온다는 표정이었다.

"넌 너무 신경 쓰지 마! 사춘기 여자애들이란 으레 입이 가볍고 뻥튀기가 심한 거 아니니? 시기 질투도 강하고."

나는 가볍게 고개를 끄덕거렸다. 맞아요! 아직 덜 커서 그런 거죠, 뭐! 그 말이 내 혀끝에 매달려 대롱거렸다.

"근데 누가 그따위 소문을 자꾸 퍼뜨리는 거니? 반장도 부반장도 모른다고만 하고. 뭐, 대충 짐작을 하고는 있지만. 넌 확실히 알고 있니?"

"아, 아니요. 저도 잘 몰라요."

확실히 알고 있었다. 그러나 모른다고 대답했다. 알고 있다고 해도 고자질을 하고 싶지는 않았다. 그러면 또 반 애들이 미친개 떼처럼 달려들어 나를 물어 댈 테니, 차라리 입을 다물고 있는 게 나았다.

"내가 자세히 살펴보니까, 우리 반 애들이 지난 오월 초부터 서서히 갈라지더니, 유월 중순에 가서 크게 두 패로 나눠진 것 같았어."

그건 맞는 말이었다. 언제부턴지 아이들이 두 패로 갈라져 서로 으르렁거리고 있었다. 바로 푸름이 패와 빛나 패였다. 물론 부잣집 아이인 푸름이 패가 가난한 집 아이인 빛나 패보다 훨씬 더 많았다. 반 아이들 60퍼센트 정도가 푸름이 패였고 30퍼센트 정도가 빛나 패였다. 나머지 10퍼센트 중 반은 양쪽 패에 다 속한 양다리들이었고, 또 다른 반은 이 패도 저 패도 아닌 중립족들이었다. 나는 그 중립족에 속했다. 하지만 그 때문에 나는 양쪽 패로부터 다 왕따를 당해야 했다. 그런 사실을 담임도 어느 정도 감을 잡고 있는 눈치였다.

"요즘 애들 정말 골치 아프다. 골치 아파! 우리가 여학생 때는 서로 티격태격하기는 했어도 이렇게 패가 나뉘어 교실 분위기를 장기간 망치는 경우는 없었거든!"

담임이 두 눈을 질끈 감고 머리를 흔들었다.

"그렇다고 내가 나서서 강제로 화해를 시킬 수도 없잖니? 뭐 때문인지를 모르니까 통하지도 않을 거고, 오히려 역효과만 나서 더 나쁜 일이 생길 수도 있고. 안 그러니?"

그냥 내버려 두세요. 그냥 패거리 만들기 같은 거예요. 초딩 때도 그런 경우 봤거든요. 나는 그 말을 속으로 삼키며 묵묵히 있었다.

"아무튼 너, 걔들이 그런다고 너무 맘 상해할 건 없어. 네가 할 일만 성실히 하면 돼. 알겠니?"

"네! 선생님!"

이미 나는 반 아이들의 그런 짓거리를 유치찬란한 행위로 단정 짓고 있었다. 그리고 신경을 안 쓰려고 많은 노력을 기울였다. 때로는 내가 그들 전체를 왕따시키는 거라고 역으로 생각하기도 했다. 엄마 입원을 계기로 내가 부쩍 정신적 성장을 한 건지는 몰라도, 나는 정말 그 애들이 나보다 한참 어리게 보였다.

교실로 돌아가자 아이들이 집단으로 손가락질하며 비아냥거렸다. 당연히 푸름이가 선봉장이었다. 그리고 수연이가 그 애의 오른팔, 소향이가 왼팔이었다.

"저 똥자 저거, 백여우한테 고자질하고 오는 꼴 좀 봐!"

"완전 밥맛이야! 뷁!"

"똥자야, 백여우랑 벤치에서 키스하고 오는 거니? 프프프프!"

"기분 어땠니? 완전 뿅이었니? 으흐흐흐!"

그래! 니네 맘대로 생각해라. 싸가지 없는 계집애들아! 흥! 나는 속으로 콧방귀를 내쏘며 그 애들을 무시해 버렸다.

큰일이 터진 것은 여름방학이 끝나고 2학기가 시작되어 9월 중순이었다. 가을 체육대회 준비로 9월 초반부터 반 전체가 바쁠 때였다. 각 종목별로 반 대표 선수를 뽑고 어쩌고 하느라 오후 수업은 단축까지 했다. 담임은 체육대회를 기회삼아 양쪽 패를 화해시키려는 계획을 짜 놓은 것 같았다. 종목별 대표 선수를 양쪽 패에서 고르게 선발했다. 그리고 서로 섞여 앉아 응원을 하며 자연스럽게 화해가 되도록 노력했다.

하지만 그게 그렇게 쉬운 게 아니었다. 빛나가 체육대회 날부터 연속 사흘을 빠진 것이었다. 그러다 나흘째 되는 날 2교시가 끝나고 나서야 교실에 나타났다. 누렇게 뜬 얼굴에 눈동자가 흐릿하고 입술도 메말라 있었다. 한눈에 보아도 병색이 완연했다.

"빛나야! 너, 어디 아팠니?"

빛나 자리는 바로 내 뒷자리이기에 내가 물었다.

"응! 조금!"

"어머! 어디가 아팠어?"

"몰라도 돼! 감긴데 다 나았어."

빛나가 귀찮다는 듯 짜증기가 섞인 목소리로 대답했다. 나는 그러려니 하고 입을 닫았다.

그런데 바로 그때였다.

"흥! 감기 좋아하시네!"

옆줄에 앉아 있던 푸름이가 벌떡 일어났다. 그러더니 크게 떠들어댔다.

"너, 산부인과 갔다 온 거지? 거기서 낙태 수술하고 온 거 아냐?"

"뭐어?"

빛나도 벌떡 일어나 푸름이를 쏘아보았다.

1학기 중반부터 빛나가 임신을 했다는 소문이 나돌기는 했다. 그러나 빛나가 일절 대응을 하지 않자 그 소문은 슬그머니 수그러들었다.

"왜? 찔리냐? 내가 다 알고 있어, 네가 그렇고 그런 애라는 거."

"이게 정말!"

빛나가 푸름이에게 바짝 다가섰다. 두 눈에서 시퍼런 독기를 강하게 내뿜으면서였다. 하지만 푸름이는 조금도 기죽지 않고 더 빠르게 입술을 나불댔다. 아주 작정을 한 것 같았다.

"니가 째려보면 어쩔 건데? 임대 아파트에 사는 그지 깽깽이 주제에. 왜 며칠 더 산후조리 좀 하다 오지 그랬니? 멸치대가리 넣은 미역국도 졸라 많이 처먹고."

"너, 이 쌍년!"

욕설을 내뱉음과 동시에 빛나가 푸름이의 머리채를 움켜쥐었다. 푸름이도 빛나의 머리채를 마주 움켜잡았다. 그러고는 둘이 죽어라 흔들어 댔다. 양쪽 패거리들이 우르르 몰려들었다. 한동안 밀고 밀리며 머리채 싸움이 이어졌다. 서로 교복 상의가 찢어지고 머리카락이 뽑혔다. 시간이 흐를수록 전세는 빛나에게 불리해졌다. 푸름이의 마구잡이 공격에 수연이의 은근한 협공으로 빛나는 교실 뒤 사물함까지 밀려갔다. 이미 빛나는 입술이 터져 피가 흐르고 교복 치마까지 찢어져 아래로 흘러내린 상태였다. 어디 낙태한 배때기 좀 구경하자며 푸름이가 빛나의 치마를 낚아챘기 때문이었다.

"수학 샘 떴다!"

누군가의 외침에 싸움이 끝이 났다. 하지만 그 다음 날 담임이 새로운 싸움에 말려들었다. 4교시 무렵 푸름이 엄마와 아빠가 고급 승용차를 몰고 학교에 나타난 것이었다. 그들은 수업 중인 담임을 복도로 불러냈다.

"대체 담임이라는 사람이 뭐 하는 거예요?"

"예? 무슨 일이신데요?"

"어제 우리 푸름이가 학교에서 개떡이 되도록 맞고 집에 왔는데, 그것도 여태 몰라요?"

"어머머! 그래요? 저는 전혀 몰랐는데요!"

담임이 금시초문이라는 표정으로 대답했다.

"바로 이 교실에서 일어난 일인데 그걸 담임이 몰라요? 그게 말이 돼요? 뭐 이 따위 여자가 다 있어? 나 참 기가 막혀서. 대체 당신, 선생 자격이 있는 사람이야?"

"제 불찰입니다. 죄송합니다!"

"죄송하다면 답니까? 지금 우리 푸름이 쇼크를 받아 병원에 입원시키고 오늘 길입니다. 곧 당신하고 그 못된 깡패 같은 년, 고소할 테니 그리 알아요."

푸름이 엄마와 아빠는 담임에게 한참 동안 욕설과 삿대질을 퍼부은 뒤 돌아갔다. 교실로 들어와 어안이 벙벙한 얼굴로 우리를 바라보던 담임이 나는 너무 불쌍해 보였다.

그리고 10월 하순, 푸름이는 학교를 자퇴하고 다음 해 1월에 미국으로 유학을 가 버렸다. 미국 LA 한인 타운에서 이모가 대형 세탁소를 한다는 말이었다. 소문에 의하면 푸름이 교육 문제로 걔네 엄마 아빠가 대판 싸움을 벌여 이혼을 했단다. 그런데 서로 푸름이를 맡지 않으려고 해서 미국으로 보냈다는 것이었다. 완벽한 가족, 판타스틱 한 패밀리라고 내가 그렇게나 부러워했건만.

빛나 엄마도 학교에 몇 차례 찾아와 담임에게 거세게 항의를 하곤 했었다. 맞아서 상처가 난 건 빛난데, 못사는 집 딸이라고, 아버지 없는 아이라고 그렇게 차별을 해도 되느냐고 얼토당토않은 말로 담임을 공격했다. 빛나 또한 학교에 나오다 말다를 거듭하더니 11월 중순에 다른 학교로 전학을 갔다. 빛나는 아버지가 일찍 돌아가셔서, 청주 교대 일용직 청소부인 엄마와 단둘이 살고 있었다는 걸 나는 그때서야 알았다.

"자자! 얘들아! 우리 골치 아팠던 일 다 잊고 다시 시작하자! 새로 출발하는 거야. 알겠니?"

그 두 애가 그렇게 가 버린 후 어느 날, 푸름이 엄마 아빠와 빛나 엄마에게 동네북이 되어 호되게 시달렸던 담임이 모처럼만에 활짝 웃었다. 마법의 악몽에서 깨어난 오로라 공주의 얼굴이었다.

나는 그 당시 담임에게 아무런 도움도 주지 못했던 게 아직도 미안하다. 전화라도 한 통 해야지 하면서도 잘 되지 않는다. 당시 친구들도 보고 싶다. 아옹다옹하며 지냈던 아이들이었지만 돌이켜 보니 그래도 조금은 즐거운 시절이었다. 특히 푸름이의 몸종 역할을 충실히 했었던 수연이가 가장 생각난다. 그 애는 푸름이가 떠나가 버리자 끈 떨어진 연처럼 늘 기가 죽어 지냈다. 부잣집 딸 푸름이에게 빌붙어서 그렇게도 설쳐 대더니, 남은 중학교 생활 내내 주인 잃은 강아지 꼴로 이 애 저 애 눈치만 보는 모습이 몹시 처량했다.

지난 4월말, 푸름이가 미국 생활에 적응하지 못해 다시 한국으로 돌아왔다는 말을 들었다. 애지중지 사랑해 주던 엄마 아빠가 이혼을 하고, 자기는 버림을 받았다는 충격을 끝내 견뎌 내지 못한 것 같다. 가족에게, 더구나 부모에게 버림을 받는 일보다 더 슬프고 충격적인 일이 있을까? 그 애가 극단적인 선택만은 하지 말기를 마음속으로 빈다. 빛나에 관한 얘기는 들은 바가 전혀 없다. 그렇지만 괄괄한 그 애 성격으로 보아 잘 지내고 있을 것이라 믿는다.

"나래야, 젓가락 들고 뭔 생각을 그렇게 하는 거야?"

"응? 아무것도 아냐, 엄마! 그냥 옛날 생각 좀 했어!"

"김밥 안 묵으려믄 이 토마토라도 몇 개 주워 묵어. 포도를 묵든지. 다이어트 허다가 굶어 죽으믄 말짱 도루묵이 되는 거 아녀? 자, 얼렁!"

아빠가 방울토마토를 하나 집어 건네준다.

"우리 길 장군님도 하나 드시야쥬? 자!"

오빠한테도 한 개 건네고 아빠는 포도송이를 통째로 집어 든다. 한꺼번에 두세 알씩 따 입에 넣는다.

"뭐니뭐니 해두 말여! 여름에는 이 포도가 최구여, 최구!"

"이 웬수야! 그건 그냥 놔둬! 애들 좀 먹게."

엄마가 소리치며 눈을 흘긴다. 그러거나 말거나 아빠는 계속 포도알을 따 입에 넣는다.

오빠는 토마토를 우적우적 씹어 꿀꺽 삼킨 뒤, 청량음료로 입가심을 한다. 그리고 나서 또 김밥을 먹는다. 내가 싼 김밥을 맛있게 먹어 주니 고맙다. 식구 네 명이 모두 한 자리에 빙 둘러 앉아 있는 이런 시간이 나는 참 좋다. 한 때는 콩가루 집안이라며 그렇게도 싫어 했었는데 다시 생각해 보니 금가루 집안인 것 같다. 엄마, 아빠, 오빠를 차례로 살피다가 나도 방울토마토를 입에 넣는다. 가만가만 두어 번 씹었을까? 문자 도착 알람이 울린다. 스마트폰을 열어 확인한다.

- 나래야, 오늘 저녁 5시에 피자공주 알지? 만나서 문장대 등반 계획 구체적으로 세워 보자.

오빠다. 내 첫사랑 인디 오빠! 인디 오빠는 나의 첫 남자 친구다. 세 달 전 시내버스에서 알게 됐다. 누가 찻길을 무단 횡단 했는지, 갑자기 버스가 급정거를 하는 바람에 내가 그만 그 오빠한테 엎어진 것이었다. 아이돌 가수처럼 잘생기지도, 키가 크지도 않았지만 단정하고 반듯한 자세가 매우 호감이 가는 인상이었다. 다른 학생들은 게임을 하거나 음악을 듣기에 바쁜데, 그 오빠는 만원 시내버스에서 스마트폰으로 영어 단어를 검색하고 있었다. 그 우량과적인 모습에 그만 내가 뿅 넘어가고 말았다. 그야말로 마른하늘에 벼락을 맞은 느낌이었다. 그때 공교롭게도 나 역시 고등학교 입학 선물로 아빠한테 받은 스마트폰으로 영어 단어를 찾고 있었다.

참 묘한 인연이었다. 이제 와 고백하지만, 그날 나의 행동은 최소 40퍼센트쯤은 의도한 것이었다. 굳이 넘어지지 않아도 되는 상황이었으니까. ㅋㅋㅋ! 나는 엄마나 중 2 때 담임샘처럼 수동적이지 않고 능동적, 적극적으로 행동하고 싶었다. 인디 오빠는 고고학자 겸 탐험가가 되어 전 세계를 누비는 게 꿈이란다. 인디아나 존스라는 영화를 보고서 정한 꿈이라며 김원준이라는 이름대신 자기를 인디로 불러 달라고 정중히 부탁을 했었다. 처음엔 어색했지만 자꾸 부르다보니 입에 익어 괜찮아졌다. 인디 오빠는 내가 참 예쁘고 귀엽단다. 나도 내가 예쁘고 귀엽게 보인다. 예전에는 내 자신이 너무 밉고 보기 싫었었는데.

김밥을 우물거리는 엄마를 바라본다. 김밥을 씹는 턱의 움직임으로 에메랄드 귀고리가 살랑살랑 흔들린다. 그에 따라 녹색 광채가 반짝인다. 녹색 빛을 보며 잠시 생각에 잠긴다. 혹시 내 인디 오빠도 엄마 오빠처럼 어느 날 갑자기 서울로 전학 가는 거 아냐? 가경동에서 페인트 대리점을 하는 아버지가 적잖이 권위적이라는데? 설마 그러지는 않겠지! 속으로 후후 웃는다. 그리고 답 문자를 보낸다.

― 인디 오빠, 거기 말고 코스닭에서 만나. 우리 프라이드 통닭 먹자! 나, 요즘 집 나갔던 식욕이 다시 돌아오려나 봐. 닭 울음소리가 사방에서 들려. 그리고 이따 힘쓰려면 단백질 보충을 해 둬야 되잖아?

우리는 저녁때 무심천 산책로에서 2인용 커플 자전거를 타고 데이트를 하기로 약속했다. 데이트를 하면서 만난 지 100일 기념 이벤트를 구체적으로 짤 것이다. 이벤트란 별게 아니라, 속리산 문장대에 올라 사랑을 맹세한 쪽지를 바위틈에 끼워 놓는 일이다. 그렇게 하면 두 사람의 사랑이 영원히 변치 않는다는 이야기를 어느 잡지에서 읽었단다. 금시초문이었지만 나는 흔쾌히 함께 가기로 했다. 사실 나는 막내 외삼촌이랑 그곳에 올라가다가 중간에 포기한 적이 있다. 이번에는 끝까지 올라갈 각오다. 약 세 시간 동안 가파른 산길을 1054미터나 기어올라 가서 사랑의 맹세를 해 보기로.

지난 주말에는 인디 오빠와 둘이 페달을 밟으며 박물관, 드림랜드, 동물원을 거쳐 상당산성에 올랐었다. 상당산성 떡갈나무 그늘 아래 나란히 앉아 청주 시내를 오랫동안 내려다보았다. 간선도로와 외곽도로를 연결해서 본 청주 시내는 하늘에 떠 있는 비행접시 모양이었다. 인디 오빠와 함께 봐서 그런지 예쁜 타원형 모습이었다. 말이 나왔으니 말인데, 인디 오빠를 만날 생각을 하니 마음이 설렌다. 아! 사랑의 감정이란 이런 거구나! 가슴에 손을 얹고 심호흡을 한 차례 한다. 나는 중 2 때 담임선생님이 해 줬던 말처럼 예쁘고 향기로운 사랑을 할 것이다. 내 가슴속에서 영원히 보석처럼 빛날 사랑을.

정갈하게 잘 가꿔진 교정을 살피다가 시선을 별관 쪽으로 옮긴다. 별관 우측 화단에 아까는 미처 못 보았던 커다란 조형물이 우뚝 서 있다. 창공을 향해 수직으로 날아오르는 두 대의 전투기 모양이다. 나도 하늘을 날고 싶다. 미래를 향해, 꿈을 향해 힘차게 날아오르고 싶다. 아니, 반드시 날아오를 것이다. 나는 나래, 길나래이니까! 휴지로 손을 닦는다. 돗자리에서 일어난다. 한 줄기 시원한 바람이 뺨을 어루만지고 지나간다. 나에게 응원을 보내는 매미들의 합창 소리가 경쾌하고도 우렁차다.

작가의 말
...

    무겁고 우울한 주제의 글에서 벗어나 오랜만에 상대적으로 가볍고 상쾌한 글을 썼다. 그래서 그런지 슬럼프도 없이 쉽게 잘 써졌다. 5개월 남짓의 집필 기간 동안 나는 15세 사춘기 소녀가 되어 상상의 날개를 맘껏 펼쳤다. 즐거운 상상이었다.

    주인공 길나래는 자기 자신에 대한 불만은 물론 가족에 대한 불만, 친구에 대한 불만으로 똘똘 뭉쳐져 있다. 특히 오빠인 길감찬과는 거의 원수처럼 지낸다. 그런 나래가 병원에 장기 입원 중인 엄마의 마지막 소원을 들어주기 위해 서울행을 결심한다. 원수로 여기는 오빠와 불편한 동행을 하는 것이다.

나래는 서울 곳곳을 돌아다니며 여러 명의 어른들을 만나고, 또 위험도 겪으면서 세상을 보는 안목을 넓힌다. 그리고 오빠에 대한 미움을 거두고 형제애와 가족애, 나아가 자기애까지 갖게 된다. 이것이 이 소설의 외면적 줄거리이다.

　내면적으로는, 나래네 가정과 푸름이네 가정을 대비시켜서 가족에 위기가 닥쳤을 때 콩가루 집안과 금가루 집안이 어떻게 판명되는가? 라는 질문을 넌지시 던져 놓았다. 그리고 몇몇 가장들의 모습을 제시함으로써 정부의 바람직한 역할은 무엇인지, 또한 진정한 사랑이란 어떤 사랑인지, 작든 크든 꿈을 갖는 것이 삶에 어떤 영향을 주는지도 생각해 보게 하였다.

　아무튼 나는 이 소설을 통해서 우리 청소년들에게 자기애와 가족애를 잃지 말라는 메시지를 전달하고 싶었다. 그리고 소소하고 평범한 일상이 바로 행복이라는 말을 해 주고 싶었다. 특히 자기를 사랑하는 자기애自己愛를 가져야 한다는 말을 강조하고자 했다.

　자기를 둘러싸고 있는 불만스러운 환경은 시간이 흐름에 따라 조금씩 바뀌고, 또 스스로 어느 정도는 바꿀 수도 있는 것이다. 그러니 우리 청소년들은 환경적 요소에 너무 연연하지 말고 자기의 개성과 자기의 가치를 소중히 여기기를 바란다. 자기애야말로 세상을 긍정적, 적극적으로 살아가게 하는 에너지원이기 때문이다.

부족한 원고임에도 불구하고 흔쾌히 책으로 내 주신 도서출판 단비 김준연 사장님과 원고의 교정, 편집에 애를 써 주신 최유정 편집장님께 심심한 감사를 표한다. 그리고 바쁜 시간을 내어 지루한 원고를 미리 읽고 옥 같은 서평을 보내 주신 선생님들과 학생들에게도 고마움을 전한다.

2012년 여름 소양강변에서
양호문

부록

...

먼저 읽은 아이들의 이야기
《서울 간 오빠》 우린 이렇게 읽었어요!

　쓸데없이 무겁지 않고, 가볍게 부담 없이 술술 읽힌다. 크크크! 웃다 보면 어느새 마지막 장이다. 책을 덮고 나면 내 가족을, 나 자신을 오래오래 되돌아보게 만드는 참 매력적인 소설이다. 사춘기 중고생 후배들에게 제1 순위로 권해 주고 싶은 책이다.

박소윤 이화여대 수학교육과 1년

　똥자. 띨새. 이름부터가 재밌고 우습다. 내용 또한 배꼽을 움켜잡게 만든다. 두껍게 쌓여 있던 스트레스를 한 방에 날려 준다. 그러나 단순한 코믹소설이 아니다. 자기 자신을 사랑하라는 작가의 메시지가 슬며시 가슴에 새겨진다. 우리가 오랫동안 기다렸던 그런 소설이다.

손예지 충북 보은고 1학년

책을 읽기 시작해서 마지막 장을 넘길 때까지 눈을 못 뗐다. 마치 내가 썼던 일기를 보는 것처럼 솔직하고 자연스럽게 다가왔다. 이 책은 가슴 깊숙이 잔잔하게 인간미를 느끼게 해 주고 가족의 진정한 의미를 깨닫게 해 주었다.

백지현 서울 봉원중 3학년

행복한 가정이란 지적인 고상함이나 경제적 여유가 아니다. 가정에 위기가 닥쳤을 때, 합심단합해서 가정을 지키고 가꾸려는 노력임을 이 책을 통해 확실히 알게 되었다.

백승준 서울 행당중 3학년

딱 봐도 전혀 가망이 없는 콩가루 가족이 뜻밖에 닥친 고난과 역경을 헤쳐 나가면서 진정한 가족애를 느낀다. 나는 그들을 통해 가족 구성원들 간의 위안과 사랑에 대해, 그리고 그 중요성에 대해 깊이 깨닫게 되었다.

신은혁 서울 행당중 3학년

마치 내 친구인 양 친근한 나래네 가족의 모습에 읽는 내내 웃음을 멈출 수가 없었다. 유쾌한 웃음의 향연 속에서 잔잔한 감동과 깨달음도 느낄 수 있는 작품이다. 내 또래 독자들은 아마, 책을 덮은 뒤 엄마께 달려가 물을 것 같다. "엄마, 엄마의 첫사랑은 누구인가요?"

박아현 인천 계산여중 1학년

이 책은 나에게 나의 삶을 되돌아보게 해 주었다. 주어진 환경과 조건에 상처를 받고 힘들어만 할 게 아니라, 그것들을 통해서 나의 삶을 변화시키고, 나의 마음과 생각을 성숙시킬 터닝포인트(Turning point)로 삼아야겠다. 이젠 나를 에워싸고 있는 문제들과 당당히 맞짱 뜨고 싶은 용기가 생겼다. 나래야, 고맙다!

김하영 서울 봉원중 3학년

폭풍이 몰아치고 소나기가 내려도 언제나 한결같이 나를 비추는 등대 같은 가족. 시련을 딛고 올라서면 좀 더 환한 불빛이 되어 서로가 서로를 따뜻하게 해 주는 가족, 가족의 소중함을 생각하게 하는 따뜻한 책이다.

이건호 서울 구암중 3학년

환경과 성격이 나와 매우 흡사한 주인공의 변화를 보면서, 한층 성숙해진 미래의 나를 만난 것 같았다. 나와 닮은꼴인 주인공 나래에게 아낌없는 박수와 찬사를 보낸다.

김예리 서울 봉원중 3학년

42.195
단비 청소년 문학 42.195는
인생이라는 마라톤을 이제 막 시작한 청소년을 응원합니다.
넘어지고 상처받더라도 끝내 일어나 달리는
청소년이 우리의 미래입니다.